마
취

김 유 명 / 장 편 소 설

마취

ⓒ김유명 2018

초판 1쇄 발행 2018년 7월 21일

지은이 김유명

펴낸곳 도서출판 가쎄 [제 302-2005-00062호]
주소 서울 용산구 이촌로 224.609
전화 070.7553.1783 / 팩스 02.749.6911
ISBN 978-89-93489-74-3

값 14,500원

홈페이지 www.gasse.co.kr
이메일 berlin@gasse.co.kr

마취

김유명

gasse•가쎄

차례

등장인물

A (Anesthetist) 마취과 의사
S대 병원의 교수이자 마취과 전문의.

P (Pharmacist) 제약회사 대표
마취제 하이퍼란을 개발하고 있는 회사 대표.

S (Star) 스타
국내 최고의 여배우.

B (Boyfriend) S의 남자친구
국내 유수의 투자회사 대표.

M (Moneybags) 재벌
몇 개의 방송사를 가진 언론 재벌. S의 스폰서.

제 1 부

상처

1-1

S대 병원 마취과 교수 A는 한 주의 마지막 마취를 끝내고 병원 9
층에 있는 자신의 방으로 올라와 하늘색 일회용 모자와 마스크를
풀어 쓰레기통에 던져 버렸다. 검은색 가죽 의자에 앉은 그는 컴퓨
터 전원 버튼을 눌렀다. 꺼져 있는 줄 알았던 화면이 바로 켜졌다.

'아침에 끄고 나가는 것을 또 잊어버렸군.'

화면에는 오전에 잠깐 보았던 포털 사이트의 뉴스들이 떠 있었다.
그는 주식시장 이야기, 새로 개봉한 영화 소개들을 모두 닫아버리
고, 하버드 의대에 교환교수로 갔을 때 사귀었던 교수들 커뮤니티
에 들어갔다. 그들의 최근 사진들 밑에 몇 마디 인사말을 남기며
행복했던 그 시절을 회상하던 그는 다시 즐겨찾기에서 의료신문을
찾아 클릭했다.

최신기사 항목에는 의사협회 회장 선거 소식과 의약계의 새로운 뉴스들이 나열되어 있었다. 기사들 제목을 죽 훑어보던 그의 눈길이 순간 '악성고열증'이라는 단어에 멈추었다.

'신생 제약사인 P사는 전신마취제의 가장 위험한 부작용인 악성고열증을 일으키지 않는 전신마취제를 업계 최초로 야심차게 개발하고 있다. 하이퍼란으로 명명된 이 약이 임상시험을 통과하면, 마취를 하다가 순식간에 목숨을 잃게 되는 악성고열증의 공포로부터 환자들은 물론 마취과 의사들을 해방시킬 수 있다고 한다. 개발사인 P사는 이 약이 순수 국내 기술로 개발되는 역사상 최초의 신약이 될 것이라는 데에도 큰 의미를 두고 있다고 전한다.'

그리고 기사 한쪽에는 자신만만해 보이는 회사 대표 P의 얼굴이 실려 있었다. A는 수년 전 납품 비리를 저질러 자신까지 누명을 쓰게 해, 병원에서 징계를 받을 뻔하게 만들었던 P의 얼굴을 알아보지 못했다. 다만, 악성고열증이라는 단어에 그는 그날처럼 쿵쾅거리며 뛰는 심장 박동을 느꼈다.

무섭게 떨고 있는 환자의 뜨거워진 몸, 그리고 가족들의 원망이 가득 찬 눈빛……. 이미 아문 줄 알았던 상처의 실밥을 뜯고 고름을 짜내기 위해 속살을 헤집는 것처럼, 그날의 기억이 다시 그의 가슴을 파고들었다.

그는 마우스를 쥐고 있던 오른손으로 머리카락을 뽑을 듯 움켜쥐며 쓸어 올렸다. '도대체 어떻게 하면 잊을 수 있을까? 시간이 얼마나 지나야 잊힐까?'

당장 다음 주 수술이 걱정이었다. 사고 직후처럼, 또다시 공기주머니를 잡은 손이 떨리고 쥐가 나면 어쩌지? 내 손으로 또 다른 한 영혼을 끝장낸다면?

그래. 내가 파괴한 건 환자의 몸이 아니었어. 몸에는 칼끝 한번 닿지 않았지. 사고 후에 육체는 오히려 완벽히 그대로였어.

중요한 무언가가 사라졌다는 사실 이외에는······.

그는 한숨을 내쉬며 생각했다. 죽음의 순간에 의식이 어떻게 되는지를 알아내지 못하는 한, 이 괴로움도 불안도 해결할 수 없을 거야.

그때, 책상 위의 전화벨이 울렸다.

"여보세요?"

"교수님, 접니다. 조금 전에 회복실로 들어온 외과 환자가 좀 이상해서요."

"위 절제 수술한 마지막 환자 말인가?"

"네."

"무슨 일인데?"

"마취에서 깨어나더니 자꾸만 의사 선생님이 자기 배에서 내장을 꺼내 자르고 꿰매고 하는 걸 다 봤다는 소리를 합니다."

"그래? 엉뚱하군. 아마도 전신마취가 길어져서 생긴 섬망(일시적인 정신 착란)일 거야."

"자기가 분명히 봤는데 왜 안 믿어 주냐면서 같은 소리를 계속하고 있습니다."

"환자는 마취가 덜 깨서 그렇다지만, 설마 의사인 자네가 그런 비과학적인 소리를 믿는 건 아니겠지?"

"그렇긴 한데요. 했던 말을 계속 반복하고 정맥주사까지 빼려고 해서 말이죠."

"그럼 미다졸람을 2ml만 주고 살짝 재워. 퇴근하면서 내가 내려가 볼 테니까."

"알겠습니다. 교수님."

전화를 끊은 그는 천천히 일어나 파란색 수술복을 벗고 옷을 갈아입은 뒤 컴퓨터의 전원을 끄고, 공기 청정기의 전원까지 끄고 서랍에 넣어두었던 지갑과 휴대전화, 차 키를 챙겨 방을 나왔다.

엘리베이터에서 내려 2층 회복실에 들어선 그는 덧가운을 입고, 머리를 추슬러 일회용 모자를 쓴 뒤 마스크를 하나 집어 들고 펠로우를 찾았다.

"그 환자 바이탈 사인은 어때?"

"네. 이상 없습니다."

"환자는?"

"이쪽입니다."

펠로우와 함께 환자의 침대로 다가간 그가 물었다. "지금은 진정되었지?"

"네. 좀 전부터 자고 있습니다."

"대수술을 받고 나서 간혹 그런 소리를 하는 환자들이 있어. 수술하는 상상을 하다가 마취에 들어가서 그래. 아님 마취가 깨면서 상상을 하는 거거나."

"정신과에 컨설트를 내볼까요?"

"그래 보든지. 아마 섬망이라고 할 거야."

"네. 알겠습니다."

"그래. 수고해." 그는 표정 변화 없이 펠로우를 향해 오른손을 들었다 내려놓으며 회복실을 나왔다.

다시 엘리베이터를 타고 내려온 그는 교수 전용 주차 구역에 도착해서 주변을 두리번거렸다. '어디다 뒀더라?' 그는 주차장 중앙 통로 왼쪽으로 가서 살펴보았지만 자신의 은색 세단을 찾지 못하고, 다시 반대쪽으로 돌아와 비슷비슷한 모양과 색깔의 차들 중에서 자기 차를 찾았다.

시동을 걸기 위해 차 키를 꽂는 그의 손이 떨렸고, 약간의 구역질까지 느꼈다. 차를 모는 내내, 그는 월요일 걱정을 떨쳐버릴 수가 없었다.

A에게 그날의 기억을 떠오르게 한 바로 그 마취제, 하이퍼란을 개발하고 있는 P사의 대표 P는 본사 건물 제일 위층에 있는 자신의 사무실에서 그것이 장차 이 도시에 엄청난 재난을 몰고 올 발단이 될 줄도 모른 채, 차세대 전략산업위원회의 회의 결과를 초조하게 기다렸다. '저녁 7시면 회의가 끝났을 시간인데, 어째 아직도 연락이 없는 거야? 그렇게 신경을 써주겠다는데 팀장 그 자식 자기 몫은 해내겠지?'

책상에 앉아 부장의 전화를 기다리던 P는 일어나 양복 재킷을 벗어 옷걸이에 도로 걸어버리고 응접세트로 돌아와 앉으며 TV 리모컨을 들었다. 그는 전원 버튼을 누르고 24시간 뉴스 채널을 찾았다. '차세대 전략산업위원회에 대한 뉴스가 항상 헤드라인에 뜨곤

했는데, 뭐야 오늘은 헤드라인에서 보이질 않네.' 그는 다시 채널을 돌려 국정 홍보 채널을 틀었다.

"차세대 전략산업위원회는 앞으로 우리 국민이 먹고살 거리를 반드시 찾아내고 제대로 지원하겠습니다."

위원장으로 나와 홍보를 하는 사람은 대통령 당선에 가장 큰 공을 세웠던 국회의원이었다. "차세대 전략산업위원회는 IT, 금융, 제약 산업을 중점 지원 대상으로 선정했으며 이 분야에서 세계에 통할 경쟁력을 가진 기업들이 발굴되고 성장하도록 최선을 다해 지원하겠습니다."

'바로 저거지. 인생에서 두 번 만나기 힘든 기회야.' P는 이미 몇 번이고 보았던 홍보영상을 보며 주먹을 꽉 쥐었다.

'사실 저 공약 하나로 선거를 이겼지. 전략산업을 지원한다니 얼마나 좋아? 장기 불황에 일자리가 늘어난다고 생각할 테니. 어떻든 눈치가 빨라야 해. 우린 캠프에서 공약이 나올 때부터 준비한 거잖아. 아무렴, 회사를 상장시키고 업계 최고가 되려면 여기서 포기할 순 없지.'

P는 1, 2차 공모에서 본선에 올라가 보지도 못하고 연거푸 탈락하고 말았던 것이 못내 억울했다. 쟁쟁한 대형 제약사들 사이에서 P사는 눈에 띄지 않는 일개 무명의 신생 제약사일 뿐이었다.

'3차 공모를 앞두고 이제라도 신약개발팀장과 손이 닿았으니 망정이지……. 우리 약이 아무리 가능성이 있는 약이라지만 말이야. 역시 일이 되게 하려면 약을 잘 써야 해. 두고 보라지 지가 그걸

안 받아먹게 되는지.'

그즈음 신약개발팀장은 정부종합청사의 대회의실에서 자신의 발표 순서를 기다리고 있었다. 회의는 항상 IT, 금융, 제약 산업 순으로 진행되었기에, 시작한 지 한참 지났지만 그의 순서는 아직 멀었다.

다른 팀의 발표에 귀를 기울이는 척했지만, 사실 그건 그에게 아무런 의미도 없었다. 그는 지난번 회의에서 위원장에게 "아니, 국가 차원에서 지원해 준다는데 왜 공모를 두 번이나 하고도, 가능성 있는 아이템을 찾지 못하는 거죠? 식약청에서 복제 약 허가와 승인을 담당했다면서요?" 하고 꾸지람 들은 것을 떠올렸다.

'변호사 출신이니 어쩔 수 없는 거야. 제약 산업에 대해 뭘 알겠어. 신약을 하나 개발하려면 아무리 빨라도 십수 년이 걸리는 건데.'

그는 책상 위에 놓여 있는 생수를 또 한 모금 마시며 생각했다. 나 원, 그렇다고 5년 이내에는 절대로 불가능하다고 대답할 수도 없었잖아. 그래도 오늘 뭔가 들고 나올 수 있어서 운이 좋은 거야. 그것도 간절히 원하던, 몇 년 이내에 성공할 가능성 있는 아이템이니 더할 나위가 없지.

오늘은 뭔가 보여주자. 그동안의 수모를 확실히 갚아줘야지. 여기까지 생각이 미치자 그는 빨리 발표하고 싶어서 조바심이 날 지경이었다.

"신약개발지원팀 보고하세요." 위원장이 건조한 목소리로 말했다.

회의실 앞쪽으로 나온 팀장은 공손히 고개 숙여 인사를 하고 입술에 침을 한번 바른 뒤에 발표를 시작했다.

"네, 이번에 보고드릴 P사는 제약업계에서 그다지 크게 알려진 회사는 아닙니다. 하지만 이 회사는 현재 전신마취제 최악의 부작용인 악성고열증으로부터 완전히 자유로운, 새 마취제를 개발하고 있습니다. 하이퍼란이라는 이 약은 천연 물질에서 개발하는 상황이 아니어서, 개발 기간이 수년밖에 걸리지 않을 것입니다. 지원 계획안으로 채택하기에는 더없이 좋은 아이템으로 생각됩니다."

위원장이 말을 가로막았다. "그런데 악성고열증은 뭡니까?"

"네, 흡입마취제로 전신마취를 하다 보면, 드문 확률입니다만 마취제에 대한 이상 반응으로 환자의 체온이 순식간에 40도 이상으로 올라가, 손쓸 틈도 없이 환자를 잃게 되는 치명적인 병이라고 합니다. 더욱이 어떤 환자에게 일어날지 미리 알 수 없기 때문에 마취과 의사들 사이에서는 블랙홀로 통하는 무서운 질환입니다."

"그래요? 아주 위험한 병이군요?"

"네. 그렇습니다."

"개발이 성공할 확률은 얼마나 되겠소?" 앉아 있던 위원 한 사람이 물었다.

팀장은 준비된 파워포인트를 몇 장 넘겨 설명을 이어갔다.

"식약청 신약 허가 팀 의견으로는 제출된 구조식과 공정 설계의 성공 확률이 90퍼센트 이상이라고 합니다. 그리고 임상시험도 이미 일부 진행되고 있다고 합니다."

"계속하세요."라고 말하는 위원장의 입가에도 희미한 미소가 번졌다.

"이 회사는 국내뿐 아니라, 북미 및 유럽에서도 특허를 받아 대대적으로 수출할 계획을 세우고 있습니다."

"그러려면, 국내 승인부터 빨리 나야겠군요." 또 다른 위원이 말했다.

"그렇습니다. 국내 발매 후 시장에서 문제없이 판매 사용된 이력이 있으면 외국에서의 특허도 빨리 진행될 수 있습니다. 따라서 임상시험을 최대한 지원하고, 식약청 승인을 받는데 걸리는 시간을 최대한으로 단축해줘서 국내 시장에 빨리 출시될 수 있도록 하면 좋을 것 같습니다."

"식약청에서 전폭적으로 지원해야겠군요."

위원장의 입에서 '전폭적인 지원'이라는 단어가 나오자, 팀장은 용기를 내어 할까 말까 망설였던 이야기를 마저 꺼내었다. "이 회사는 수도 S시와 서해안 쪽에 공장을 2개 가지고 있습니다. 이 약이 국내 승인을 받고, 원하는 규모로 공장의 증설이 빠른 시일 내에 이뤄진다면, 몇 년 내에 해외 수출이라는 가시적인 성과도 나오리라고 생각합니다."

"그런데 그 약이 확실히 5년 이내에 성공할 가능성이 있는 것이지요?" 위원장이 물었다.

"분자구조에서부터 안전성까지 식약청 담당자들도 모두 확신을 갖고 있습니다."

"E국에서도 특허를 받을 수 있는 경쟁력도 있고요?" 그는 다시 물었다.

"마취과 의사들이 가장 두려워하는 것이 악성고열증이라고 합니다. 그건 E국 의사들도 마찬가지고요. 일단 FDA 승인만 받으면 수년 내에 세계 시장을 석권하는 것은 시간문제일 겁니다."

"그거 대단하군요."

"그러네요." 여기저기서 이런 말들이 나왔다.

"그럼, 이 아이템으로 결정하시는 겁니까?" 팀장이 물었다.

"3차 공모에도 이것 말고는 별 뾰족한 아이템이 없지요?" 위원장이 물었다.

"네. 사실 접수 기간을 연장했는데도 그렇습니다." 팀장이 조용히 덧붙였다.

"위원님들 생각은 어떠세요?" 위원장은 주위를 둘러보며 물었다.

"찬성입니다." 여기저기서 마이크마다 발언 중이란 걸 의미하는 빨간 등이 켜지며 찬성한다는 목소리가 나왔다.

"그럼, 신약개발사업 지원에 대해 표결하겠습니다. 위원님들은 모두 찬반을 표시해주십시오."

한쪽 벽면에 있는 전광판에 곧이어 불이 들어왔다.

"위원 전원 찬성이군요. 경쟁 후보가 없으니 확정 짓겠습니다. 회의록에도 표결 내용을 기록해주세요."

"네. 기록하였습니다." 속기사가 대답했다.

"공장들은 어느 지역구에 있습니까?" 위원 중 한 사람이 물었다.

"네, S시 내 과거 수출산업공단 지역에 제1공장이 있고, 서쪽 연안 남서공단에 제2공장이 있습니다. 두 공장 다 규모가 그리 큰 편이 아닙니다. 회사대표는 해외 수출을 생각하고 S시 안에 있는 제1공장의 증설을 바라고 있습니다. 그편이 우리 입장에서도 홍보에 유리하긴 합니다만……."

팀장이 말끝을 흐리자 위원장은 "그런데 무슨 문제가 있나요?" 하고 물었다.

"아, 도시정비촉진법에 따라 인구 밀집 지역이 된 구 수출산업공단 지역에는 증설이나 신규 공장 신설은 허가가 안 되고 있습니다. 기존의 공장 중에도 스모그 같은 공해물질을 배출하는 업체는 시 외곽의 신설 공단지역으로 이전을 권유하고 있는 터라."

"그 정도는 해결을 해줘야지요. 뭐 첨단 약물을 만드는 것이 공해를 심하게 유발할 것 같지도 않은데. 빠른 시일 내에 지원 계획을 마련해보세요. 법률적인 문제는 특별법을 만들어서라도 해결해 줄 테니까. 우리도 신약 한번 외국에 수출해 봅시다. 시간도 늦었으니 회의는 이 정도로 마칠까요?"

"네, 더 자세한 사항은 보고서로 올리겠습니다." 팀장은 들뜬 목소리로 대답하며 자리로 돌아갔다.

저녁 8시가 넘어서야 P는 부장의 전화를 받았다. "그래 어떻게 됐어?"

"발표는 아주 성공적이었던 것 같습니다. 흘러나온 이야기로는 위원장님께서도 아주 만족해하고 위원 전원 찬성으로 결정되었답니다."

이야기를 전해 들은 P는 손가락을 딱 튕겼다. "그럼 식약청 승인과 공장 증설, 두 가지 모두 허락이 난 건가?"

"거기까진 잘 모르겠습니다. 그래도 팀장에게 지금 전화를 걸었다가 주변에 다른 공무원들이 같이 있기라도 하면……."

"어, 어. 그렇지 괜히 표나게 그러지 말라고."

"네. 알겠습니다."

"두 가지 다 꼭 성사되어야 하는데……"

"3차 공모에 경쟁을 시켜볼 만한 기획안이 하나도 없어서 고민이었다니까, 아마 두 가지 다 잘 해결될 겁니다."

"그렇겠지? 중요한 건 실력이야 실력. 결국 제대로 된 신약이 있어야 하는 거지. 아무튼 수고했어."

"네. 회장님. 곧 공식 발표가 있을 테니 조금만 기다려보시죠."

"그래. 그런데 이거 어디 궁금해서 계속 기다릴 수가 있어야 말이지."

　일요일 아침, 천만 명이 살고 있는 거대도시이자 수도인 S시에는 희뿌연 스모그가 사방을 덮고 있었다. 도시를 가로지르는 강이 내려다보여 부유층들이 많이 사는 걸로 유명한 강 북쪽 경사면의 빌라들 역시 그 위험한 안개에 덮여 있었다.

　그중 화강암 절벽 끝, 전망이 제일 좋은 위치에 자리 잡은 빌라의 펜트하우스에는 행여 여주인이 깰까 봐 소리를 죽여 가며 아침 식사를 준비하던 가사 도우미 아주머니의 발소리조차 들리지 않았다. 2층 침실, 복잡한 곡선 장식들이 조각된 마호가니 침대에 실크 슬립 위로 긴 머리칼을 흩트린 채 누워있는 S를 보고, 로드 매니저는 그녀가 아직도 자고 있는 줄 알았다.

　그녀 팔의 혈관에 꽂힌 투명한 플라스틱 연결선에는 붉은 피가 한 뼘 정도 흘러나와 흰색 약액을 밀어내고 멈춰 있었고, 침대 헤드 장식에 걸려 있는 수액 주머니는 거의 비어 있었다. 주사를 빼고, 편히 자게 해줘야겠다고 생각한 그는 침대 옆 탁자에서 일회용 알코올 솜을 하나 집어 들고 알루미늄 포장지를 뜯어 솜을 꺼내고는, 익숙한 동작으로 포장지를 탁자 밑 휴지통에 던져 넣었다. 휴지통 속에는 하얀색 약이 조금씩 남은, 깨진 유리 앰플들이 들어 있었다.

매니저는 그녀가 깨지 않도록 조용히 다가서다 문득 그녀의 입술이 평소와 달리 보라색인 것을 보았다. 놀란 그가 어깨를 흔들어도 그녀에게는 아무 반응이 없었다. 코에 귀를 대어보았으나 숨소리가 들리는지 아닌지 도무지 알 수 없었다. 그 순간 다리에 힘이 풀린 그는 그대로 바닥에 주저앉고 말았다. 아무 생각도 못하고 멍하니 있던 그는 떨리는 손으로 빡빡한 청바지 주머니에서 간신히 휴대전화를 꺼내 119에 전화를 걸었다.

"여기요. 사람이 쓰러졌어요. 제발 도와주세요. 사람 좀 살려주세요."

"응급구호센터입니다. 주소가 어떻게 되세요?"

"주소요? 여기가, 아, 아, 여기는 배우 S양 집이에요. S양이 쓰러졌어요. 제발 좀 도와주세요."

"네, 진정하시고요. 정확한 주소를 알려주셔야 도와드릴 수 있습니다."

"아, 네, 주소요? OO동 O빌라 501호입니다."

"바로 출동하겠습니다. 전화 끊지 말고 들고 계십시오."

구급차는 일요일 아침의 정적을 깨고 몇 분 만에 도착했다. 들것과 응급 구호키트를 들고 들어온 응급구조사들은 S의 맥박과 호흡을 체크했다.

"호흡, 맥박 모두 없습니다!"

"CPR(심폐소생술) 준비!"

그들은 S를 딱딱한 방바닥으로 내려 고개를 젖혀 기도를 확보한 뒤 바로 흉부 압박을 시작했다.

"하나, 둘, 셋, 넷..." 숫자를 세면서 한 사람이 포갠 손으로 S의 가슴 한가운데를 누르는 동안 다른 한 사람은 슬립을 찢고 이동식 전기충격기의 패드를 S의 어깨 아래와 옆구리에 갖다 대었다.

"환자로부터 떨어지세요." 충격기의 스위치를 누르자, S의 몸이 발작하듯 활처럼 휘며 바닥에서 솟구쳤다. 하지만 심전도를 나타내는 모니터에는 여전히 반응이 없었다.

"다시 흉부 압박!"

잠시 뒤 "300J로 높입니다. 떨어지세요."

S의 등이 다시 바닥에 떨어지고, 짧은 침묵이 흐르다 드디어 모니터에 톱니 같은 작은 파형이 나타났다.

"기도 삽관!" 하며 한 사람이 기역 같이 생긴 기구를 순식간에 S의 입으로 밀어 넣자, 다른 사람이 투명한 관을 건네주었다. 그들은 기도에 들어간 그 관에 공기주머니를 연결한 뒤, 공기를 계속 짜주면서 들것으로 그녀를 옮겨 실었다. 들것을 들어 올리자 접혀 있던 바퀴가 튀어나왔다. 빌라의 엘리베이터가 워낙 넓고 큰 덕에 그들은 어렵지 않게 그녀를 구급차로 옮길 수 있었다.

호사스러운 문양으로 장식된 철문을 닫지도 못하고 수위가 멍하니 바라보는 동안 구급차는 무시무시하게 큰 사이렌 소리를 내며 골목을 빠져나갔다.

강을 건너 하중도에 있는 종합병원으로 옮겨진 그녀는 응급실에서 다시 혈압이 떨어지며 쇼크에 빠져 강심제 주사를 맞아야 했다. 중환자실로 옮겨진 후에 안정되는 듯했지만 다시 맥박이 점점 느려져 강심제를 한 번 더 맞았다. 의사들은 이 밤을 넘길 수 있을지 모르겠다며, 의식 없이 누워 있는 그녀의 목구멍에 꽂혀 있는 관에 인공호흡기를 연결했다.

어떻게 알았는지 방송국 기자와 리포터들이 S가 입원한 병원으로 몰려왔다. 카메라 기자들은 응급실 앞에서 제각기 삼각대에 카메라를 끼우고 진을 쳤다. 그리고 각기 한 사람씩 마이크를 손에 쥐고 그녀가 응급실에 실려 들어온 사실을 보도하기 시작했다. 이 뉴스는 일요일 정규 프로그램이 진행되는 화면 아래쪽에 속보로 전해지기도 하고, 24시간 뉴스채널들에서는 생중계로 보도되기도 했다.

"S양은 응급실에 왔을 당시, 쇼크로 인해 생명이 위태로운 상태였다고 합니다. 현재에도 심폐기능이 불안정하여 인공호흡기 치료를 받고 있다고 합니다."

보도를 본 시민들은 "도대체 무슨 일이래? 왜 갑자기 저렇게 됐대?"라고들 했다.

그 기자는 "병원 관계자들의 말로는 약물 중독이 원인으로 추정된다고 합니다. 국내 최고의 출연료를 받고 있고, 작년 한 해 광고 모델료로만 200억 원의 수입을 올리는 등 최고의 전성기를 누리고 있는 S양이 왜 이런 지경에 이르렀는지는 아직 알 수 없습니다. 한때 S양이 심장 쇼크로 사망했다고 하는 보도가 있었는데요. 그것은 사실이 아닌 것으로 밝혀졌습니다. S양은 아직 의식을 회복하지 못하고 있지만 사망한 것은 아닙니다."라고 숨 가쁘게 전했다.

"그런데 응급구조대가 이송해온 곳이 병원이 아닌 자택이라고 하지요?" 앵커가 현장의 기자에게 물었다.

"네, 말씀하신 대로 병원이 아닌 자택에서 주사를 맞았다고 알려졌습니다."

"그렇군요. 새벽에 매니저가 발견했다고 하던데, 혼자 있다가 변을 당한 건가요? 아니면 밤새 누구와 함께 있었던 건가요?"

"그 부분에 대해서는 아직 알려진 바가 없습니다."

"그렇다면 여러 가지 의혹이 있을 수 있겠군요."

"네, 약물 투여 동기에 대해서도 말씀드리기에는 아직 조심스럽습니다."

"구체적으로 어떤 약을 주사했는지는 알려졌습니까?"

"기자가 알아본 바로는 수면마취제인 프로포폴을 과량주사해서 생긴 사고로 파악되고 있습니다."

"프로포폴이라는 약은 어떤 약인가요?"

"프로포폴은 비교적 최근에 도입된 마취제로서, 위내시경을 하거나 작은 수술을 할 때 환자가 통증을 느끼지 못하도록 의식을 잃게 해주는 수면마취약이라고 합니다." 기자는 쪽지를 보며 이렇게 말했다.

결국 언론은 이해하기 힘든 이런 내용을 대중이 이해하기 쉽게 단순화했다. 한 TV 기자가 프로포폴을 마취약이 아니라 마약이라고 말한 것이었다. 그러고 나자 프로포폴을 마약으로 설명하는 언론사들이 점점 늘어나더니, 마취약과 마약이라는 용어가 뒤섞여 사용되기 시작했다. 어느덧 저녁쯤에는, 최고의 인기 배우인 S는 쾌락을 위해 마약을 투약한 약쟁이가 되어 있었다.

그 무렵 한 기자가 병원 옆문을 통해서 나온 한 남자를 쫓아 뛰어가기 시작했다. 그러자 응급실 앞에서 장사진을 이루고 있던 기자들 중 눈치 빠른 몇 명이 그들의 뒤를 쫓기 시작했다.

"S양이 마약을 했다는데 약혼자로서 그것을 알고 계셨습니까?" 처음부터 따라 나왔던 기자가 마이크를 들이대면서 물었다.

"S양과 같이 마약을 하지는 않았습니까?" 대답이 없는 그 남자의 얼굴에 대고 또 다른 기자가 물었다.

그 남자는 기자들의 질문에 아무 말 없이 눈을 찡그리며 한 손으로 카메라들의 조명을 가리고, 입술을 꼭 다문 채 주차장 쪽으로 빠른 걸음을 옮겼다.

기자들은 이제 떼를 지어 주차장 쪽으로 몰려가며 계속 질문을 던졌다. 그는 대꾸는커녕 시선도 주지 않고 차 문을 열고 들어가 시동을 걸어 병원 밖으로 빠져나가려고 했다. 출구에서 요금 정산원이 뭔가를 말하자, 그는 5만 원짜리 지폐를 두 장 건네고 잔돈도 받지 않은 채 창문을 올리며 다 올라가지도 않은 차단봉 밑을 스치듯 빠져나갔다.

언론의 보도를 본 관할 경찰은 수사를 시작했다. 먼저 119 구급대의 응급구조사들을 조사한 수사관들은 S의 집에 도착해 주인 없는 복층구조의 집안을 온통 다 뒤져, 의상들을 보관하는 드레스룸의 옷장 가장 깊은 곳에서 5% 포도당 수액과 함께 족히 1박스는 될 듯한, 개봉하지 않은 프로포폴을 발견했다.

제 2 부

연루/

   A는 밝은 살색의 편백나무 바닥재가 깔린 좌선실에 앉아 눈을 감고 가부좌를 하고 있었다. 방의 네 귀퉁이에 놓인 디퓨저에서 피어오른 은은한 샌들우드 향이 콧속을 채울 무렵, 그는 태권도 도복 같은 헐렁한 명상복을 입고 두꺼운 방석에 앉아 온몸의 근육에서 힘을 빼려고 노력하였다.

   한 주가 시작되는 월요일은 그렇지 않아도 긴장 속에서 일하기 마련이었다. 그런데 엊그제 악성고열증에 관한 기억이 다시 떠오른 후로 그는 손 떨림이 또다시 나타나는 건 아닌지 주말 내내 걱정이었다.

   아니나 다를까 첫 마취를 시작하고 10분도 지나지 않아 누워 있는 환자의 얼굴에 죽은 환자의 시퍼런 얼굴이 겹쳐 보여 공기주머니를 잡은 손이 다시 덜덜 떨렸다. 옆에서 보조하는 간호사가 눈치채지 못하도록 일부러 콧노래도 흥얼거려보았지만, 그는 결국 히드랄라진(혈압강하제) 앰플을 따다가 손가락을 베였다. 수술장 바닥에 떨어진 빨간 핏방울들을 보고서야 간호사는 많이 다치셨냐며 그의 엄지손가락에 일회용 밴드를 붙여주었다. 손가락에 밴드를 감은 채 나머지 수술들을 모두 마쳤지만, 저녁이 되자 어깨가 심하게 뭉치고 두통까지 생긴 건 어쩔 수 없었다.

그는 척추를 바로 세우고, 그 축이 방석에 닿은 엉덩이뼈의 한가운데에 있는 무게중심에 잘 놓였는지 느껴보려고 했다. 몸무게가 거의 느껴지지 않는 점을 찾았다면 바로 된 것이다. 이제 허리에 힘이 들어가지 않고, 앉은 자세가 편안해져 호흡을 관찰하기도 힘들지 않았다.

'그나마 이렇게 좌선이라도 할 수 있어서 다행이야.' 라고 그는 생각했다. 명상 센터가 어떤 종교도 표방하지 않았으니 망정이지, 만약에 기독교든 불교든, 어떤 종교를 표방하는 분위기였다면 아마도 또 계속 망설이기만 했을 거야.

그런데 부모님은 왜 나에게 어떤 종교도 강요하지 않았을까? 아버지는 결혼하기 전에는 기독교를 믿었다고 하신 기억이 있는데. 어머니 때문이었을까? 어머니는 신이라든지 하는 것에 아무 관심이 없는, 지극히 현실주의자이면서 무신론자였으니까.

그의 머릿속에서 명상은 심리학 근처 어딘가 과학의 영역에 자리했으나, 종교는 완전히 과학의 영역을 넘어서 있었다.

그런 생각을 하다 보니 그는 또 무게중심을 잃어버렸다. 잡념을 가라앉히고 다시 척추를 바로 세우려던 그는 문득 주머니에 넣어둔 휴대전화의 진동을 느꼈다. 원래 규칙상 좌선실에는 휴대전화를 가지고 들어올 수 없었다. 그는 혹시 마취를 해주었던 환자의 상태가 나빠졌다는 연락은 아닌지 몰라 옆 사람의 눈치를 보며 조용히 복도로 나왔다.

'누구지? 펠로우가 아니었네.' 화면에는 모르는 번호가 떠 있었다. 전화를 받을까 말까 고민하는 사이, 전화는 끝도 없이 진동하였다. 당연하다는 듯 밀어붙이는 그 압박을 견디지 못하고 그는 결국 전화를 받았다. "여보세요? 혹시 A 교수님 전화 아닙니까?"

"네, 제가 A입니다만, 어떤 일로……."

"안녕하십니까? 저는 B라고 합니다. 내과 I의 소개로 전화 드렸습니다. 친구가 마취에 대해 교수님께서 국내 최고의 권위자시라고 해서 이렇게 실례를 했습니다."

의대 후배인 I의 이름을 듣고 A는 경계심을 조금 풀었다. "뭐 최고의 권위자라고는 할 수 없고요. 아무튼 제가 도와드릴 수 있는 일이라면 도와드리지요."

"교수님 혹시 뉴스를 보셨는지 모르겠지만, 사실은 제가 어제 프로포폴 과량주사로 쓰러진 여배우 S와 결혼을 전제로 사귀고 있는 사람입니다."

"아, 네. 상심이 크시겠습니다."

"네, 저로서는 정말 믿기 힘든 상황입니다. 바로 옆에 있던 저도 잘 모르는 일인데 언론에서는 S가 쾌락을 위해 마치 장기간 상습적으로 마약을 투약한 것으로 몰아가고 있습니다. 그런데 저 몰래 그럴 리가 없거든요."

"네. 그러시겠죠."

"너무 억울합니다. 변호사 친구 말로는 프로포폴에 대해서 전문가의 의견을 듣고, 조사에 대비해야 한다고 해서 이렇게 실례를 했습니다."

"그러셨군요."

"네, 그런데 이렇게 뉴스가 계속 보도되다간, 쓰지도 않은 약병들이 발견되었다는 이유 하나로 그 친구와 저의 명예가 다 훼손될 상황입니다."

"저도 뉴스는 봤습니다. 프로포폴에 대해 잘못 알려지고 있는 점들이 있더군요." 이야기가 길어지자 그는 주변을 살피며 목소리를 낮춰 대답하면서 강화유리로 된 옆문을 지나 계단실로 나왔다.

"그래서 말인데요, 교수님. 정말 약을 했다면, 표시가 나지 않나요? 정신이 몽롱하다든지 그랬을 텐데. 전혀 그런 적이 없었거든요?"

"프로포폴은 작용시간이 무척 짧은 정맥마취제입니다. 주사를 다 맞고 나서 5분에서 10분 만에 의식이 완전히 깨어나지요. S양이 만나기 직전까지 주사를 맞았다고 해도, 아마 전혀 눈치채지 못하셨을 겁니다."

"아, 그 약의 특징이 그렇습니까?"

"네."

"그런데 교수님, 병원에서 흔히 쓰는 마취제라는데 쇼크가 그렇게 쉽게 옵니까? 또 중독이 되고요?"

"네, 프로포폴은 주사 후 1분 이내에 효과가 빨리 나타나서 좋지만, 대신 안전영역이 좁지요."

"안전영역이라는 것은 무엇인지요?"

"호흡저하 같은 부작용이 생기지 않으면서도 마취가 되는 혈중 농도의 범위를 말하는 것인데요. 전화로 설명해드리기가 좀 그러네요……."

"교수님 차라리 제가 병원으로 찾아뵈면 어떨까요?"

"병원으로요?"

"네. 직접 뵙고 설명을 들을 수 있다면 좋겠습니다."

"그럼……. 그러시지요."

"네. 감사합니다. 교수님. 그럼 내일 오후 늦게 어떠십니까?"

"오후 6시 정도면 괜찮을 것 같습니다."

"그럼 6시까지 병원으로 가서 뵙겠습니다."

"S대 병원 본관 9층 915호로 오십시오. 참, 만나면 다시 말씀드리겠지만 프로포폴은 마약이 아닙니다."

"네? 프로포폴이 마약이 아니라고요?"

"네. 기자들이 헛갈리고 있는데요. 프로포폴은 정맥마취제이지 마약이 아닙니다."

"그래요? 그렇다면 어떻게 공영방송들이 그렇게 보도를 할 수가 있지요?"

"사실 기자가 정확히 알기 힘든 내용입니다. 내일 다시 설명해드리죠."

"네, 알겠습니다. 그럼 내일 뵙겠습니다."

전화를 끊고 라커룸에 들러 휴대전화를 라커에 넣고 왔지만, 좌선실로 돌아온 그는 명상에 집중할 수 없었다. 게다가 유명 연예인의 약물중독사고라니, 그는 이 문제에 공연히 관여하기 싫었다. '대중의 가십거리가 될 텐데. 병원으로 오라고 하지 말 걸 그랬어. 대강 이야기해주고 끊을걸……'

그는 방석 위에서 다시 자세를 고쳐 잡았지만 여전히 집중은 되지 않았다. '마취약 과량 주사 사고라……. 우습군, 나 자신의 문제도 해결 못하고 있는데 내가 과연 누굴 도울 수 있을까?'

2-2

다음 날 B는 평소보다 이른 시간에 퇴근을 준비했다. 인터폰으로
비서를 호출한 그는 "오늘은 좀 일찍 나가봐야 할 것 같아요."라고
말했다.

"그럼 차를 준비하라고 할까요?"

"아니, 내가 직접 몰고 간다고 해주세요."

"그럼, 지금 키를 올리라고 할까요?"

"네. 그러세요."

그는 명함 지갑에 명함이 몇 장이나 있는지 살펴보고 나와 비서
에게 차 키를 건네받았다.

지하주차장 지정된 자리로 간 그는 시동을 걸고 어두운 나선형 통
로를 돌아 나왔다. 햇빛에 얼굴이 드러난 순간 '생방송 중에 얼굴이

다 드러났으니 마스크라도 쓰고 가야 하나?' 하는 생각이 떠올랐다. 근처에 약국이 어디 있더라? 아니야, 마스크를 쓰고 다니면 오히려 사람들의 시선만 끌 거야. 차라리 그냥 가자.

늘어선 빌딩들처럼 역시 반듯반듯한 금융가를 지나 B는 S대 병원으로 향했다. 강의 북쪽으로 들어서자 늦은 오후였지만 길은 역시 막혔고, 차들은 사거리마다 서서 안 그래도 뿌연 공기에 매연을 뿜어대고 있었다. 그렇게 40분이나 걸려 그는 병원의 출입문에 도착했다.

누런 벽돌로 지어진 고풍스런 대학 건물들 사이에, 하얀 타일로 외벽을 감싼 고층의 병원 본관이 자리 잡고 있었다. 그 앞에는 가지를 잘 깎은 회양목으로 둘러싸인 분수대가 있었지만, 아직 여름이 아니어서인지 물줄기가 올라오지는 않았다.

차를 몰고 지하주차장에 들어갔지만, 그는 쉽게 차 댈 곳을 찾지 못했다. 한참을 내려간 그는 지하 4층에서 겨우 빈자리를 발견했다. 차를 대고 엘리베이터를 기다리며 그는 다시 주변을 둘러보았다. 사람들이 마치 자신만 힐끔힐끔 쳐다보는 것 같았다.

애써 무덤덤한 표정을 지으며 엘리베이터에서 내린 그는 9층의 교수 사무실 입구에서 A 교수의 방이 어느 쪽인지 물었다. 비서는 방까지 B를 안내하고 인터폰의 단축 번호를 눌러 약속했던 손님이 왔다는 것을 A에게 알렸다.

비서가 나가고 시선으로부터 자유로워진 B는 비좁은 소파 뒤로 엉덩이를 좀 더 밀어 넣어 앉으며 한숨을 내쉬었다. '워낙 교수들이

많아서 그런가? 사무실이 생각만큼 크지는 않네.'

다시 들어온 비서가 건넨 커피 잔을 받으며 그는 "네. 감사합니다." 하고 커피 한 모금을 마셨다. 그리곤 A에게 물어볼 것을 속으로 정리하려고 했지만 떠오른 것은 지난주에 그녀와 한 언쟁이었다.

그 말 때문이었을까? 화해를 하긴 했지만, 혹시 그 말이 다시 떠올라 속을 끓이다 약을 더 틀어버린 건 아니었을까? 아니면 혹시?

혹시 토요일 밤에 언론 재벌 M을 다시 만난 건 아니었을까? 그리고……. 이런, 내가 무슨 생각을 하는 거지? 그럴 리가 없잖아.

아니야, 그날 함께 약을 한 건 아니더라도 M을 만나던 때에 그와 함께 약을 시작해서 습관이 되어버렸을 수도 있잖아? B는 몇 주 전에도 보도된 M의 이혼 소식을 떠올리다가, 머리를 좌우로 흔들었다.

고개를 돌려 그는 책상 옆으로 이어진 벽으로 시선을 옮겼다. 옅은 회색 벽에는 학회에 가서 동료 교수들과 찍은 사진, 학회에서 받은 인증서 같은 것들이 걸려 있었다. 책상 위에는 학위 수여식에서 아내와 자녀들과 함께 찍은 사진이 끼워진 액자가 놓여 있었다. 아내와 귀여운 아이들……. 내가 원한 것도 저런 단란한 가족이었는데.

그는 호두나무색 책장에서 서류를 묶은 파일, 마취과학, 중환자의 집중관리, 마취과학회지 같은 책 한쪽 옆에서, 명상과 동양 사상, 동양 종교에 관한 책들을 발견하였다.

B가 '웬 명상서적일까, 게다가 이렇게 많이?' 하며 한 권을 꺼내 보려고 손을 뻗으려는 순간, 비서와 이야기하는 목소리가 들리며

A가 문을 열고 들어왔다.

A는 "반갑습니다. A라고 합니다." 하며, 책상 한쪽에 놓인 케이스에서 의과대학 마크가 찍힌 명함을 한 장 집어 건넸다.

"시간 내주셔서 감사합니다. B입니다."라고 하며 B도 명함지갑에서 명함을 꺼내 건넸다.

"투자회사 대표님이시군요?"

"네. 투자 자문과 M&A 쪽 일을 하고 있습니다. I하고는 고등학교 동창입니다."

"그러셨군요. S양은 아직……."

"네. 아직 깨어나지 못하고 있습니다. 교수님 저는 아직도 믿을 수가 없습니다. 왜 S가 그런 주사를 맞았을까요? 언론 보도 때문에 얼굴을 들고 다닐 수가 없을 정도입니다."

"이런 일을 당하셔서 얼마나 당황스러우시겠습니까? 저도 TV와 영화에서 늘 뵙던 분이라, 남의 일 같지 않네요. 그럼 먼저 어제 말씀드린 안전 영역에 대해 설명해드리지요." 그는 일어나 책장에서 두꺼운 영어로 된 교과서를 꺼내든 뒤, 작은 종이로 미리 표시해 놓은 페이지를 찾아 그래프들을 보여주었다.

"이게 안전 영역입니다. 안전하게 마취를 유지할 수 있는 혈중 농도의 범위이지요. 여기 보시면 다른 약물의 그래프보다 프로포폴의 그래프가 더 좁지요? 프로포폴은 이 영역이 좁기 때문에, 조금만 많이 주사하면, 호흡저하라는 치명적인 부작용이 생길 수 있습니다.

그래서 위험한 약이죠."

"S에게도 호흡저하가 왔던 거군요."

"조금만 늦었어도 더 큰 일이 날 뻔했겠죠."

"네. 그런데, 교수님 그렇다면 S는 왜 그런 위험한 주사를 맞았을까요?"

"왜 S양이 프로포폴에 의존하게 되었는지는 연구를 해 봐야 할 것 같습니다. 지금까지 프로포폴을 환각제로 남용했다는 보고는 없어서 말이지요."

"교수님 프로포폴은 마약이 아니라고 하셨죠? 그럼 정말 마약 같은 효과는 없습니까? 언론과 경찰에서는 프로포폴을 마약으로 알고 있습니다. S의 집에 형사가 수색까지 나왔었구요."

"어려운 질문인데요. 프로포폴을 엄밀하게 봐서 마약이라고 할 수 없습니다. 구미의 여러 나라에서도 아직 법적으로 프로포폴을 마약으로 지정한 곳은 없습니다."

"그럼 연예인들이 쓰는 마약은 어떤 약인가요?"

"보통 부유층 인사들과 연예인들이 중독되는 약은 성적 쾌감을 불러일으키는 필로폰이나 엑스터시 같은 환각제들이지요."

B가 물었다. "그렇다면 프로포폴에는 그런 환각 효과가 전혀 없단 말씀입니까?"

"네. 지금까지 제가 아는 바로는 프로포폴에 황홀경이나 쾌감, 행복감을 느꼈다는 보고는 없습니다. 사실 프로포폴을 주사하면 거의 수십 초 만에 환자가 의식을 잃기 때문에 쾌감이고 뭐고 느낄 틈도 없을 겁니다."

"아무런 쾌감도 없다면 왜 이 약을 시작하게 되었을까요?"

"글쎄요, 평소에 어디 편찮으신 데는 없었나요?" 이번에는 A가 B에게 물었다.

"아픈 데요?"라고 묻고 B는 입을 다물지 못했다.

"아니면 피부과나 성형외과에서 시술을 받으면서 처음 사용하지 않았을까요?"

B의 말문이 거기서 막혀버렸다. 고개를 떨어뜨린 B는 한동안 아무 말이 없었다.

침묵을 깨고 A가 "특별한 환각이나 쾌감을 주지 않는 약으로 알고 있었는데요. 이렇게 S양이 장기적으로 중독이 되었다고 하니 저로서도 이해하기 힘든 일입니다. 광범위하게 조사를 해보고 결과를 알려드리겠습니다."라고 마무리했다.

"잘 부탁드리겠습니다."

"아무튼, B님과 S님의 명예를 위해서 제가 도울 수 있는 최선을 다하겠습니다."라고 이야기하며 A는 B를 배웅했다.

문을 닫고 들어온 그는 '어쩌자고 최선을 다하겠다고 했을까?'라고 생각했다. 인사치레였다고 하더라도 자기도 모르게 최선이란 말을 한 것은, 사고가 있던 그날 아무리 가슴을 눌러도 깨어나지 않는 환자를 부여잡고 있었던 자신의 모습을 B에게서 발견했기 때문일지 몰랐다.

2-3

문제의 사고가 있던 날 아침, A는 평소처럼 수술장 안에 있는 교수 휴게실에서 느긋하게 커피 한 잔을 마시고 있었다. 공용으로 쓰는 드립식 커피메이커에서 내린 커피인지라 향이 진하진 않았으나, 손에 느껴지는 온기가 나쁘지 않았다. 정규 스케줄은 없이 응급수술의 특진 마취를 담당하는 달이었기에 이때까지만 해도 응급수술만 없다면 펠로우 1년 차들이 하는 마취나 봐주고 몇 마디 잔소리나 하면 되는 스케줄이었다.

작은 평화의 시간을 깨뜨린 것은 외과에서 가장 젊은 교수였다. 수술장 전용 슬리퍼를 딸각거리며 교수 휴게실로 들어온 그는 "교수님 안녕하세요? 마취 좀 부탁드리러 왔습니다."라며 고개를 숙였다.

"그냥 전화로 하지 뭘 또 이렇게 올라왔어? 제네랄(general anesthesia, 전신마취)인가?" 말은 이렇게 하지만, 직접 얼굴을 보면서 부탁하지 않았다면 기분은 나빴을 것이었다. "그래, 어떤 환자지?"

"네. 새벽에 응급실로 복통을 호소하며 들어온 22세의 남자환자입니다. 장 폐색과 감별진단을 하느라 시간이 좀 걸렸는데요. 혈액검사와 초음파에서 급성 충수염이 의심돼서 응급수술을 해야 할 것 같습니다."

그는 커피가 반쯤 남은 종이컵을 내려놓으며 "A로젯(rosette, 계열별로 나눠진 수술장 구역)에 7번 방이 비어 있을 테니, 바로 올리자고. NPO(금식)는 했을 테지?"

"네, 한 4시간 정도 됐습니다."

"그래? 그럼 준비하고 어쩌고 하면 5시간은 될 테니 제네랄을 해도 되겠군. 그런데 제네랄이라면 빤뻬리(pan-peritonitis, 복막염)로 번졌다고 생각하는 건가?"

"증상으로 봐선 아직 그렇지는 않은데요, 초음파에선 의심이 돼서요."

그는 알았다며 OCS 시스템(처방전달시스템)으로 응급실 차트를 열어보았다. '남자 22세, 급성 충수염 의심, 그저 2~3cm 째면 될 걸 전신마취해달라는 걸 보니 여차하면 바로 개복을 할 모양이지?'

응급실에서 환자를 올려도 되냐는 전화가 오자, A의 담당 펠로우는 환자를 올리라고 이야기하고 잠시 후 수술장 입구로 나갔다.

사방에 연초록색 유광 페인트가 칠해진 수술장 입구에는 환자를 이송하는 직원이 환자가 누워있는 이동용 침대를 밀고 와서 수간호사에게 인계하고 있었다. 수술장 입구의 환자 대기실에서 그는 침대에 누운 환자와 푸른색의 덧가운을 입고 머리에 일회용 모자를 쓴 환자의 부모에게 마취 방법과 마취 중에 혹시 생길지 모르는 부작용 등을 설명한 뒤, 마취동의서에 서명을 받았다. 그는 입구의 벽에 걸린 인터폰으로 A에게 전화를 걸었다. "교수님 환자 입구에 와 있고요, 동의서 다 받았습니다."

"그래, 그럼 A로젯 7번 방으로 데리고 들어가지." 전화를 끊은 A도 외과계 수술장이 모여 있는 A로젯으로 향했다.

　수술복으로 갈아입은 인턴과 외과 1년 차 레지던트가 환자가 누운 침대를 밀고 수술실로 들어갔다. 그들은 7번 방으로 들어와 수술대 옆에 밀고 온 침대를 나란히 붙인 뒤, 환자 밑에 깔린 시트를 양쪽에서 붙잡고는 수술대로 환자를 옮겼다. 이즈음 A도 수술실로 들어섰다.

"이름과 나이가 어떻게 되시죠?" A는 환자에게 물었다.

"OOO입니다. 나이는 스물두 살입니다."

"학생이에요?"

"네, 항공대학교에 다닙니다."

"그럼 파일럿이 되는 것이 목표겠네요?"

"네."

"키와 체중은 어떻게 되지?" 그는 외과 레지던트를 보고 물었다.

"175cm에 72kg입니다."

"과거력, 가족력 상 특이사항은 없나?"

"네. 없습니다." 레지던트가 대답했다.

A는 마취 기록지에 체중을 적고서 마취를 시작했다.

"자, 그럼 마취 시작하겠습니다." 그는 평소처럼 마취과 간호사가 준비해 놓은 마취유도제와 근육이완제를 정맥으로 주사했다.

공기주머니를 짜며 환기를 하던 그는 잠시 기다린 뒤 환자의 속눈썹을 살살 건드려 의식이 사라진 것을 확인한 후, 오른손으로 환자의 머리를 슬며시 밀어 올리며 왼손으로 후두경을 들고 그것을 목구멍으로 넣었다. 그러고 나서, 오른손으로 다시 간호사가 건네주는 투명한 관을 받아 기관지에 삽입했다. 흡입마취제를 조절하고 나서 꼼꼼히 실크 재질의 테이프로 관을 입에 고정한 뒤, 오럴 에어웨이(기도확보기)를 입에 끼워 넣었다.

그는 마지막으로 청진기를 들어 환자의 가슴에 대보고는 외과 쪽에 "수술 진행하셔도 되겠습니다."라고 말했다.

외과 쪽에서는 마취가 되기를 기다리던 레지던트가 바로 옆 준비실에서 손을 씻고 기도하듯 손을 위로 한 채 들어와 간호사가 입혀주는 푸른색 수술 가운을 입었다. 레지던트는 갈색의 소독액을 적신 스펀지를 기다란 집게로 집어, 좀 전에 환자의 일회용 팬티에 붙인 면 테이프 위쪽으로 배와 가슴을 닦기 시작했다.

4년 차가 들어와 1년 차와 함께 푸른색 부직포로 된 방포를 얼굴과 수술 부위를 뺀 환자의 몸 위에 다 덮어씌웠다. 수술 준비가 끝났다는 써큘레이팅 간호사의 연락을 받은 집도의가 교수 휴게실을 나와 수술방으로 들어설 무렵, 환자의 상태가 이상해지기 시작했다. A는 처음엔 환자가 추워서 몸을 좀 떠는 줄 알았다.

그런데 어느 순간, 수술팀을 위한 공간과 마취의사를 위한 공간을 구분하기 위해, 은색 금속막대 두 개 사이로 설치한 방포 위쪽으로, 즉 환자의 목과 머리 위쪽으로 훅 하고 올라오는 더운 기운을 느꼈다. 설마 하며 A가 환자의 체온을 확인해보자 무려 섭씨 39도.

환자의 전신 근육이 떨리면서 뻣뻣하게 변하고 있었다. 심전도를 나타내는 그래프에는 엄청나게 빠른 빈맥이 떠 있었다. 체온을 체크하고 난 지 얼마 후 39.5도. 또다시 체온은 40도, 41도까지 올라갔다.

"뭐야, 체온이 왜 이렇게 높아지지? 이거 혹시 악성고열증?" 하고 소리치자, 손을 닦으러 나가려던 외과 집도의는 깜짝 놀라서 멈춰 섰다.

A는 수술 방포를 한 번에 확 걷어버리고 "얼음과 단트롤렌을 가져와!"라고 소리쳤다.

마취과 간호사는 중앙공급실로 뛰어가서 은색 스테인리스 버킷에 얼음을 잔뜩 담아 가져왔다. A는 수술을 위해 갈색 소독약이 발라져 있는 환자의 몸에 미친 듯이 얼음을 퍼부었다. 환자의 몸은 물론 수술방 바닥에 얼음이 나뒹굴었다.

펠로우가 준비실 약장에서 가져온 단트롤렌은 모두 20병. 하얀 가루가 절반쯤 담긴 약병들이 마취상 가득 놓였다. 펠로우와 간호사들이 달라붙어 20cc 주사기에 생리식염수를 담아 병에 주사했다.

하지만 가루약을 녹이는 것도 쉽지 않았다. 약병을 미친 듯이 흔들어 가루가 사라진 것이 확인되자, 그들은 혈관 주사를 통해 급히 한 병씩 욱여넣듯이 주사하기 시작했다.

그렇게 급히 밀어 넣은 것이 7병. 그래도 환자의 열은 내려가지 않았다.

"IV 라인(정맥주사) 하나 더 잡고, L-튜브로 차가운 생리식염수 위세척도 시켜."

몸의 중심체온을 내리려는 거였다.

단트롤렌을 더 빨리 주사하기 위해 펠로우가 혈관 주사를 하나 더 잡으려고 했지만, 경련이 일어나고 있는 팔다리의 여기저기를 찔러 피만 흘러나올 뿐이었다.

"안 되면 그냥 놔둬." 공기주머니를 손으로 짜면서 A가 소리치자, 펠로우는 원래 잡아 놓은 라인으로 간호사가 녹여서 건네주는 단트롤렌을 계속 주사했다.

그러는 동안 결국 환자의 호흡이 중지되고, 얼마 지나지 않아 심장마저도 멎어버렸다. A는 제세동기로 전기 충격을 주며 CPR을 계속했다. 에피네프린을 주사해서 잠시 돌아왔던 맥박은 곧 다시 사라지고, 다시 주사하면 돌아오다 사라지고…….

한 시간이 지난 후 교대로 흉부 압박을 했던 펠로우는 모자가 다 벗겨진 채로 수술대 옆에 서 있었다. 마지막까지 미친 듯 흉부 압박을 하던 A도 결국 환자를 안고 있던 팔에 힘이 빠져, 온몸이 땀에 젖은 채 수술장 바닥에 주저앉고 말았다. 환자의 심장박동은 결국 돌아오지 않았다.

덧가운을 벗고 나와 수술장 바로 앞 보호자 대기실에 있던 부모들은 전광판에서 환자들의 이름이 '수술 중' 표시 밑에서 '회복실' 표시 밑으로 이동하는 것을 보며, 소리를 줄여 놓은 TV 화면에 잠깐씩 눈길을 주고 있었다.

그들은 스피커에서 나오는 "OOO 씨 보호자분들은 수술장 입구로 와주세요. 반복합니다. OOO 환자 보호자분들은 수술장 입구로 와주세요."라는 안내 멘트를 듣고 급히 수술장 입구로 갔다.

수술장 입구에 펠로우와 함께 나온 A는 그들을 보고 입을 가리고 있던 마스크를 내렸다. "의외이겠지만, 말씀드리기 힘든 이야기를 해야 할 것 같습니다. 마취를 하는 도중 아드님에게 악성고열증이라는 희귀한 증상이 나타나, 저희 의료진이 할 수 있는 모든 조치를 다 했습니다만 조금 전 사망하셨습니다."

"선생님, 뭐라고요?"

"악성고열증이라는 증세로 체온이 갑자기 오른 후 열이 내리지 않아 사망하셨습니다."

"뭐라고요, 아이가 죽었다고요? 확실히 우리 아들 말입니까?" 아버지가 되물었다.

"네, OOO님이 맞습니다."

"아이고 이를 어째……" 환자의 어머니는 바닥에 주저앉아 울기 시작했다. 환자의 아버지는 얼굴을 붉히며 "이게 무슨 소리예요. 맹장염이라면서요. 그런데 어떻게 애가 죽어요?"

그러는 동안 다른 보호자들은 무슨 일인가 나와 보며 웅성거리기 시작했고, 수간호사의 전화를 받은 행정직원이 그들을 1층의 VIP 대기실로 안내했다.

"아버님 진정하십시오. 그것은 정말 예측할 수 없는, 불가항력적인 문제였습니다. 이 병은 사전에 미리 체크를 해볼 수도 없는 질환입니다. 저희가 체온을 내리기 위해 열을 내리는 조치와 치료약을 모두 쓰고, 심폐소생술까지 최선을 다했습니다만, 죽음을 막지 못했습니다." A는 자신도 모르게 떨리는 목소리로, 듣지 않으려는 환자 아버지에게 상황을 다시 설명하고 있었다.

그가 더 설명하려고 하자 행정직원은 우선 보호자들에게 진정이 필요하다며 A를 사무실로 올라가게 했다. 환자의 아버지는 배상과 사후 조치를 설명하려고 들어온 보험 담당 직원에게는 눈길도 주지 않은 채 굳은 얼굴로 앉아 있었다. 환자의 어머니는 울다가 결국 실신했고, 수액주사를 맞기 위해 내과 병실로 옮겨졌다. 그날 그는 '악성고열증' 을 그렇게 처음 만났다.

2-4

B와 만난 다음 날 어려운 숙제를 맡은 A는 수술장에 내려가기 전, 자신의 방에서 의대에서 제공하는 검색 사이트에 접속해 프로포폴에 관련된 논문들을 찾아 읽어보고 있었다. 그는 비록 그녀의 의식을 돌아오게는 못할지라도, 스스로를 변호할 수 없는 그녀의 명예만이라도 꼭 회복시켜주어야겠다고 생각했다. 하지만, 수술장에 내려갈 시간이 점점 다가오자 '아, 도대체 어쩌자고 이 일을 맡은 거지. 쓰고 있는 논문들도 잔뜩 쌓여 있고 의과대학의 행정 일들만으로도 벅찬데.' 하는 생각이 들었다.

표시해 둔 몇 개의 논문을 다운로드한 그는 마지막으로 외국 논문들까지 검색해 보기 위해 Pubmed(논문 전문 검색 사이트)에도 들어가 보았다.

'프로포폴의 최대 부작용은 호흡저하다. E국 내의 이비인후과, 피부과, 내과, 산부인과, 성형외과 등에서 시술 중에 환자의 호흡근이 마비되어 사망한 경우가 다수 보고되어 있다.' 가장 많은 케이스를 보고한 논문에도 이렇게 적혀 있었다.

'그래, 역시 프로포폴이 안전한 약은 아니야.'

그는 몇 편의 논문 초록을 더 살펴보려고 했다. 그때 문이 빠끔히 열리며 비서가 얼굴을 들이밀었다. "교수님, 수술장에 안 내려가세요?"

"아, 알았어요. 조금만 있다가 내려갈게요."

비서가 문을 닫고 나갔다.

'어떤 논문에서도 프로포폴을 환각이나 쾌감을 위해 마약으로 오남용한 보고는 찾아볼 수 없잖아? 심지어 마리화나 흡연이 합법인 네덜란드에서조차도.'

그는 물끄러미 벽에 걸린 시계를 쳐다보다가, 인터폰을 들고 비서에게 부탁했다. "프로포폴을 생산하는 제약사에 자료를 좀 요청해 줄래요?"

"정맥마취제 프로포폴 말씀이시죠?" 비서는 확인하며 물었다.

"네. 그래요."

"카피 약을 만드는 국내 회사 말고, 오리지널 수입사에 전화해볼까요?"

"그래야겠죠?"

"네. 교수님, 그런데 이제는 수술장에 내려가셔야죠."

"네. 알고 있어요."

첫 수술이 끝날 즈음 비서는 수술장으로 전화를 걸어 "교수님, 제약사에서 임상 자료하고 개발 단계에 본사에서 참고했던 논문들까지 모두 복사해서 보내주기로 했어요."라고 전했다.

"오케이. 고마워요." 이렇게 대답은 했지만 전화를 끊고 그는 수술 모자를 쓴 머리를 옆으로 기울였다. '우리보다 더 먼저 쓰고 있는 나라들의 임상 논문에서 그런 예를 찾을 수 없는데, 제약사 자료에서 뭔가 건질 수 있을까? 그래도 어떡해? 개발 단계에서 했던 자체 실험 데이터가 있을 테니 기대를 걸어봐야지.'

A는 예정된 마취를 모두 마치고 퇴근하는 길에 후배 I에게 핸즈프리로 전화를 걸었다.

"여보세요."

"나야."

"네. 형 잘 지내시죠?"

"응. 덕분에. 강만 건너면 만나는데 그게 힘드네. 요즘도 테니스 좀 치나?"

"아유, 날씨도 그렇고, 여유가 있어야 말이죠. 홈커밍데이에나 같이 치시죠."

"그래. 그리고 B라는 분 만났어."

"아, 그러셨어요? 먼저 전화 드렸어야 했는데 죄송해요."

"뭘. 그런데 어떤 친구야?"

"그 친구 하고는 고등학교 동창인데요. 정말 친한 친구라 바쁘신 줄 알면서도 연락처를 줬어요."

"그랬구나."

"네. 국내에서 최고 실력을 가진 애널리스트로 유명했어요. 예전에 경제 신문에서 특집 기사 나온 적이 있었거든요, 근데 3위 안에 들었더라고요."

"대단한 사람이네."

"대단한 정도가 아니에요. 왜 최근에 D그룹에서 대규모 M&A를 했잖아요?"

"그래. D그룹 M&A 이야기는 나도 알지."

"그 건도 사실은 컨설팅회사가 방향만 제시했지, 실무는 전부 그 친구 작품이래요. B 증권사도 B가 대형 기업 공개와 국제적인 인수 합병을 연속으로 성공시켜 업계 최고로 키워냈다고 하고요. 이젠 지분도 가진 CEO라네요."

"학교 다닐 때부터 특출났겠구나?"

"아뇨. 고등학교 땐 뭐 그렇게 특출난 친구는 아니었어요. 외국에 MBA를 갔다 온 적도 없고요. 그래서 B가 이렇게 크게 된 것이 업계에서도 유례가 없는 일이라고 하더라고요."

"그래, 역시 감각이 있어야 돈 버는 거구나!"

"맞아요. 돈 버는 사람은 따로 있죠. 아주 젊었을 때 이미 두각을 나타냈다고 하더라고요. 뭐 치열하게 자료 분석을 하기도 했겠지만,

그 친구 학교 때 생각해 보면 좀 특이한 게 있긴 했어요."

"뭐가?"

"역사를 아주 잘했었거든요. 국사하고 세계사 말이에요. 그 덕분일까, 시대의 흐름을 읽는 눈을 가진 것 같아요."

"세계사? 그거 말 되는군."

"네. 예를 들어 어느 지역에 군사 분쟁이 나면, 어느 원자재가 어떻게 값이 오르고, 그러면 어느 회사 주식을 사야 하는가? 그런 걸 잘하나 보더라고요. 어쨌든 엄청 큰 건 하나를 제대로 성사시키고 독립해서 자기 회사를 차렸다가, 원래 다니던 B사의 영입 제의를 받고 다시 들어갔다고 하더라고요. 제일 잘하는 것이 M&A니까, 자기 회사에 다니던 회사와 합병했다는 거 같아요. 소문에는 B가 가진 B사 지분이 상당하다고 하더라고요."

"그렇구나, 그런데 사귀던 사람이 그렇게 되어 있으니, 큰일이군."

"아무튼 그 친구와 S가 누명을 벗을 수 있게 잘 좀 부탁드릴게요. 그 뉴스 때문에 월요일에 주식시장이 개장하자마자 주가가 5퍼센트나 폭락을 했다는데요, 어제도 또 떨어지고. 주가도 주가지만 안타까워서 옆에서 못 보겠더라고요."

"그래, 연구해볼게. 또 전화하자고……."

"네, 형. 들어가세요."

S시를 에워싼 산들의 그림자 사이를 지나고 몇 개의 터널을 거쳐서, 고속도로를 달린 A의 차는 그의 집이 있는 베드타운으로 접어

들었다. 집으로 돌아온 A는 TV를 켜고 뉴스를 보았다.

"S양 말고도 다수의 연예인들이 프로포폴에 중독되었을 것이라는 제보들이 속속 들어오고 있습니다. 경찰에서는 이들에 대한 내사를 시작했다고 합니다."

또 다른 기자는 연이어 좀 더 상세한 내용을 전했다. "프로포폴은 피부 시술을 하는 클리닉 등에서 레이저 시술을 하면서 통증을 느끼지 못하도록 쓰는 약입니다. 이 약이 광범위하게 사용되면서 언젠가부터 암암리에 연예인이나 일부 부유층에서 남용되고 있던 정황이 속속 드러나고 있습니다."라고 보도했다.

그는 뉴스를 보며 '과학은 사람들에게 너무나도 손쉽고, 편리하게 진통과 수면의 세계를 열 수 있는 마법의 지팡이를 쥐어 주었지만, 사람들은 아직도 그 마법의 지팡이를 휘두르는 법을 제대로 모른 채 휘두르고 있는 셈이군. 하기는 남의 얘기를 할 게 아니지. 나 자신도 흡입마취제가 그렇게 무서운 결과를 가져올지 모르고 습관처럼 마취를 해왔던 거니까.'

또 다른 험악한 사회 뉴스들이 흘러나오자 그는 리모컨을 눌러 TV를 끄며 생각했다. 어쩜 이 연구가 죽음의 순간 사람의 의식이 어떻게 되는지를 알아내는 데에도 도움이 될지 몰라. 그나저나 S의 의식은 과연 어떤 상태에 있었을까? 정말 프로포폴을 하면 저 보도처럼 중독이 될 만한 환각을 느끼는 걸까?

P는 아침 일찍부터 사무실에 나와 있었다. 그는 공연히 블라인드 커튼을 올렸다 내렸다 하며 창밖을 계속 살폈다. '나라에서 하는 일이라지만 과연 어느 정도나 지원을 해주는 걸까? 일반 공산품도 아니고, 사람에게 쓰는 마취약인데 그렇게 쉽게 허가를 내줄까?' 그는 이제 소파 주변을 맴돌며 규칙적인 발소리를 내고 있었다.

'팀장이 그래도 최대한 많이 얻어내려고 노력했을 거야. 암, 당연히 그렇게 했을 거야.'

노크 소리와 거의 동시에 문이 열리자 P는 획하고 몸을 돌려 문 쪽으로 다가섰다. 비서의 안내를 받으며 모두 비슷한 쥐색 양복을 입은 4명이 가죽으로 된 서류 가방을 들고 들어왔다.

"어서 오십시오. 환영합니다." P가 환히 웃으며 고개를 숙여 인사했다.

"안녕하세요? 식약청 신약 승인팀 팀장입니다." 가장 앞서 들어온 안경을 낀 사람이 말했다.

"기다리고 있었습니다. 대표이사 P입니다. 이렇게 바로 나와 주실 줄은 몰랐습니다. 이쪽으로 앉으시지요." P는 팀장과 팀원들에게 일일이 악수를 건네며 말했다.

"최대한 업무지원을 신속하게 해드리라는 지시가 있었습니다."

"그러셨군요. 다행입니다. 식약청의 지원이 간절히 필요한 시기였습니다."

"앞으로 일주일 정도 현황 파악을 하고 지원 계획을 알려드리겠습니다."

"네, 감사합니다. 아, 커피 괜찮으시겠습니까?"

"네. 좋습니다." 팀장이 돌아보자 모두 고개를 끄덕였다.

그는 인터폰을 들고 말했다. "여기 커피 좀. 아, 그리고 수석도 바로 들어오라고 하고."

전화기를 내려놓고 그는 다시 의자에 앉았다. "저희가 알려드려야 할 내용은 좀 이따가 수석연구원이 들어와서 전해드릴 겁니다. 이미 신약 승인에 대한 허가 절차는 진행되고 있었습니다만."

"네. 기존에 제출하신 자료는 이미 모두 검토하고 왔습니다. 데이터들이 나쁘지 않더군요."

"그러셨어요? 감사합니다." P는 또 싱글벙글 웃으며 말했다.

"제출한 이후의 상황을 파악해보겠습니다."

노크를 하고 비서가 커피를 들고 들어왔다. 그 뒤에 회사 점퍼 차림의 수석연구원이 서 있었다.

"이쪽으로." P는 문 쪽에 서 있던 수석연구원을 보고 손짓을 하며 말했다.

"안녕하십니까? 우선 대화 나누시고요. 조금 있다가 파견 나오신 동안에 쓰실 방을 안내해드리고 그동안 진행된 것들을 보고 드리겠습니다."

"네, 잘 부탁합니다." 팀장이 대답했다.

"부탁은 무슨 부탁입니까? 저희야말로 잘 부탁드리지요." P는 또 고개를 숙였다.

"아마도 수석연구원님과 임상실험 계획을 다시 짜야겠습니다. 전략산업위원회의 뜻에 맞추려면 속도를 좀 내야 할 것 같아서 말이지요."

"그렇지요. 저희도 그동안 노력을 하고 있었습니다만, 외국 약의 복제약이 아니라 순수 우리 설계기술로 신약을 개발하는 거라 승인에 시간이 걸릴 것으로 예상하고 있었습니다. 아무튼 좀 서둘러야겠지요. 우선 차 한 잔씩들 하시지요." 그는 비서가 내온 커피를 권하며 말했다.

"네, 식약청 입장에서도 가시적인 결과가 빨리 나오게끔, 필요 없이 복잡한 단계를 간소화할 생각입니다."

얼마간 대화를 나눈 그들은 수석연구원을 따라 앞으로 사용할 사무실로 향했다.

"사무실은 마음에 드십니까?"

"네. 훌륭하네요." 팀장은 회사에서 새로 마련한 최고급 책상과 의자에 앉아보며 말했다. "아, 그리고 하이퍼란의 주 설계를 담당하셨다지요? 대단하시네요." 다른 직원들이 사무실을 둘러보는 동안 그가 물었다.

"아직 승인이 나지도 않았는데요, 무슨 말씀을. 다행인 건 완전히 새로운 약을 만들어내지 않아도 된다는 점이었습니다. 만약 천연물에서 완전히 새로운 신약을 개발하려고 했다면 불가능했을 겁니다. 구조 생화학 시뮬레이션 프로그램을 써서 기존 마취제들 중에서 가장 가능성이 높은 마취제의 분자 가지를 치환해서, 칼슘 이온 채널을 자극하지 않는 마취제를 개발했습니다."

"그래서 근육 경련이 방지되고 발열 반응이 예방되고요?"

"네. 맞습니다."

"대단하네요."

"그리고, 네 분의 출입 카드는 내일 오전까지 준비해서 나눠드리겠습니다. 이제 가실까요?" 그들은 다시 P의 사무실로 들어왔다.

"그럼, 우물쭈물할 것 없이 내일부터 시작하시는 거죠?" P가 식약청 팀장에게 물었다.

"네. 그렇습니다. 내일부터 시작하겠습니다."

"좋습니다. 아주 좋습니다. 필요한 것들은 수석연구원을 통해서 알려주십시오. 신속히 해결해드리겠습니다. 잘 부탁드립니다."

두 대의 차로 나눠 탄 그들을 현관 계단을 내려와 마지막까지 배웅한 후 P는 사무실로 들어서며 비서에게 말했다. "제1공장을 가야 하니까 차를 준비시켜."

출퇴근 시간이 아닌 오후 2시쯤이었는데도, 길은 막혔다.
"실내 공기 순환으로 해봐. 미세먼지가 있나 목이 더 칼칼하네."
"네. 회장님. 뉴스에서 오늘 미세먼지가 심할 거라고 했습니다."
기사는 버튼을 누르며 대답했다.
"그렇지?" 그는 헛기침을 하며 가래를 끓어 올렸다.

제1공장에 도착해 기다리고 있던 공장장과 만난 그는 "바로 한번 가 보자고." 하며 서둘렀다.
'그렇지. 기왕에 공장을 증설한다면, 해안가에 있는 제2공장보다는 S시 안의 제1공장이 증설되어야지. 대로변에서도 잘 보이는 큰 공장을 세워야, 누구나 지나다니며 볼 수 있는 랜드 마크가 되지 않겠어? 저기쯤에 큰 저장 탱크들을 세우고 회사 마크를 크게 그려 넣는 거지.' 그는 회사 경계에 서서 혼잣말을 했다.
저 멀리 말뚝을 박아 놓은 너머로, 저층의 서민 아파트들과 아직 이전을 하지 못한 크고 작은 기계공장들, 섬유공장들 사이에 아파트 단지와 아웃렛을 조성하기 위해 불도저로 다 밀어버린 지대들이 보였다. 벌건 흙들이 드러난 끝에는 바윗덩어리들이 아직 치워지지 않은 채 쌓여 있었다.
'원래대로라면 우리 공장도 이전해야 하는 상황이었는데, 이제 이전은커녕 오히려 저리의 국책자금을 융자받아 토지공사로부터 땅을 매입하고 공장을 증설할 수 있다니 얼마나 다행이야. 게다가 팀장 말처럼 환경청과 지방자치단체 건설과 규제를 다 풀어준다면 그건 정말 땅 짚고 헤엄치는 격이지. 땅값은 땅값대로 오를 거고, 이런 호재에 상장이 되면 주가는 또 몇 배가 뛰겠어?'

혼자 행복한 상상에 젖어 들던 P는 갑자기 뒤를 돌아보며 말했다.

"공장장 어때, 멋지지 않나, 이 땅에 우리 공장이 들어선다는 게?"

"네, 정말 대단하십니다. 회장님의 구상이 이제 실현될 것 같습니다." 지적도를 들고 조금 뒤에서 말없이 따라오던 공장장은 P의 뜬금없는 질문에 타이밍을 놓치지 않고 장단을 맞추었다. "그리고, 부지 끝부분의 말뚝은 오전에 지적공사에서 나온 측량기사가 박아 둔 겁니다. 측정하는 걸 제가 같이 확인했습니다."

"아, 저기 검은 말뚝들 말이군." 그는 흰색 번호표가 붙은 말뚝들을 가리키며 말했다.

"네. 저기까지가 허가 신청을 할 수 있는 부지입니다." 그는 지도를 말아 먼 곳을 가리켰다.

"그래. 가 보자고."

"구두 괜찮으시겠습니까? 운동화 같은 걸 가져오라고 할까요?"

"아니. 괜찮아. 구두 좀 버리면 어때." 그는 벌써 붉은 흙을 밟으며 앞으로 나아갔다.

 P가 뿌연 스모그 속에서 지적도와 말뚝 번호들을 일일이 다 대조해보고 공장을 떠난 것은 퇴근 시간이 다 되어서였다. P를 배웅한 공장장은 마취제를 제조하는 생산라인 1번부터 항생제를 생산하는 라인 4번까지 모두 둘러보고 퇴근을 준비했다. 작업복을 벗고 사복을 입는 동안 그는 삼겹살이라도 사서 집에 들어갈까를 진지하게 고민하였다. '요즘 더 늘어난 체중을 생각하면, 삼겹살은 참아야 하는데, 오늘은 그래도 왠지 가래 해소에 좋다는 삼겹살에 소주라도 마셔야 스트레스가 좀 풀리지 않을까?'

 그는 주머니에서 차 키를 꺼내며 생각했다. '그래도 다행이야, 계획했던 일들이 쉽게 진행이 되기 시작하니. 1공장이 철거되면 지방으로 내려가야 했을 텐데. 애들을 데리고 내려갈 수도 없는 상황에 공장이 증설되게 됐으니.' 그는 노트북 컴퓨터를 살 때 딸려 나온 검은색 싸구려 나일론 가방을 조수석에 던지듯 내려놓았다. 한숨을 내쉬며 그는 생각했다. '그렇기는 한데 이것도 쉬운 일은 아니야. 회사의 주인이 바뀌고 얼마 되지도 않았는데, 이제 또 공장을 증설한다고 하니, 공사를 하는 동안에 일이 잘못되기라도 하면 관리를 잘못한 책임은 오롯이 내 몫이 될 거니까.'

공장 직원들의 어수선한 분위기 때문에 그의 하루하루는 도둑고양이가 담을 따라 걷는 것 같았다. 스트레스를 많이 받아 요즘 먹는 것으로 스트레스를 풀다 보니, 안 그래도 아래로 낮게 채워져 있던 벨트 위로 그의 배와 옆구리는 터질 듯이 튀어나와 있었다.

그는 출퇴근하며 걷기는커녕 하루도 빠지지 않고 흰색의 디젤 승합차를 몰고 출퇴근을 했다. 처음 차를 살 때는 주말마다 아이들과 아내를 태우고 버스 전용 차로를 씽 하니 달려 여행을 가겠다고 떠벌렸지만, 이제 그가 차에 대해 자랑할 것은 저렴한 유지비밖에는 없었다.

'아무리 좋은 차도 보증수리 기간 3년이 지나면, 다 이런 건가?' 키를 꽂고 시동을 걸자 그의 애마는 뱃속이 불편한지 그르렁거리는 소리를 내며 안 그래도 스모그가 가득한 S시의 공기에 검은 매연을 마구 내뿜었다.

'이제 보증수리 기간도 지났고, 걱정했던 정기 검사도 어찌어찌 통과됐으니, 그냥 계속 타야지 뭐.' 언덕을 올라갈 때 제대로 타지 못한 기름이 시커먼 매연이 되어 차 뒤로 뿜어져 나온다는 건 알고 있었지만, 빨리 달리기만 하면 자신은 그 매연으로부터 벗어날 수 있을 거라는 생각에 엑셀을 더 세게 밟을 뿐이었다. 언덕에 올라서서 지하철역 쪽으로 반듯하게 뻗은 대로의 내리막을 내려다보면 그날의 가시거리가 얼마나 되는지 확인하기 좋았다. 오늘은 불과 몇백 미터가 되지 않지만, 어쩌다 비가 온 뒤에 같은 길에서 볼 땐 몇 킬로미터나 떨어져 있는 강 건너의 산이 보이기도 했기 때문이었다.

그는 심한 스모그에 대해 지형 탓을 했다. '도시가 산으로 둘러싸인 분지여서 공기가 빠져나가기가 어려운 거지. 봄에는 바람마저도 약하니 이 모양이고. 얼른 바람이 불어와야 앞이 보일 텐데. 어휴, 채 1km 앞도 안 보이잖아?'

그는 앞이 맑아지지 않을 걸 알면서도 괜히 와이퍼를 두어 번 움직였다. 'TV에서 전문가들이 그랬잖아. 어차피 새벽이 되면 위쪽의 차가운 공기가 산등성이를 타고 내려와서 회색의 담요처럼 지표면을 또 덮어버린다고. 기온의 역전 현상이라나, 뭐라나? 하여간 그랬지.' 그러면서 그는 차창을 내리고는 피우던 담배꽁초를 손으로 튕겨서 버렸다.

뭐 이 더러운 공기 때문에 사람들이 폐병과 심장마비로 쓰러져 간다고 의사들이 이야기하지만, 당장 먹고 살기에 바쁜데 누가 신경이나 쓰겠어?

그나저나 오늘 공기가 탁하긴 정말 탁하군. 스모그가 회색이 아니라 회갈색인데? 의사들 말마따나 발암물질과 치명적인 독성분들이 농축되어 있는 거 아냐? 그는 언덕배기를 내려가면서 스모그가 가득한 대로를 바라보며 생각했다. 공장장은 자신의 부주의로 인해 머지않아 이 지독한 스모그에 또 하나의 강력한 성분이 추가될 줄은 상상도 하지 못했다.

　S가 출연했던 그 많은 화장품 광고와 백화점 광고들은 이제 어디
서도 보이지 않았다. 연예가 뉴스 프로그램에서 S측이 배상해야 할
계약서상의 금액을 보도했는데, 모두 합하면 족히 100억 정도는 되
는 금액이었다.

　인터넷 뉴스에는 B사의 주가가 지난주에 이어 그저께 장을 마치
며 또다시 하한가를 쳤다는 뉴스가 보도되었다. 사건이 터지기 전
에 비해 무려 30퍼센트 가까이 하락한 종가였다. 사운을 건 M&A
가 무산될지도 모른다는 소문 때문이었다. 시간은 자꾸만 흘러가
고, A에게는 마취과 교수로서 자존심 상하는 상황이 계속되었다.

　'얼마나 억울할까? 부탁을 거절했다면 모를까, 어서 문제를 풀어
줘야 할 텐데.' 그는 일요일이었지만 사무실에 나와 제조사에서 보내

준 자료들을 몇 시간 째 검토하고 있었다.

'그렇게 기다려 받은 자료인데 다 읽어봐도 환각이나 쾌감에 대한 언급은 전혀 없군. 작용기전도 역시 중추신경 억제에 의한 것으로 추정할 뿐 명확하게 설명하는 자료도 없고. 어쩌지? B는 다급한 상황이던데.'

그는 자료들을 추려 책상 한쪽으로 던져 놓으며 생각했다. 명예 회복의 요점은 프로포폴을 맞은 사람의 의식이 어떤 상태에 빠지는 것인지, 또 환각과 쾌감을 느끼느냐 아니냐 하는 것인데, 아무리 봐도 그런 연구를 한 연구자가 없군……. 그렇다면 결국 내가 직접 그 연구를 해봐야 하는 거고, 도대체 어디서부터 시작을 한다?

몰튼이라는 의사라고 했지? A는 하버드대에 교환교수로 갔을 때 들었던 인류 최초의 마취에 대해 떠올렸다. 그의 마음이 이랬을까? 도무지 알려진 게 없잖아. 그가 에테르를 가지고 처음 마취에 성공한 후로 의사들은 체중 얼마에 마취약 얼마를 쓰면, 환자가 의식을 잃고 잠잠해지는지를 선배에게 배워서 마취를 했겠지? 하기는 그런 식으로 배웠기 때문에 마취약이 우리 뇌 속의 어느 부분에 어떻게 작용해서 의식을 잃게 하는지를 정확히 알 수 없게 된 것이기도 해.

그건 마치 우연히 문이 열려 있고, 열쇠까지 꽂혀 있는 자동차를 발견한 십 대 소년이 죽음으로 이어질 수도 있는 위험한 여행에 친구들을 끌어들인 것과 마찬가지일 거야. 생각이 여기에 미치자 그는 자신 때문에 세상을 떠난 그 환자가 생각나 한숨을 내쉬었다.

도무지 어떻게 해야 한 사람의 내면에서 일어나는 일을 알아낼 수 있을까? 그는 미간을 찌푸리며 양손으로 머리를 틀어쥐었다. 환자들을 상대로 설문조사를 해볼까? 아냐 별로 소득이 없을 거야. 환자들에게 프로포폴을 쓰면서 일부러 물어본 적도 없었지만, 환각 같은 걸 느꼈다고 이야기한 환자도 역시 없었어.

차라리 내가 프로포폴을 맞아보면 어떨까? 그는 고개를 흔들었다. 아니야, 연구용이라 하더라도 그건 그리 윤리적이지 않은 것 같아. 괜히 마취과 교수가 마취약을 스스로 투약하더라는 이상한 소문이라도 나봐. 안 돼, 안 돼. 게다가 내가 수면에 빠지면 어떤 느낌을 느끼는지 누가 적어놓는단 말이야? 나는 손끝 하나도 움직일 수 없을 텐데.

그는 엄지손톱 끝을 이로 물면서 생각했다. 도대체 어떤 방법을 써야 할까?

그는 한참을 고민하다가 "오늘은 틀렸어. 아무런 생각이 떠오르질 않아!"라고 말하며 자리에서 일어났다.

그는 휴대전화를 들어 좌선실 자리를 예약하려고 했다. 요즘엔 사람들이 많아져서 주말엔 미리 예약하지 않으면 자리가 없다니깐.

그러다 그는 명상 센터 벽면에 붙어 있는 광고를 떠올렸다. 명상을 할 때에는 뇌파가 알파파로 변화되어 스트레스 호르몬의 분비가 줄어들어 불안과 우울 증상도 없어지게 된다는 내용이었다.

'그래, 뇌파검사…….'

A는 명상을 할 때 수련자의 의식 수준을 뇌파로 측정하듯이,

프로포폴로 마취가 되었을 때 환자의 의식이 어떤 상태가 되는지 뇌파를 측정하면 어떨까 하고 생각했다.

그는 책장 제일 윗단에서 뇌파에 관한 책을 꺼내 들고는 명상센터에 가지 않고 집으로 돌아왔다. 늦은 저녁을 먹고 서재에서 한참 책을 읽던 그는 자정 무렵 책을 덮었다.

'BIS(Bispectral Index: 마취심도측정기) 정도로는 안 되겠군. 정식 뇌파측정기를 준비해야겠어. 벌써 몇 시야? 내일이 월요일이지? 빨리 자야 할 텐데. 아, 내일 첫 수술이 또 결핵성 복막염 의심환자 수술이었지?' 그는 미간을 찌푸리며 한숨을 내쉬었다. 내일 또 손이 떨리면 어쩌지?

그는 복막염이란 병명에 징크스처럼 죽음을 떠올렸다. 초등학교 5학년 무렵, 그는 처음 '죽음'이라는 것을 인식했다. 동네 골목길에서 차에 치인 개의 사체를 보고 도무지 어찌할 바를 몰랐다. 밤에 이불을 뒤집어 써 봐도, 낮에 친구들과 어울려 봐도 회색 콘크리트 바닥에 들러붙은 검붉은 핏자국이 떠오르고, 자신도 결코 죽음으로부터 벗어날 수 없다는 생각만 떠올랐다. 그 공포에서 벗어날 방법은 전혀 없어 보였다.

난 숨이 턱턱 막히는데, 왜 아무도 죽음에 대해 걱정하지 않는 걸까? 죽음은 누구에게나 일어날 게 뻔한데, 모두가 태연히 잘들 살아가고 있잖아? 부모님에게 물어봐도 그저 "아직 어린아이가 뭘 그런 것을 벌써 고민하느냐?"고만 했었다.

그렇게 누구에게서도 별다른 해답을 얻지 못하고, 그저 시간이 흘러 스르륵 죽음을 잊고 지냈다. 하지만 이제 그는 '죽음'이라는 미스터리를 풀지 않고서는 잃어버린 한 영혼의 문제도, 그리고 자신의 손을 떨게 하는 공포도 결코 해결하지 못하리라고 생각했다. 결국 모든 두려움은 죽음이 무엇인지를 알지 못하기에 생기는 것일 뿐이었다.

그는 거실을 지나 주방으로 들어가 싱크대 위의 약장에서 붉은 글씨가 써진 하얀 플라스틱 약통을 꺼내 들었다. 냉장고에서 물병을 꺼내 물을 따르고 약통에서 하얀 알약 하나를 꺼내는 순간 아이들 방에서 아내가 나왔다. 아이들 잠자리를 봐주고 나오는 것이었다.

"또 무슨 약을 드세요?"

"응, 잠이 안 올 것 같아서."

"수면제는 아니죠?"

"응, 멜라토닌이야."

"그 약도 자꾸 먹으면 몸에 나쁜 거 아니에요?"

"아니야. 이건."

"어서 주무세요."

"그래, 먼저 자. 양치하고 들어갈게."

그는 물 한 모금에 들고 있던 알약을 삼켰다.

　토요일 아침, 지난번에 간호사가 하루 세 번 정해진 면회시간에만 방문해달라고 했던 게 기억난 그는 괜히 밉상이 되면 안 될 것 같아 아침 8시에 딱 맞춰 병원에 도착했다.

　'S가 드라마에서처럼 손끝을 움직이다 눈을 뜨고 일어나면 얼마나 좋을까? 아니 이미 깨어나 나를 반겨준다면?' 그는 주차장에 차를 대면서 생각했다. 그래 그런 일이 오늘 일어나지 말란 법도 없잖아.

　그는 2층으로 올라가는 엘리베이터 앞에서 기자는 없는지 습관처럼 주위를 돌아보았다. 다행히 카메라를 든 사람은 보이지 않았다. 아무도 없는 엘리베이터에서 그는 생각했다. '의식이 없는 상태로 입원해 있다고 조사하지 않는 것이 환자를 배려해주는 거라고?

웃기는군. 오히려 아무것도 확인해주지 않으니까 S가 계속 타락한 마약중독자로 비치고 있는 거지. 이러다 자칫 잘못하면 공을 들이고 있는 M&A 건까지 다 틀어질지도 몰라.'

탈의실엔 생각보다 사람들이 많지 않았다. 백발의 할머니 한 분이 외에는 자신밖에 없었다. 이른 시간이어서 그런가? 아니면 원래 중환자실엔 면회하러 오는 사람들이 얼마 되지 않는 것인지도 몰라.

그걸 나무랄 수도 없을 거야. 일반병동의 입원환자들은 보호자들이 면회를 오면, 같이 이야기도 나누고, 고맙다는 표시도 하고, 그렇게 의사소통이 되지만 중환자실의 환자들은 "당신 왔소?" 하고 반가워할 수가 없을 테니까……

누구나 젊고 건강하던 시절을 보내고, 드러나지 않는 세계로 서서히 옮겨 가는 것일지도 몰라. 그 중간 과정이 병원의 중환자실이 아닐까?

할머니의 뒤를 따라 B도 덧가운을 입고, 머리에 일회용 모자를 쓰고, 푸른색 마스크까지 쓰고 중환자실에 들어섰다. 잠시 기도하듯 눈을 감았던 그는 차트에 뭔가를 써넣고 있는 당직 간호사의 뒤로 다가갔다. 간호사의 어깨너머로 보이는 S는 여전히 잠든 것처럼 누워있었다.

"안녕하세요?" 하고 간호사는 B에게 인사를 했다. 지난번에 얼굴을 익힌 간호사였다.

"열은 좀 어떻습니까?" B가 힘없이 물었다.

"네. 다행히 항생제 주사에 반응이 좋아 열은 내렸습니다. 혈압도 정상이시고요. 맥박, 심전도 모두 괜찮으시네요. 이제 활력 징후는 모두 좋으십니다."

'모두 좋다는 것은 무슨 뜻일까? 사람이 깨어나지 못하고 이렇게 계속 누워 있는데.' 그는 입 밖으로는 아무 말도 내뱉지 못하고 이렇게 생각했다. 하기는 그 이상 또 무엇을 말할 수 있을까? 의식이 돌아올지 어떨지는 사실 아무도 알 수 없는데.

"보통 CPR을 하고 심박동이 돌아오는 경우에 폐 기능이 정상이라면 1-2주일 안에 의식이 대부분 돌아오지. 나도 그렇게 기대했었고. 그렇지만 이렇게 다시 기계에 호흡을 의존할 수밖에 없다면 초기 뇌 손상이 아주 심했다는 뜻이야. 그래도 좀 더 기다려봐야겠지." 그는 어제 통화하면서 I가 했던 말을 떠올렸다. 그는 고개를 짧게 좌우로 한 번 흔들었다. 아니야, 일어날 거야. 꼭 일어날 거야.

간호사가 할머니가 서 있는 침대 쪽으로 간 뒤에도, B는 S의 머리맡에 서서 그녀의 얼굴을 계속 들여다보았다. 입은 약간 벌려진 채로 호흡기계로 연결되는 관이 통과되어 있었다. 그 관이 빠지지 않도록 실크 테이프가 입술과 뺨에 붙어 있었다.

그녀의 눈은 약간 떠진 상태였다. 눈이 마르는 걸 방지하기 위해 연고제가 발려 있었고, 종이테이프가 윗눈꺼풀과 아랫눈꺼풀 사이에 붙어 있었다. 아! 과연 이 몸 안에 의식이 남아 있기는 한 걸까?

정말 무슨 쾌락을 위해 그런 약에 빠져들었는지, 왜 한 마디 상의도 없이 그런 위험한 짓을 계속했는지 어깨를 흔들며 캐물으려 했었는데……

루머들. 처음 만날 때부터 그가 이런저런 루머들을 모르지는 않았다. 그래도 한 사람을 사랑한다면 그 사람의 과거까지도 있는 그대로 받아들여야 한다고 생각했었다. 하지만 사귄 지 몇 년이나 되었는데도 그녀가 결혼에 관한 이야기를 부담스러워하자, 그는 인터넷에 떠도는 루머들에 신경이 쓰이기 시작했다. 게다가 최근 M이 이혼하자 이제 와서 과거 M과 S 사이의 루머가 다시 떠오르고 있었다. 사고가 나기 며칠 전의 싸움도 결국 그 때문이었다.

부질없는 상상일 뿐이야. 모두 잊어버리자.

몇 개월 만에, 아니면 몇 년 만에 의식이 돌아온 경우도 들었지만, 그녀의 얼굴을 계속 들여다보니 그는 왠지 그녀의 영혼이 다시 돌아올지 확신이 서지 않았다.

"주치의 선생님 오셨습니다." 간호사가 말했다.

"안녕하세요?" B는 주치의에게 인사를 했다.

"네. 안녕하세요? 의논드릴 게 있었는데 마침 잘 오셨습니다. 의식이 없는 상태에서 분비물이 기도로 넘어가면 폐렴에 걸리기 쉬워집니다. 그래서 보통 트라키오스토미(Tracheostomy: 기관절개)라고 해서 이 부분을 뚫고 기도를 만들어 주는 방법을 시행하는데요. 이제 그렇게 해도 되겠습니까?" 의사는 자신의 목젖 바로 밑에 손가락을 대며 물었다.

"목을 뚫는다고요? 흉터가 안 생길까요?"

"흉터는 이 정도 크기로 생깁니다." 의사는 자주 써먹는 비유인지 기계적으로 손을 들어 올리고 검지 끝마디를 내밀어 B에게 보여주었다.

"죄송합니다만, 꼭 해야 합니까? 이 친구, 직업이 배우인데 목에 흉터가 생긴다면 못 견딜 것 같습니다."

"글쎄요. 배우이신 줄은 저도 아는데요. 지금 중환자실에서 흉터를 걱정할 상황은 아닌 것 같습니다. 만약 지난번처럼 다시 흡인성 폐렴이 생기면 영영 돌이키지 못할 상황이 될 수도 있습니다."

"그래도 조금만 생각할 여유를 주십시오."

"네. 알겠습니다. 일단 기도 삽관으로 호흡을 유지해보지요. 만일 또 열이 오르면 그때는 바로 동의해주셔야 합니다."

같은 날 오후 B는 S의 집에 차를 대고, 바로 집 앞의 카페로 갔다. 카페 앞 테라스에는 철제 의자와 파라솔이 꽂힌 테이블들이 놓여 있었다. 대형 통유리 너머로 안쪽에 먼저 와 있던 S의 동생은 그를 알아보고 마시던 커피 잔을 내려놓고 일어났다.

"안녕하세요? 처음 뵙겠습니다."

"말로만 듣다가 직접 얼굴을 보는 것은 처음이네요. 반갑습니다. 저쪽으로 자리를 옮길까요?" 주변을 둘러보고 B는 구석을 가리키며 말했다. 그는 카운터에 가서 카페 라테를 주문하고는 이내 그걸 받아들고 동생 앞에 가서 앉았다.

"고향에서 레스토랑을 경영하고 있다고 들었습니다." B는 S가 동생에 대해 거의 유일하게 했던 이야기를 꺼냈다.

"네, 뭐 대단치 않은 가게들을 몇 개 하고 있습니다." 그의 말투는 누나의 남편이 될 사람을 대하는 말투는 아닌 것같이 느껴졌다.

그는 동생이 어릴 적부터 눈에 띌 수밖에 없는 외모를 가진 누나를 둔 덕분에, 누나를 따라다니는 청년들에게 약간은 적대적으로 대하던 습관 때문이 아닐까 하고 생각했다.

"병원에는 가봤죠?"

"네. 집에서 올라온 뒤로는 매일 가보고 있습니다."

"그랬군요. 나도 어제 또 가봤어요. 좀 더. 기다……."

동생이 말을 끊었다. "전, 처음부터 누나가 여기에 올라오는 게 싫었어요. 그리고 언론 재벌 M을 만나지만 않았어도 누나가 이렇게 되진 않았을 텐데."

M의 이름을 듣자 B는 한동안 할 말을 찾지 못했다. 어색한 분위기를 넘기려고 B가 말을 꺼냈다. "어머니도 충격이 크시겠어요."

"누나가 마약을 했다는 뉴스를 듣고, 어머니도 몸져누우셨어요."

그는 잠시 말을 잇지 않다가 따지기 시작했다.

"TV 뉴스처럼 누나가 정말 마약을 했습니까? 사귀고 계셨다면서요. 제일 가까이에 계셨으니 알 것 아닙니까?"

"진정하고 이야기를 들어봐요. 프로포폴이라는 약이 수면마취를 할 때 쓰는 약이지만, 마약은 아니라고 하네요. 누나와 내가 마약을 한 게 아니에요. 난 누나가 그런 주사를 맞고 있는 줄은 정말 몰랐어요. 난 누나와 결혼을 생각하는 사람이에요. 누나를 지켜주지 못한 것이 나도 너무 괴로운 상황인데……."

"그날 옆에 없었나요?"

"전날 통화할 때 토요일에 촬영이 없긴 한데 피곤하니 좀 쉬고 싶다고 했어요. 그래서 나는 일요일 저녁에나 잠깐 얼굴을 보려고 했고요. 나도 일이 있어서 토요일에도 사무실에 출근했었거든요."

"그런데 뉴스에 나온 거랑은 다르게 누나는 결혼 생각이 없었다면서요?"

"누가 그러던가요?" B는 얼굴을 붉히며 물었다.

"어머니께도 이야기한 적이 없다고 하고, 여동생들도 사귀는 남자가 있기는 했지만, 결혼을 생각하고 있다는 이야기는 들은 적이 없다고 하더라고요."

동생이 이 이야기를 했을 때 그는 턱을 떨어뜨린 채 한숨을 쉬었다. '3년을 만났는데 가족들에게 내 존재조차도 제대로 이야기하지 않았다니.' 그는 얼굴을 가리려고 들고 온 신문 따위는 기억도 하지 못한 채 카페를 나왔다.

집에 돌아와 생각해 보니 어떻게 대화를 마무리하고 일어섰는지도 기억이 나지 않았다. 그리고 그날 밤 그는 S가 고무줄로 팔뚝을 묶고 작은 주사기로 약을 맞고는 M의 품에 안겨 있는 꿈을 꾸었다.

제 3 부

탐욕/

아침 출근 시간, P사 제1공장이 있는 지역의 구청 앞은 사람들로 가득했다. 초록색 조끼를 맞춰 입은 환경단체 회원들과 인근 지역 주민들은 구청 앞마당을 가득 채우고 좁은 인도에까지 나와 있었다. 인도로 올라서지 못한 사람들은 차들이 다니는 차도에 내려서기도 했다. 출근 시간에 늦지 않기 위해 차들은 아슬아슬하게 그들을 비켜 갔다.

어젯밤 8시 메인 뉴스 앵커는 "차세대 전략산업위원회의 낙점을 받은 제약회사인 P사가 신약제조 라인을 증설하기 위해 구 수출산업공단지역에 있는 공장의 증설을 허가받는다고 합니다. 공단지역에서 공해를 유발하는 대부분의 공장들이 도시 외곽에 새로 조성되는 산업단지로 이전되는 정비계획에도 불구하고 이 공장은 관할 구청과 환경청의 증설 허가를 곧 받을 것으로 보여 향후 논란이 예상됩니다."라며 미간에 주름을 지으며 보도했다.

이 뉴스 덕분에 오늘 다른 민원인들의 차는 주차장에 들어오지도 못한 채 돌아갈 수밖에 없었다. 구청 현관 바로 앞에는 계단을 올라온 인근 아파트 단지의 주민 대표들과, 초·중·고등학교의 어머니회 대표들, 시장 상인조합의 조합장들이 모여 있었다. 그중 임시대표 격인, 가장 큰 아파트 단지의 주민 대표는 "구청장 얼른 나오라고 하세요." 하고 소리쳤다.

직원으로 보이는 중년의 공무원은 연신 고개를 숙이며 "구청장님은 아직 출근을 안 하셨습니다. 정말입니다."라고 대답했다.

"도대체 지금이 몇 시인데 아직 출근을 안 했단 말이요. 이게 말이 돼요? 피한다고 해결될 일이 아니잖아요. 사무실에 숨어 있다면 이제 그만 나오라고 해요."

"다시 말씀드리지만 정말로 아직 안 나오셨습니다."

막아서는 직원들을 물리치고 그들은 구청장 집무실 문을 열어젖히고 들어갔다. 하지만 구청장은 없었다. 머쓱해진 주민 대표는 뒤를 돌아보고 "대기 환경을 개선한다고 공단에서 유해 업소들을 모두 이전시키고 있는 와중에 무슨 공장 증설이냔 말입니다."라며 따라 들어온 기자들과 선 채로 인터뷰를 시작했다. "이런 특혜가 어디 있습니까? 도무지 지역주민들의 건강은 안중에도 없단 말입니까?" 하며 더욱 목소리를 높였다.

이렇게 주민 대표가 카메라들 앞에서 상대방 없는 말싸움을 한참

하고 난 뒤, 문간에 서 있던 젊은 엄마들과 환경단체 회원들 사이를 뚫고, 넥타이를 맨 위로 셔츠 깃 뒷부분이 들린 줄도 모른 채 구청장이 나타났다.

"좀 비켜주세요. 제가 구청장입니다. 그리고 죄송합니다만 기자분들은 좀 나가주세요. 면담은 비공개를 전제로 할 수 있습니다."라고 그가 말했다.

마지막까지 플래시를 터뜨리며 사진을 찍던 기자들이 나가자 얼굴이 벌게진 구청장은 "자, 모두들 진정해주십시오. 있는 그대로 말씀드리겠습니다. 제가 관할 구청장입니다만, 이번 P사의 공장 증설은 차세대 전략산업 지원 계획의 일환으로 진행하는 사업이어서, 구청은 중앙정부의 결정에 따를 수밖에 없습니다."라고 말했다.

"그러면 구청장은 아무 권한이 없다는 겁니까?" 환경단체 회원 중 한 사람이 되물었다.

"네, 그렇습니다. P사의 공장에 인접한 토지들은 토지개발공사가 매입하여 보유하고 있는 부지라 중앙정부가 매각하기로 하면 구청이 관여할 부분이 없습니다."

"그래도 민선 구청장이 자신의 지자체에서 일어나는 일에 허가권이 없다는 게 말이 됩니까?"

"네. 보통의 토지는 그렇지요. 하지만 P사는 차세대 전략산업 지원 기업으로 지정된 기업이라 이에 대한 사항들은 특별법으로 관리됩니다."

"그럼 지역 주민들이 독가스를 마시게 되어도 구청은 할 수 있는 일이 아무것도 없다는 거예요?"

"네. 이번 공장 증설에 대한 환경 영향 평가는 환경청에서 진행하고 있는 것으로 알고 있고, 저희는 전적으로 행정지원을 하고 있을 뿐입니다."

"어떻게 그렇게 무책임하게 말하세요." 또 한 사람이 언성을 높이며 말했다.

"거듭 죄송하다는 말씀을 드립니다. 이번 사안에 대해서 저는 아무 권한이 없습니다."

"그럼 여기하고 이야기할 것이 없구먼. 다 나갑시다. 구청장이란 작자가 아무 권한이 없다니……." 주민 대표는 자리에서 일어나며 다시 큰소리쳤다.

대표들은 차를 타고 50km나 떨어진 수도권대기환경청으로 이동했다. 하지만 대기환경청이 그야말로 공기 맑은 산기슭에 자리한 관계로 많은 시위대들이 바로 따라오지는 못했다. 길을 잃고 엉뚱한 곳에 갔다 온 사람들까지 포함해서 다시 많은 사람들이 모였을 때는 환경청 공무원들은 대부분 퇴근을 한 후였다.

다음날 아줌마들, 노인들에 월차를 낸 남자들까지 흰색 마스크를 나누어 쓰고 제1공장 앞에서 항의 시위를 하기 시작했다. 환경단체 회원들도 "택지 조성 지역에 공장 증설이 웬 말이냐?", "P사 대표는 공장 증설을 백지화하라!"라고 쓴 피켓들을 들고 구호를 외쳤고, A4 용지에 급하게 출력해온 전단지를 행인들에게 나눠주며 시위를 계속했다.

이 모습은 TV에서 뉴스 때마다 보도되었다. 환경부 장관은 "관할 허가권을 가진 환경청은 이번 P사의 허가에 관해 아직 판단을 내린 것은 없으며 시간을 두고 신중히 검토할 것입니다."라는 말을 하고 기자회견을 마쳤다.

저녁이 되고 해가 져도 시위대들이 공장 앞에서 시위를 계속했다. 24시간 뉴스 채널에서는 이 모습을 생중계했다.

'정부에서 주도하는 일인데 내가 처음부터 나설 수는 없지. 내가 여론의 뭇매를 맞을 필요는 없잖아.' TV를 보며 P가 생각했다.

하지만 그 생각은 오래가지 못했다. 화면에서 지역의 젊은이들로 보이는 마스크를 쓴 몇 명이 공장 입구에 세워진 사각형 모양의 화강암 간판석에 새겨진 회사 마크와 이름에 빨간색 스프레이로 X자를 그리기 시작한 것이다. 시위대 무리의 바깥에 있는 경찰들은 못 본 것인지, 보고도 그냥 두는 것인지 아무 제지를 하지 않았다. 그들은 곧 피켓을 들고 간판석을 짓밟고 올라가 소리치기 시작했다. "공장 증설 결사반대!"

'저 자식들이.' P는 그 모습을 보면서 혈압이 올라 얼굴에서 양쪽 눈알이 밀려나올 것 같았다.

결국 P가 공장으로 나왔다. '아니야, 내가 흥분해서는 안 돼. 냉정해져야지…….' 넥타이 매듭을 조이고 옷매무새를 가다듬은 뒤, 공장 입구에 플라스틱 맥주 박스를 뒤집어 놓은 발판 위에 올라선 그는 직원이 쥐여 준 마이크를 두어 번 두드리고 말문을 열었다.

"공장 증설 문제로 심려를 끼쳐드려서 대단히 죄송합니다. 저는 P사 대표입니다. 오늘 저는 여러분들께서 일부 오해하시는 점들에 대해 해명을 해드리기 위해서 직접 이 자리에 나섰습니다."

그가 말문을 열자 여기저기에서 "물러나라!"라는 소리가 터져 나왔다. 하지만 주민 대표는 일단 이야기를 들어보자며 사람들을 말렸다.

마이크를 다시 고쳐 잡은 P는 평소와 달리 차분한 목소리로 말을 이어갔다. "기회를 주셔서 감사합니다. 그동안 저희 P사는 우리나라의 제약 산업 역사의 전환점이 될 만한 하이퍼란이라는 신약을 개발해왔습니다. 이번에 정부에서 계획하는 차세대 전략산업 지원 계획에 이 약이 채택되어, 공장 증설에 이르게 되었습니다. 이 약은 국내 최초로 개발되는 신약일 뿐 아니라, 해외의 마취제 시장을 석권할 수 있는 경쟁력을 갖춘 마취약입니다."

"그래서 어떻다는 거야? 네 욕심만 채우려는 거지." 하고 누군가 소리쳤다.

"제발 조금만 들어주십시오. 저는 이 약이 저희 회사의 것만은 아니라고 생각하고 있습니다. 이런 세계적인 경쟁력을 갖춘 약들이 개발되고 생산될 때 우리 자녀들의 일자리도 늘어날 것이고, 활력을 잃은 우리 경제도 다시 살아나리라고 생각합니다. 오늘날 청년 실업 문제가 심각합니다. 그것이 남의 집 아이들의 문제가 아닙니다. 그렇지 않습니까? 저는 바로 오늘, 공장이 증설되면 생길 새로운 일자리 모두를 이 지역 출신 젊은이들에게 제공할 것을 약속드립니다."

구시렁거리는 소리가 좀 줄어들기 시작했다. "그리고 새로운 생산 라인에서는 마취제 하이퍼란만 생산하게 될 것입니다. 따라서 제철 공장이나 기계공장에서처럼 굴뚝으로 배기가스 같은 환경유해물질이 배출되는 것은 아닙니다. 게다가 이 약은 고도로 정화된 액체 형태의 약이므로 대기 환경을 악화시킬 소지는 거의 없습니다." 그는 이야기를 계속했다.

"오늘 여러분들의 강력한 의지를 보았으므로, 일단 시위만 멈춰주신다면, 앞으로 대표단과 성실히 협의를 진행해서 여러분들의 건강에 전혀 해가 되지 않는 방법을 만들어내도록 노력하겠습니다. 믿어주십시오."

"우리가 바보냐? 그런 방법이 어디 있다고." 또다시 시위대 속에서 이런 소리가 들려왔다.

"대기 환경에 영향을 주지 않을 대책을 세워보겠습니다. 그러고도 주민들께서 만족하지 못하신다면 공장 증설을 원점에서 다시 생각하겠습니다. 그럼 마이크를 대표님께 드려도 되겠습니까?"

마이크를 넘겨받은 주민 대표는 마이크의 버튼을 끈 채 환경 단체 대표와 한동안 이야기를 했다. 시위대 속에서 다시 구시렁거리는 목소리들이 나올 무렵, 그는 "일단 P사의 대표가 회피하지 않고 적극적으로 이 문제를 해결하겠다는 의사를 표시했으므로, 오늘 시위는 여기까지 하는 거로 하겠습니다. 향후 시위 계획은 대표단 단체 방에 다시 공지를 올리도록 하겠습니다. 수고들 하셨습니다." 라고 말했다.

시위대들은 피켓을 든 채 웅성거리며 흩어지기 시작했다. 하지만 공장 직원들이 나와 땅에 흩어진 전단지들을 치우는 동안에도 가로등 밑에서 끝까지 흩어지지 않고 뭔가를 계속 이야기하고 있는 사람들도 있었다.

다음날 오후 2시, P는 편안해진 얼굴로 지역문화회관의 회의실에서 테이블 위에 있는 생수병을 들고 종이컵에 물을 따라 마시기도 하고 구청장과 뭔가를 이야기하기도 하고 있었다. 구청장과 P가 한참 대화를 나누고 있을 때, 주민 대표들과 환경단체 대표는 약속 시간보다 늦게 도착했다. 그들 중에는 어제 못 보던 한 사람이 더 끼어 있었다.

그들은 갈색의 테이블들이 쭉 이어진 사이로 들어오면서 의자를 밀고 빼고 하며 P와 구청장 맞은편에 앉았다.

"이쪽은 대기환경 기술사협회 고문님이십니다. 인사들 나누시죠." 초록색 조끼를 입고 있는 사람이 말했다.

"안녕하십니까? P사 대표 P라고 합니다."

"안녕하세요? 저는 구청장입니다."

"네. 저는 소개받은 기술사협회 고문입니다. 지역 주민들께서 기술적인 내용에 대한 토론을 저에게 부탁하셔서 이렇게 나왔습니다."

"네. 그러시군요. 반갑습니다." P는 이렇게 대답을 했지만, 예상치 못한 변수가 생긴 탓에 기분이 좋지 않았다.

"뭐 각설하고 대표님께 묻겠습니다. 최근 모 프라이팬 공장에서 불화수소가스가 유출되는 사고가 발생했던 것을 기억하십니까? 그때 수많은 주민들이 불화가스를 흡입하고 호흡곤란을 호소하며 병원에 입원했죠. 이 지역의 주민들도 마찬가지로 초대형 약품공장에서 불과 얼마 떨어지지 않은 곳에서 살게 됩니다. 액체 마취약이라고는 하지만 만일 약이 기화·되어 유출된다면 어떻게 대처하실 겁니까?"

질문을 받은 P는 잠시 멈칫했다. 하지만 곧 짐짓 놀라지 않은 것 같은 얼굴로 "액체 형태의 약이 가스로 누출되려면 약을 고온으로 끓여야 할 텐데요. 저희 공정에서 약을 끓일 일은 없습니다."라고 짧게 대답했다. '설마 이 사람 화공과 출신은 아니겠지? 사실 끓는점이 낮아서 상온에서도 쉽게 휘발되지만, 화공과 출신이라면 모를까, 개발 중인 마취약의 비등점이 몇 도인지를 알아낼 수 있겠어?' P는 표정의 변화 없이 이렇게 생각했다.

침묵이 흐르자 "그래도 만일의 경우를 생각해서 여러 가지 안전장치를 계획하고 있습니다."라고 그가 덧붙였다.

"무슨 장치 말입니까? 구체적으로 말씀해보세요." 고문이 물었다.

"주요 다국적 제약사들의 경우 한 해의 연구 개발비가 웬만한 나라의 국가 총예산과 맞먹는 금액이 됩니다. 이들 회사는 공장의 안전을 위해서도 엄청난 투자를 하고 있지요. 예를 들면 가스누출 감지장치와 생산라인 자동차단 시스템입니다. 비록 저희 회사는 그 정도 규모는 아닙니다만, 지역의 환경 보존을 위해서 세계 최고 수준의 가스누출 감지장치와 자동차단 시스템을 도입하겠습니다."

"그게 다입니까?" 고문이 다시 물었다.

"아니요. 거기에다가 외부에 노출된 파이프라인 전체를 덮는 돔을 설치하려고 합니다. 정말로 그럴 일은 없겠지만, 공장에서 가스가 유출된다고 해도 이런 장치들이 있다면, 문제없을 것입니다."라고 붉어진 얼굴로 P가 말했다.

주민 대표들은 고문의 얼굴만 쳐다보며 고개를 갸우뚱거렸다.

구청장이 거들었다. "네, 들으셨겠지만 P사에서 가스 유출을 방지하기 위해 최선을 다하기로 한다니, 앞으로 우리 구청에서도 이 계획들이 확실히 시행되도록 지도 감독 하겠습니다." 이렇게 구청장이 지원 사격을 했지만, 그들의 의구심을 깨지는 못했다.

"그런 시스템을 도입한다고 해도, 만약의 사태에 확실히 대비된다는 보장이 있습니까? 단 한 번의 유출로 엄청난 인명피해가 발생할 겁니다." 고문이 입을 열었다.

"그건 말입니다……." P가 대꾸를 하려고 하자 "맞아요. 우리 동네에 아예 공장이 없어지는 것이 제일 안전해요." 주민 대표 옆에 앉아 있던 학교 어머니회 대표로 보이는 중년의 여성이 말했다.

"그래요. 이번 기회에 남아 있는 공장들도 다 빨리 이전시켜야 해요." 다른 여자가 덧붙였다.

다시 회의실 안은 웅성거리는 소리로 가득 찼다. P는 더 이상 말을 할 기회조차도 없었고, 심지어 다시 만날 약속도 정하지 못한 채 회의는 끝났다.

그다음 주 월요일 시위는 다시 심해졌다. 시위 인원이 늘어나자 방송에서 이 시위를 더 많이 보도하기 시작했다. 어떤 방송국의 시사 프로그램에서는 정부가 추진하는 차세대 전략산업 지원 계획 자체가 너무 인위적이고 무리한 계획이 아니냐고 비판하기까지 했다.

'정부는 정부고 일단 내 회사부터 살려야 해! 상장도 시켜야 하는데 이게 도대체 무슨 일이람.' P는 본사 건물 회의실에서 전 부서 긴급회의를 소집했다.

"공장 앞에 시위를 멈출 방법은 도대체 없는 거야?"

"경찰에 미리 집회 허가를 내놓았다고 합니다. 이런 경우 소음 제한만 지킨다면 멈추게 할 방법은 없다고 합니다." 부장 중 하나가 대답했다.

"그래도, 법무팀에서 대안을 알아봐야지. 이게 뭐야. 계속 당하고만 있을 건가?"

"네. 알겠습니다." 소속 변호사가 고개를 끄덕이며 대답했다.

"언론에 보도만 안 되어도 살겠는데. 방법이 없겠나, 홍보부?"

"네. 공중파 방송에서는 정규시간에만 보도되는데, 24시간 뉴스 채널이 문젭니다." 부장이 대답했다.

"언론 중재위원회에 재소라도 해봐야지. 성질이 나서 TV를 부술 판이야, 지금." P는 결재서류철을 들어 벽 쪽으로 내던지며 말했다.

"네, 법무팀과 상의해서 처리하겠습니다." 고개를 숙인 부장이 말했다.

"그리고 전원이 내일까지 다른 나라에서 생겼던 환경 분쟁의 예들을 모조리 모아오도록! 그 해결책까지. 어떻게 해서든 이 문제 꼭 해결해야 돼! 알겠나?" P가 방이 울리도록 소리 질렀다.

"안됩니다. 더 이상은 안 됩니다. 주가가 더는 떨어져서는 절대 안 됩니다." 팔자주름이 깊게 팬 얼굴에 검은 뿔테 안경을 낀 중년의 사나이가 의자의 등받이 쪽으로 몸을 젖히며 말했다.

어느덧 기온이 올라, 회의실 천장 공조기에서는 찬바람이 나오고 있었고, B는 안경 너머로 빤히 그의 얼굴을 들여다보고 있는 M&A 상대 기업의 CEO를 설득하는 중이었다.

"대표님, 지금까지 협상해온 내용에는 아무 변동이 없습니다. 제 개인적인 일들과 이번 협상을 제발 연관 짓지는 말아주십시오." B 가 말했다.

"네, 물론 이해합니다. 하지만 도덕성을 기본으로 하는 우리 투자 업계에서 개인사라고는 하나, 워낙 유명한 배우와 치명적일 수 있는 약물 문제가 거론된 것은 큰 문제가 아니라고 할 수 없습니다."

"네, 그 문제에 대해서는 다시 말씀드리지만, 저는 경찰에서 무혐의 처리를 받았습니다. 문제가 된 사람의 경우에도 법률상 금지 약물을 투여한 것도 아니라는 사실을 국내 최고의 권위를 가진 의대 교수님의 자문을 통해 확인해드릴 수 있습니다."

"이런 말을 드리기는 그렇지만, 그럼 그 약이 마약이 아니라는 뜻입니까?" 상대는 고개를 숙이고 있다가 안경 너머로 B를 보며 물었다.

"네, 그렇습니다. 프로포폴이라는 약은 세계 어느 나라에서도 마약으로 지정된 바가 없다고 합니다."

"그래요? 그런데 왜 언론에서는 그렇게 보도를 하고 있지요?"

"그건 잘못된 보도들입니다."

"아니, 그렇게 많은 방송국들이 모두 오보를 낼 수 있단 말이요?"

"프로포폴이라는 약이 도입된 지 아주 오래된 약이 아닌지라 혹시 모르는 작용이 있는지를 아까 말씀드린 마취과 교수님께서 더 광범위하게 조사를 하고 계십니다. 저는 사실이 확인되는 대로 방송국들을 상대로 법률적인 책임을 묻고, 정정 보도를 요구하겠습니다."

"자문 결과는 언제 나오나요?"

"아직 날짜를 약속드릴 단계는 아닙니다."

"약속은 할 수 없다고요? 그러면 귀사의 주가 하락을 진정시킬 방안은 현재 없다는 겁니까? 떨어진 주가로 자산 평가를 다시 한다면 우리 측에 일부 이익이 있겠지만, 이렇게 계속 리스크 관리가 되지 않으면 장기적으로 인수 합병의 시너지를 기대할 수 없다는 점을 다시 지적하고 싶네요. 오히려 우리까지 같은 수렁에 빨려 들어갈 수도 있단 말씀입니다."

"죄송합니다. 조금만 기다려 주십시오."

"빨리 해결하십시오. 우리는 그리 오래 기다리지 못할 겁니다. 주가 하락을 진정시키지 못하면 협의를 중단할 수밖에 없습니다." 상대측 CEO는 가죽으로 된 서류철을 덮으며 말했다.

다급해진 B는 다시 A의 사무실을 찾아왔다.

"아직 의식이 돌아오지는 않으셨지요?" A가 물었다.

"네, 주치의 말로는 CPR을 할 무렵 이미 뇌 손상이 어느 정도 진행되었을 거라고 하네요. 그렇게 발견되고 심장 기능이 돌아온 것 자체가 기적이라고 하더군요."

"마음 아프시겠습니다."

"보통 의식이 돌아온다면 1–2주일 이내에 돌아온다고 하더라고요. 그런데 이미 이렇게 시간이 흘러버렸으니, 계속 이렇게 누워있게 되면 앞으로 어떻게 해야 할지 모르겠습니다."

"글쎄요. 이런 경우 가족들이 매우 힘든 상황이 되곤 합니다. 사전의료의향서라는 제도가 있어서 이런 경우에 무의미한 연명치료를 받지 않겠다고 미리 서약을 해놓는 방법이 있긴 합니다만, 이런 것을 알고 있는 사람들이 거의 없지요. 게다가 이렇게 젊으신 분들의 경우에는 더 그렇고요."

점점 더 침울하게 변하는 B의 얼굴을 보고 A는 "그런데 처음 S양은 어떻게 만나셨나요?" 하고 화제를 바꿨다.

"한 3년 전 회사에서 투자 종목을 다양화하자는 의견이 나왔을 때, 그중 한 가지가 엔터테인먼트 주였습니다. 그때쯤 유행처럼 영화 제작에 대규모 자본이 투입되기 시작했고, S는 최고의 여배우였기 때문에, 그렇게 제작사에서 S의 영화에 투자하는 것이 큰 무리는 아니었습니다."

"처음에는 일 때문에 만난 거였군요?"

"아뇨, 사실은 제가 점찍어 두고 있었던 사람이기도 했습니다. 기왕 문화 사업에 투자하게 된다면 제가 좋아하던 S가 출연하기로 한 영화에 투자하고 싶었지요. 실제로 처음 만난 순간부터 전 S에게 완전히 빠져들었습니다. 그때까지 결혼은 생각지도 않았었는데 S를 보는 순간 '이 여자구나, 그래서 지금까지 다른 여자들과 인연이 없었구나.' 하고 생각했었지요."

"행복하셨겠어요?"

"첫 1년은 정말 행복했습니다. 처음 연애하는 사람들처럼 서로에게 몰입했지요. 다음 1년에는 둘 다 일이 매우 바빠졌고요. 그리고 그 후로 사실 저는 계속 혼란스러웠습니다. 제가 나이도 있고 해서 결혼을 서둘렀는데, 그 친군 저만큼 적극적이지 않아서 가끔 충돌이 있었죠. 싸우고 화해하고, 또 싸우고 화해하고. 그러던 중에 이번 일이 터졌습니다."

"S양이 일 욕심이 많았나 봅니다."

"네, 자기 일에서 최고의 결과를 내고 싶어 했어요. 그래서 결혼을 미루고 싶어 했던 것 같고요." B는 힘없는 목소리로 이렇게 말했다.

"S양에게 스트레스가 많았겠군요."

"네."

"제조사에 부탁해서 프로포폴에 대한 자료를 모두 찾아보았지만 아직까지는 프로포폴 중독에 대한 논문을 찾아내지는 못했습니다. 그래서 직접 환자를 상대로 알아보려는 실험을 준비하고 있습니다."

"어떤 방법으로요?"

"네. 뇌파를 검사해서 프로포폴을 맞을 때 환자가 어떤 의식 상태에 들어가는지를 알아보려는 거죠. 단지……"

"어떤?"

"환자들의 동의가 있어야 하는데 그게 좀……."

"그랬군요." B는 힘없는 목소리로 말했다.

"시간이 좀 걸리겠지만 제대로 된 결과를 얻어 보겠습니다."

"잘 부탁드립니다. 교수님 그런데 혹시, S대 병원으로 옮기면 병세가 호전되지 않을까요? 지금 주치의 선생님이 최선을 다하시는 것은 알고 있지만, 그래도 혹시 S대 병원이면 의식을 빨리 회복하는 방법이 있지 않을까 해서요."

"글쎄요. 저도 안타까운 마음입니다만, 중환자실에 있는 환자를 옮길 수 있을지……. 전원이 가능한지 신경과에 한 번 알아보기는 하겠습니다."

"제발 꼭 좀 부탁드립니다."

A는 자신의 방에서 동의서를 들고 다시 한 번 읽어 보았다. 의학 발전을 위해 프로포폴로 정맥 마취를 하고 수술을 받는 동안 자신의 뇌파를 측정하는 것에 동의하겠다는 내용이었다. 그리고 서명란.

뇌파를 측정하는 게 그렇게 위험하거나 복잡한 일은 아니었지만 마취과 사무실에서 펠로우가 찾아온 구식 장비는 이마와 관자놀이 외에는 두피에 붙이는 전극이 자꾸만 떨어져서 머리카락을 조금씩 깎아야 했다. 환자들은 대부분 머리를 일부 면도해야 한다는 대목에서 동의서에 서명하기를 포기했다. '이 부분이 문제긴 해. 그래도 어떻게 해. 장비 구입 신청서를 냈지만, 위원회에서 입찰 공고 내고 어쩌고 하면 언제 새 기계가 들어오겠어?'

그때 인터폰이 울렸다.

"여보세요."

"응. 나야." 신경과 친구였다.

"그래. 어떨 것 같아?"

"글쎄, 그쪽 주치의하고 전화를 해봤는데, 그 정도 상태라면 내 생각에도 그분을 우리 병원으로 전원 한다고 해도 큰 의미는 없을 것 같아."

"그렇구나. 알았어. 그렇게 전할게."

"친한 친구야?"

"아니야. 후배 부탁으로 알아봐 주는 거야. 아무튼 고마워."

"고맙긴. 그래 끊어."

그는 B에게 같은 내용을 전화로 전했다. S는 여전히 의식 상태에 아무런 변화가 없었고, B의 회사는 계속 엄청난 손실을 보고 있는 모양이었다.

"교수님. 동의하겠답니다." 펠로우의 전화였다.

드디어 A는 운 좋게 한 명의 지원자를 얻은 거였다.

"그래? 어떤 환자야?"

"고등학교 축구선수인데요. 키가 180이 넘고 건강합니다. 백태클에 걸려 넘어져 발목뼈가 부러졌답니다."

"그래. 그런데 정맥마취를 원해?"

"네. 부러진 발목뼈를 맞추려면 절개하고 핀을 박아서 고정해야 한다는데요. 정형외과에서는 통증을 못 느끼도록 척추마취를 부탁했었는데, 환자가 수술할 때 들리는 소리와 진동을 느끼지 않게 해 달라며 수면마취를 원했다고 합니다."

"머리칼을 자르는 것에 대해서는 괜찮다고 했나?"

"네. 상관없답니다. 그래서 뇌파 검사 동의서도 받았고요."

"그래. 그럼 내가 나가 볼게." 그는 전화를 끊고 수술장 입구로 나 갔다.

"이분인가?"

"네. 그렇습니다."

"환자분, 뇌파를 측정하기 위해선 머리칼을 좀 밀어야 하는데, 정 말 괜찮겠어요?" A는 환자의 얼굴을 보며 다시 한 번 확인했다.

"교수님 저 축구선수거든요. 어차피 머리가 스포츠형으로 짧아서 아무 상관없습니다."

"그래도 스포츠형보다 더 짧아질 텐데."

"교수님 면도기로 그냥 완전히 다 미셔도 돼요. 저 다리가 아무는 동안 어차피 운동 못해요. 머리카락은 그동안 또 자랄 거니까요. 대신 수술하는 소리도, 아니 아무 소리도 안 들리게 해주세요. 부탁드릴게요."

환자는 수술 카트에 실려 수술장으로 들어왔다. 인턴과 정형외과 1 년 차는 환자를 부축하여 그를 수술대로 옮기고 옆으로 눕혔다. 기 다리고 있던 마취과 펠로우는 환자복 윗도리를 위로 올리고, 미리 마취연고를 발라두었던 부위의 척추뼈들을 손가락으로 짚어보더니,

바늘로 찌를 곳을 찾아 손톱으로 표시하였다.

'과연 어떤 결과가 나올까? 뇌파 검사로 비밀을 캐낼 수 있을까?' 펠로우의 동작을 보며 이렇게 생각하던 A가 갑자기 펠로우의 팔을 잡으며 말했다. "아니야. 이건 내가 하지."

"직접 하시겠다고요?"

"그래. 내가 할게." 그는 장갑을 끼고는 은색 스테인리스 카트에 준비된 갈색 소독약 스펀지를 커다란 포셉으로 잡고 환자의 등에 쓱 바르고는 왼손으로 환자의 척추뼈들 사이를 다시 짚어보았다. 그리고 오른손으로 척추 사이를 뚫고 들어가는 긴 바늘인 스파이날 니들을 들어 환자의 척추 사이로 밀어 넣었다. 순간 "아!" 하며 환자가 움찔하였다.

니들에 꽂혀 있던 심지를 빼내고 조심스럽게 관을 들어 흘러나오는 맑은 척수액을 확인한 그는 주사기를 연결해 마취약물을 주입하고 얇고 투명한 테이프를 구멍에 붙였다. 그러고 나서 환자를 바로 누인 후, 그는 환자의 머리에 전극들을 부착할 준비를 시작했다.

수술을 집도할 정형외과 팀에선 아직 레지던트만 들어와 있는 상황. 레지던트는 시간이 지체되는 것에 불만인 표정이었지만, A는 일회용 면도기로 직접 환자의 머리칼을 꼼꼼히 밀고서, 두피에 전극을 모두 붙이고 그것들이 제대로 부착되었는지 다시 체크하였다. '결과가 제대로 나오려면 수술 중에 전극이 떨어져선 안 되지.'

드디어 프로포폴을 연결할 시간이었다. 햇볕에 그을려 구리색인 손등 위에 울퉁불퉁한 푸른 혈관들이 두드러져 보였고, 그중 가장 두꺼운 혈관에 인턴이 이미 잡아 놓은 정맥 주사가 보였다. A는 간호사가 미리 앰플들을 손으로 따서 준비해놓은, 흰색 약이 담긴 100ml짜리 큰 주사기를 잡아 뚜껑을 열고 일정한 속도로 약이 들어가게 하는 기계에 장착하였다.

그는 마치 종교의식을 치르는 신부나 목사처럼 신중하게 마취를 시작했다. 그는 이제 환자를 재우기 위해 혈관주사에 연결된 쓰리웨이를 통해 약 3ml의 하얀 프로포폴을 한 번에 쑥 밀어 넣었다. 약을 주입하고 나서 그는 뇌파를 표시하는 모니터를 조용히 관찰하기 시작했다.

검은색 모니터에는 그 순간 흰색의 물결무늬들이 나타났다. 의식이 있는 상태에서 흔히 볼 수 있는 베타파였다. 1분이 채 되기 전에 덩치에 비해 겁이 많고 말이 많던 환자는 눈꺼풀을 힘없이 떨어뜨리며 잠에 빠져들었다.

의식이 소실되자마자 모니터에서는 깊은 잠에 빠졌을 때 보이는 아주 느린 델타파가 보이기 시작했다. 델타파! 그것은 정상 수면 때에 나타나는 파형과 아주 똑같지는 않지만 델타파가 틀림없었다.

A는 마치 아무 일 없는 듯이 정형외과 쪽에 "수술하셔도 되겠습니다."라고 이야기한 뒤, 뇌파가 그려지고 있는 모니터에 눈길을 고정하였다. 정형외과 팀이 환자의 굵은 다리를 갈색 소독약으로 닦고, 방포를 씌우고, 수술을 하는 동안에도 A는 계속 뇌파를 관찰했다.

3시간이 지나고 수술이 마무리될 무렵 그는 프로포폴을 주사하던 기계를 끄고, 환자 상태를 체크하였다. 정형외과 의사들이 방포를 걷어 내고, 어수선해진 바닥의 기계들을 한쪽으로 모으는 동안 그는 뇌파 측정기에 저장된 뇌파 데이터 파일을 조심스럽게 USB에 옮겼다.

"나머지 처리는 좀 부탁하네." 그는 별로 한 일이 없던 펠로우에게 이렇게 이야기하고는 큰 걸음으로 수술장 바로 옆에 있는 마취과 사무실로 걸어갔다.

A는 컴퓨터에 USB를 꼽고 파일을 열었다. 그는 마취를 하는 중간중간 마취약 들어가는 기계를 조정하고, 환자의 바이탈 사인을 기록하느라 뇌파 측정기에서 눈을 뗀 동안의 데이터를 빠른 속도로 돌려 보며 일일이 모두 체크하기 시작했다.

델타파였다. 느린 서파! 프로포폴로 수면마취가 지속되는 내내 변함없이 비렘수면(non-REM수면) 상태에서 보이는 이 델타파가 지속되고 있었다.

그렇다면 이것은 환자가 프로포폴에 마취되어 있는 내내, 의식을 잃고 꿈조차 꾸지 않는 깊은 수면 상태에 들어가 있다는 뜻이다.

'꿈조차 꾸지 않는다? 됐어. 이거면 된 거야. 처음부터 끝까지 아무 꿈조차 없는 수면 상태인데 환각을 느낄 리가 없잖아.' 그는 가볍게 손뼉을 치며 미소를 지었다.

그는 거북이처럼 목을 빼고는 뇌파 그래프를 끝까지 들여다보았다. 그러다 그는 허리를 펴며 고개를 한쪽으로 기울였다. '그런데 가만있어 보자. 환상적인 꿈이나, 환각을 느끼기는커녕 아무 꿈조차

꾸지 않는다는 것이라면……'

　A의 마음에는 또 다른 의문이 떠올랐다. '그럼 도대체 어떻게 된 거지? S는 프로포폴에 왜 중독된 거야? 꿈조차 없는 수면을 누가 탐닉할 수 있는 거지? 취하지 않는 맹물에 중독되는 술꾼이 어디 있느냔 말이야!'

드디어 P는 여러 언론사에 기자 회견을 자청했다. 그날 지역 문화회관의 대공연장 무대 위에 놓인 책상 앞에는 P와 함께 어쩐 일인지 주민 대표가 나란히 앉아 있었다. 기자들과 환경단체 회원들, 지역주민들은 웅성거리며 기자회견이 시작되기를 기다렸다. 카메라 기자들은 이미 자리를 잡고 촬영을 시작했고, 이쪽저쪽에서 가끔씩 플래시가 터졌다.

시계를 한번 보고 일어나, 단상으로 나와 기침으로 가래를 끌어올리고 삼킨 뒤 마이크를 잡은 그는 "오랜만에 뵙습니다. P입니다." 라고 인사를 했다. "저희 P사는 환경단체와 지역주민들의 불안을 해소시켜 드리기 위해 가스누출 감지장치, 생산라인 자동차단 장치는 물론 생산라인 전체를 덮는 돔을 약속드린 바 있습니다. 이 3중

장치로 가스 유출에 대한 불안은 해소될 수 있다고 생각합니다."
잠시 후 그는 다시 말을 이었다. "하지만 이 대책만으로 지역주민들
을 만족시켜드릴 수는 없다고 판단했습니다. 그래서 저희 P사는 지
역 사회에 공헌하고, 지역에 실질적인 이익을 드리고자 시간을 들
여 연구를 했고, 거기에 대한 주민들의 의견을 물었습니다. 그 결과
를 오늘 설명해드리고자 합니다."

　잠시 준비한 원고를 넘긴 그는 말을 이어갔다. "해마다 장마철이
면 우리 구를 가로지르는 지역 하천은 범람하고 있습니다. 저희 회
사는 이 하천을 정비하고 둑을 쌓아 범람을 근원적으로 차단하고,
이 일대에 대규모 수변 생태 공원을 조성하겠습니다. 이 공사에 예
상컨대 우리 공장에서 얻을 5년 치 수익에 해당하는 금액이 들어
갈 것으로 추산하고 있으며, 저희 P사는 이 금액을 대규모 치수사
업과 수변 공원 조성에 모두 희사하는 것으로 결정하였습니다."라
고 발표했다. P가 고개를 들자 여기저기서 또다시 플래시가 터졌다.
"이 안을 지난번 주민 대표자 회의에 전달했습니다." 그가 여기까
지 말하고 고개를 돌리자 이번에는 주민 대표가 일어나 마이크를
이어받았다.

"그동안 저희 지역 대표단은 이 안을 두고 지역 모든 주민들의 의
견을 일일이 수렴하였습니다. 그래서 대다수의 주민들이 이 정도
의 투자 계획이라면, 그동안 상대적으로 낙후되었던 우리 지역이
고급 주택지역으로 거듭나는 데에 충분하다고 판단하고 계시다는
것을 투표로 확인할 수 있었습니다. 불 좀 꺼주지." 그러면서 그는

노트북을 켜고 그동안 진행한 주민 투표 결과를 대형 스크린에 띄웠다.

"1인 가구를 포함한 8개 동 4만 5천 가구에서 74퍼센트의 찬성 서명이 모여 과반수를 넘겼습니다. 저는 오늘 이 안이 최종적으로 수용되었음을 알려드립니다."

지역 주민 대표의 발표가 끝나자 자리에 앉아 있던 주민들은 박수로 결과를 환영했다. 그러나 환경단체 회원들은 큰 소리를 내며 자리에서 일어났다. 발표는 그렇게 어수선하게 마무리되었다.

결과 발표 이후에 상황은 묘하게 변하기 시작했다. 환경단체들과는 달리 대다수의 지역주민들은 시위에 나오지 않는 것이다.

공장 바로 옆에 사는 주민들은 환경단체 회원들과 함께 공장 앞에서 시위를 계속했지만, 그 수는 소수일 뿐이었다. 언론에서도 이미 결론이 난 일에는 더 이상 관심을 주지 않았다. 결국 그들의 목소리는 서서히 묻혀버렸다.

정작 공장과 거리가 가깝지도 않은 곳에 사는 주민들은 만나면 서로 벌써 땅값이 얼마가 올랐다더라 하며, 수변 생태 공원이 완공되면 도대체 땅값이 얼마나 더 오르겠냐며 서로의 기대치를 웃으며 이야기했다.

  전쟁 같았던 공장 앞 시위가 마무리되어 한시름 놓은 P는 사무실 책상 컴퓨터 앞에 앉아 최근에 상장된 다른 제약사의 주가 차트를 부러운 눈으로 들여다보며 생각했다. 대단하기는 하지. 요즘 같은 시기에 상장을 했으니. 그래도 실적이 좀 나온다고 카피 약이나 계속 찍어내어선 미래가 없어. 내수 시장이 작다고만 할 게 아니라 제대로 된 약을 개발해서 세계시장으로 나아갈 생각들을 해야지 말이야.

  두고 보라고. 우리 회사는 국내 주식시장뿐 아니라 E국 주식시장에도 꼭 상장될 테니. 이렇게 그가 결의를 다지고 있을 때 비서가 수석연구원이 왔음을 알렸다.

  "들어오게. 그래 어쩐 일이야?"

"하이퍼란에 대해 잠시 말씀드릴 것이 있어서 왔습니다."

"여기 앉지."

그는 책상에서 일어나 소파로 자리를 옮겨 앉았다.

"현재 국내 임상은 아주 순조롭게 진행이 되고 있습니다. 전략산업 위원회에서 I재단 병원들의 협조까지 얻어주어서 임상시험 속도는 더 빨라졌습니다. 그리고 신약 허가 부서에서 허가를 위한 서류 작업들까지 이미 챙기기 시작했습니다. 이런 속도면 대표님이 생각하시는 기간 내에 국내 승인은 무난히 통과할 것 같습니다."

"다행이군. 난 자네를 만난 것이 다 운명이었다고 생각하네. 자네가 아니었다면 이런 신약을 어떻게 개발하겠는가 말이야."

"그런데, 대표님 혹시 위원회에 E국 특허 승인도 말씀하셨습니까?"

"아, 그렇지. 하이퍼란이라면 북미 시장 진출도 아무 문제없다고 이야기했지."

"그러셨군요. 그런데 사실……."

"사실 뭔가?" P는 인상을 쓰며, 수석연구원의 얼굴을 들여다보았다.

"네, 국내 승인은 이렇게 수월하게 이루어지고 있는데요. E국에서의 특허 승인은."

"그래, 특허 승인은?"

"E국에서의 특허 승인은 이렇게 쉽게 이루어지지 않을 수 있습니다. 왜냐면 E국 FDA의 기준은 그 어느 나라의 기준보다도 높고

까다롭기 때문입니다. 국내에서 진행되는 이런 협조를 구하기는 좀처럼 쉽지 않습니다. 아마도 상장하기 전에 E국에서의 승인도 국내에서처럼 쉽게 될 거라고 이야기했다가는 누군가 책임을 져야 할 수도 있습니다."

"나도 E국에서의 특허 승인이 쉬울 거라고는 생각하지 않아. 그런데 자네 혹시 하이퍼란 자체에 대해 자신 없거나 숨기고 있는 것은 없지?"

"아, 아닙니다. 절대로 약 자체는 결함이 없습니다. 비등점이 좀 낮은 것 말고는 약효나, 부작용 면에서 문제는 없습니다."

"그럼 뭐가 고민이야? 아무튼 그 점에 대한 해결책은 내가 세워보겠네. 제1공장 공장장 말로 기존 생산라인에서 웬만한 물량은 생산이 가능하다고 하니까, 자네는 당분간 국내 승인 절차 마무리에나 더 신경 쓰고 있게." P가 이렇게 말했다.

수석연구원이 사무실을 나간 후 P는 생각했다. 수석이 대학원 석사 논문으로 악성고열증을 일으키지 않는 약을 고집하지 않았다면 어쩔 뻔했어? 헐값에 국제 특허권까지 사들이긴 했지만, 자기 입장에서도 대학원 나오자마자 어디 가서 이 정도 대우를 받겠어? 다 내가 알아보는 눈이 있어서 가능했지.

P는 인터넷으로 E국 FDA의 홈페이지에 들어가 보았다. 지난 1년 사이에 겨우 85건. 전 세계의 제약사들이 신청한 신약 특허 신청에 대한 승인 건수가 겨우 그 정도였다.

그는 조용히 마우스를 밀어 놓고 생각했다. 그래도 이렇게 신약을 개발해서 외국에 수출할 것을 고민한다는 것 자체가 얼마나 대단한 일이야?

어떻게 하든 E국에서의 특허 승인이 있어야 세계시장에서 인정을 받을 수 있을 테니, 뉴 이러(New Era, 신시대) 프로젝트라고 했나? 그 프로그램에 기대어봐야겠어. 양국 수교 140주년 기념을 저렇게 크게 준비하는 걸 보면 교류 증진 프로젝트도 대단할 거야. 모든 분야의 교류와 협력을 더욱 공고히 한다고 하니까 이 프로젝트에 잘 올라탄다면, E국 FDA의 승인도 불가능하지는 않겠지. 신약개발팀장이 뉴 이러 프로젝트에까지 힘을 쓰게 하려면 그걸 꼭 받게 해야 하는데…… 일단 그걸 받고 나면 남의 일이라고 생각하지는 않을 테니까.

"회장님 큰일 났습니다."

"무슨 일이야?" P는 침대 옆 탁자에서 안경을 찾아 끼면서 전화를 받았다. 휴일에 걸려온 전무이사의 다급한 전화에 P는 또 화가 났다. 일만 있으면 전무는 모두 그에게 해결책을 묻는 것이었다.

"기존 생산라인에서 배관 청소를 하다가 인부 2명이 증기에 중독이 돼서 의식이 없습니다."

"뭐라고? 파이프라인 속을 완전히 비우고 진행하는 게 원칙 아니요?"

"네, 그렇게 하기로 했는데요. 약이 파이프라인에 고여 있었던 모양입니다. 그걸 모르고 들어갔다가 쓰러진 것 같습니다."

"무슨 약 라인 배관입니까?"

"네. 1번 마취제 배관입니다."

"아이고, 이런. 그래, 119 구급대를 불렀소?"

"네, 응급조치를 해서 병원으로 후송시켰다고 합니다. 지금 저도 병원으로 나가는 길이구요."

"병원으로 가는 것이 중요한 것이 아니고, 현장에 기자들 안 오도록 단속 잘하세요. 그리고 말 안 새어 나가게 구급대원들과 병원에도 부탁하고 말이요. 구청에 사고 신고는 했소?"

"경황이 없어서 아직 신고는 못했습니다."

"그럼 아예 신고는 하지 마시오. 지금 공장에서 사고 났다는 소식이 외부에 알려지면 절대 안 돼요. 지금은 그럴 시점이 아니란 말이요. 알겠소?"

"네, 신고는 못하도록 지시하겠습니다."

"그럼 그것 먼저 지시해놓고 다시 전화하세요." P는 전화를 끊고 깊은 한숨을 내쉬며 말했다. "에이, 제길. 도대체 일들을 어떻게 하는 건지 알 수 없어. 내가 하루만 쉬어도 이런 일들이 난다니까."

그는 두 눈을 찡그리며 자리에서 일어났다. 기사에게 전화한 뒤, 세수를 하고 옷을 챙겨 입었다.

"아직 의식이 없다는 말이요?" 병원 로비에서 전무에게 P가 물었다.

"네, 다행히 호흡은 돌아왔습니다만, 경과를 좀 더 지켜봐야 한답니다."

"환자들을 보러 갑시다."

"네, 아직 중환자실에 있습니다. 2층으로 가시지요."

둘은 엘리베이터를 기다리다가, 엘리베이터가 오래도록 오지 않자 계단으로 올라갔다. 중환자실 앞의 보호자 대기실에서 덧가운을 입고 머리에 일회용 모자를 쓰고서 P는 환자들에게 다가갔다. 전무가 담당 의사를 모시러 간 사이 P는 나란히 뉘어져 있는 작업자들의 얼굴을 살펴보았다. 검게 그을린 얼굴들은 무표정해 보였다. 그는 바로 옆 침대에 누워 있는 S의 얼굴도 알아보지 못했다.

전무와 함께 나타난 담당 의사는 "담당 주치의입니다. 위급한 상황은 넘긴 것 같습니다. 아직 몸속에서 마취약이 다 배출이 안 돼서 의식은 흐린 것 같습니다. 두어 시간 지나면 아마 의식을 차리실 겁니다."라고 말했다.

"그럼 기다리면 다 정상으로 돌아온다는 뜻인가요?" P가 물었다.

"초기에 산소 결핍 시간이 얼마나 길있는지 알 수 없기 때문에, 그건 깨어나서 후유증은 없는지 평가해 보고 알 수 있을 겁니다."

"알겠습니다. 감사합니다."

"회장님, 그럼 댁에 가셔서 쉬고 계십시오. 깨어나면 전화 드리겠습니다."

집으로 돌아온 P는 넓은 거실에서 뱅글뱅글 원을 그리며 돌았다. 다행히도 밤늦게 그는 큰 후유증은 없어 보인다는 전화를 받았다. 그렇게 사건 사고의 연속인 P의 하루가 또 겨우 지나갔다.

제 4 부

백일몽/

　마지막 환자를 깨우고서 갈증을 느낀 A는 수술장 내의 마취과 당직실로 들어갔다. 펠로우들은 아직 모두 일하고 있는지 아무도 없었다. 겨우 허리 높이나 될 법한 작은 냉장고에는 예상대로 캔 커피 몇 개가 들어 있었다. 그중 하나를 꺼내든 그는 이불이 어질러져 있는 이층 침대에 걸터앉아 뚜껑을 열고 한 모금 마시며 B에게 전화를 걸었다. 신호가 간 지 한참 만에, A가 전화를 끊으려는 순간 B가 전화를 받았다.

　"예, 교수님. 잠시만 기다려주세요." 그리고 전화기에서 "미안한데, 오늘은 이 정도로 마무리합시다."라고 하는 소리가 들려왔다.

　"여보세요?"

　"회의 중에 전화 드렸나 보네요."

"아닙니다. 막 마쳤습니다."

"많이 힘드시죠?" A가 물었다.

"사실은 계속 M&A 건 때문에 대책 회의를 하는 중이었습니다."

"걱정이네요. 뇌파 연구에 진행이 좀 있어서 전화 드렸습니다."

"그렇습니까?"

"네, 그렇기는 한데, 아직 확신을 갖고 이야기할 단계는 아닙니다."

"교수님. 결과는?"

"그게 말이죠. 프로포폴을 쓰면 처음부터 끝까지 아무런 꿈을 꾸지 않는 수면 상태가 지속되는 것 같습니다."

"네? 그게 무슨 뜻이죠?"

"환각은커녕 꿈조차 없는 잠을 잔다는 거죠."

"꿈 없는 잠이요?"

"네. 만나서 말씀드리겠지만, 뇌파 검사에서는 아무것도 느끼지 못하는, 정말 깊은 잠에 빠지는 걸로 나왔습니다."

"그렇다면 그건?"

"프로포폴이 마약 같은 작용을 하는 건 아니라는 의미죠."

"아! 다행이네요."

"그런데, 다만."

"다만요?"

"아직 초기 실험만 한 단계라 다른 환자들에게서도 다 이런지는 실험을 더 해봐야 하고요."

"네."

"또 다른 문제는 과연 아무 느낌도 없다면 무엇 때문에 S양이 계속 주사를 맞았는지를 설명할 수가 없다는 겁니다."

"쉽지 않군요."

"논리적으로 설명이 되도록 연구를 좀 더 해봐야 할 것 같습니다."

"안 그래도 바쁘실 텐데, 제가 너무 귀찮게 해드린 건 아닌지 모르겠습니다."

"아닙니다. 마취를 하면 환자의 의식이 어떻게 되는지 저도 관심을 가져야 할 이유가 있으니까요."

"교수님 제가 뭐 도와드릴 일은 없을까요?"

"그래서 말인데요. 안 그래도 S양이 평소 잠을 어떻게 잤는지를 물어보려고 전화 드렸습니다."

"글쎄요. 저와 있을 때는 특별한 점은 없었습니다. 길게 여행을 같이 간 적이 없어서 그런지는 모르지만요."

"혹시 프로포폴을 시작하기 전에는 어땠는지도 알아봐 주실 수 있을까요?"

"로드매니저나 가사도우미에게 물어보겠습니다."

"뉴스에는 로드매니저가 입건되었다고 나왔던 것 같은데."

"네, 그래도 구속되지는 않았습니다. S가 원해서 주사를 놔준 거라 경찰에서도 불구속 수사를 하는 모양입니다. 저도 그 친구가 원망은 되지만, 미워할 수 없는 형편입니다."

"혐의는 벗었나요?"

"글쎄요, 아직 결론은 안 난 상태인데요. 제가 보기에도 그 친구가 특별히 S에게 원한을 품을 이유는 없었을 것 같습니다. 저도 가끔 그 친구와 대화를 나눠보기도 했었는데요. 종종 실수를 하기는 했지만, 야단을 맞았다고 앙심을 품거나 할 사람은 아니었거든요. 최근에 의상을 잃어버린 사건에 대해서도 본부장과 실장이 야단을 쳤었지, S가 직접 그 친구를 뭐라고 하지는 않았다고 하더라고요."

"어떻든 매니저가 S양의 제일 가까이에 있었을 테니까요. 그 사람에게도 물어봐 주세요."

"네, 알겠습니다. 되는대로 빨리 알아보고 전화 드리겠습니다. 바쁘시겠지만, 교수님도 수고해주십시오."

A는 P제약회사 대표가 도착했다는 소식을 전해 듣고 수술장을 나와 사무실로 올라가기 시작했다. 오늘도 병원 본관의 엘리베이터는 북적였다. 4대나 되는 환자 전용 엘리베이터도 모두 만원이었는지, 그는 병실로 올라가려는 수술 환자들과 다른 의사들 사이에서 엘리베이터를 기다리고 있었다.

기다리는 동안 그는 하이퍼란이라는 이름을 다시 한 번 되뇌었다. 악성고열증을 일으키지 않는 전신마취제라는 하이퍼란이 제조되어 드디어 샘플을 보게 되는 오늘, 그는 반갑기도 한 동시에 다시 그날의 사고가 떠올라 우울했다.

마침내 A 앞의 엘리베이터 문이 열렸지만, 환자를 태운 침대 카트가 들어가고 나니, 안에는 몇 명밖에 더 탈 수 없었다. 환자를 이송하는 직원이 공간을 만들어주어 겨우 들어온 그는 엘리베이터가 올라가는 동안 그의 얼굴을 알아본 인턴이 하는 인사에 가볍게 고개를 끄덕여 주었다.

그런데 하이퍼란은 좀 특이한 약이라고 그는 생각했다. '보통 신약을 개발하려면 천문학적인 단위의 엄청난 금액이 들어가지. 그리고 그보다도 중요한 건 개발되기까지 최소 10년 이상의 기간이 필요하다는 건데. 의료신문에서 이 신약의 임상시험이 진행 중이라고 한 것이 얼마 되지도 않은 것 같은데, 오늘 제약사 대표가 그 샘플을 들고 들어온다는 게 가능한가? 생긴 지 얼마 되지 않은 신생 제약회사가 도대체 어떻게 그 짧은 기간 동안 신약을 개발했다는 걸까?'

A가 문을 열고 들어서자 기다리고 있던 P는 부하직원과 같이 자리에서 일어났다.

"안녕하십니까? 교수님. P제약사의 대표 P라고 합니다."

"아, 당신은?"

"네, 알아보시는군요. 이전에 T사에서 경영 사장으로 일했던 P입니다. 오랜만에 뵙겠습니다."

"어떻게 잊을 수 있겠어요. 당신 때문에 병원 징계위원회에까지 불려 나갔었는데."

"아유, 교수님. 지난 일은 모두 잊어주시지요. 앞으로 더 좋은 관계가 되도록 신경 쓰겠습니다." P는 반듯이 서서 두 손으로 공손히 명함을 건네며 인사를 하였다.

"무고한 것은 입증되었지만, 약 사용량까지 일일이 확인해서 소명

했던 그때를 생각하면……"

A는 받은 명함에 적힌 회사명을 살펴보았다. 옆에 서 있던 뚱뚱한 직원도 자신의 명함을 건넸고, 세 명은 모두 자리에 앉았다.

"회사를 차리신 건가요?"

"그런 셈이지요. 기존의 제약사를 제가 인수해서 새로운 사명을 지었습니다."

"그랬군요."

"두 분 커피 괜찮으시죠?" 하고 묻고는 A는 인터폰을 눌러 비서에게 커피를 부탁했다. "하이퍼란을 가지고 오셨다고요?"

"네. 하이퍼란은 이번에 저희 회사에서 세계 최초로, 악성고열증으로부터 완전히 자유로운 전신마취제로 개발한 신약입니다. 준비해 온 것들 한번 꺼내보세요." 하며 P는 서류가방에서 준비해온 서류를 꺼내 A 앞에 올려놓으며 같이 온 직원에게 말했다.

옆에 있던 그는 방이 더워서인지, 아니면 긴장해서인지, 이마에 맺힌 땀을 손수건으로 닦으며 들고 온 박스를 열었다. 그 안에는 버블 랩에 싸고 다시 두꺼운 마분지 박스에 담아온, 마취제 열 병이 들어 있었다. 그는 그중 하나를 꺼내 포장을 다 벗기고 P에게 건네주려고 하다가 순간 약병을 떨어뜨릴 뻔했다.

"어이 조심해야지. 모두를 재울 셈이야?"라고 하며, 갈색 약병을 겨우 건네받은 P는 "한번 보시지요." 하며 A에게 다시 건넸다.

"조건부 임시 사용허가를 받은 것인가요?"

"아, 네, 임상시험을 위해서 3차 의료기관 사용허가를 받았고요.

곧 식약청에서 정식 사용허가가 날 겁니다. 지금도 대학병원에서 사용하는 데에는 문제가 없습니다."

"그래요? 약병은 기존의 데스프루란과 비슷하네요." A는 약병을 손에 들고 유심히 관찰하였다.

"네. 이 약은 데스프루란처럼 비등점이 조금 낮아서요. 그 기화기에 맞게 같은 모양의 병을 씁니다."

"비등점이 낮다면 휘발이 잘 된다는 뜻이겠군요. 마취 역가는 어떻습니까? 데스프루란하고 비슷한가요?"

"가져온 논문에 내용이 다 포함되어 있습니다만, 데스프루란보다 좀 더 강력합니다. 더 빨리 마취가 되고, 깰 때도 더 빨리 깨는 것으로 결과가 나왔습니다."

"커피 드시지요. 그런데 정말로 악성고열증을 일으키지 않습니까?" A는 비서가 가셔다 놓은 커피 잔을 들며 물었다.

"네, 그 점을 목표로 개발된 약입니다. 국내 임상시험은 식약청 감독 하에 진행했고, 최근에 승인 절차를 모두 통과했습니다. 고시만 남겨 놓은 상황입니다."

"그것참 대단하군요. 그런데 처음 저널에서 본 것이 얼마 되지 않은 것 같은데 어떻게 해서 식약청 승인이 그렇게 빨리 진행이 되었나요?"

"아, 그건 말이지요." 그의 목소리가 갈라졌다. 헛기침을 두어 번 하고 난 그는 "아, 그 임상시험이 아주 빨리 진행돼서 그렇습니다. 자랑 같습니다만 저희 회사가 차세대 전략산업 지원 계획에 제약

분야에서 유일하게 지정을 받아, 같은 사학 재단 계열의 대학병원들에서 대규모로 동시에 제III상 임상시험을 진행했습니다."

"몇 명의 환자에서요?"

"네. 3천 명이 넘었습니다."

"그랬군요." A는 고개를 끄덕이며 대답했다. '아무리 임상시험을 대규모로 진행했다고 해도, 각 단계마다 식약청 심사 기간이 대폭 단축되지 않으면, 신약을 만들어내기에 불가능한 기간인데……. 하기는 P라면 무슨 수를 써서라도 해결했겠지.'

"아! 그리고, 현재 E국에서도 승인 신청이 접수되었습니다. 정말로 안심하고 쓰셔도 좋을 것 같습니다."

"E국에서도요?"

"네, 수교 140주년 기념 뉴 이러 프로젝트의 일환으로 선정되었으니까 E국 정부의 협력도 받게 될 겁니다. 아마도 하이퍼란은 E국에서 특허를 받는 국내 최초의 신약이 될 것 같습니다. 해외 수출을 위해서 기존 공장에 생산라인도 증설 중입니다."

"대단하시군요. 공장은 어디에 있습니까?"

"네, 저희 공장은 서해안 쪽과 S시 내 남서쪽 구 공단 지역 두 군데에 있습니다. 하이퍼란은 그중에 구 공단 지역에서 생산되고 있습니다. 추가 증설 라인도 그쪽에 증설 중이고요."

A는 대화를 마치며 P에게 그가 가져온 논문들을 검토해보겠다고 이야기했다.

"그럼 샘플은 여기 두고 가겠습니다. 잘 부탁드리겠습니다." A는 혼자 앉아서 P가 놓고 간 하이퍼란 병을 들고 다시 살펴보았다. 병의 라벨에는 '저장방법: 기밀용기, 차광보관, 고온에 노출되지 않도록 주의하시오' 라고 쓰여 있었다.

'조금만 일찍 개발되지……' 그는 논문들과 함께 포장을 개봉하지 않은 약 한 병을 박스에서 꺼내 조심스럽게 가방에 넣고는 사무실을 나섰다. '하필 하이퍼란을 개발한 사람이 다른 사람도 아닌 P라니.'

A는 늦게까지 좌선을 하다 집에 돌아와 아내가 차려준 저녁을 혼자 먹었다. 몇 숟갈을 뜨다가 숟가락을 든 팔을 식탁에 내려놓고 생각에 빠져 있는 그에게 아내가 물었다. "무슨 걱정거리 있어요?"

"아니야. 좀 피곤해서 그래."

"왜요, 병원 일 때문에요?"

"응. 달이 바뀌어서 인력 배치하고 스케줄 짜느라 좀 신경을 써서 그래."

"그럼 식사하세요." 아내는 다시 아이들의 잠자리를 봐주러 방으로 들어갔다.

조용히 식사를 마친 그는 물 한잔을 마시고 서재 책상에 앉았다. P가 가져온 논문들과 하이퍼란을 꺼내든 그는 사각형 포장을 열어 약병을 꺼내고, 함께 동봉되어 있던 기다란 설명서를 꺼내 읽기 시작했다.

'효능, 효과: 악성고열증을 유발하지 않는 전신마취'라는 부분까지 읽었을 때, 그는 '악성고열증'이라는 단어를 혼잣말로 되뇌었다. 다시 심장 박동이 뛰면서, 사고의 충격을 극복하려 애썼던 일들이 떠올랐다.

사고 다음 날 아침 그는 다시 교수 휴게실에서 커피 한 잔을 들고 있었다. 주변의 교수들은 대화를 나누고 있었지만, 사고 이야기가 병원 전체에 돌았는지, 또래 교수들뿐 아니라 나이가 지긋한 교수들까지도 그에게 말을 걸지 않았다. 그도 커피 잔에만 시선을 고정시킨 채 말이 없었다.

수술징에 들어가 주변 사람들에게 평소와 다름없는 모습을 보이려 했던 A의 생각은 첫 수술부터 깨졌다. 공기주머니를 쥔 그의 손이 벌벌 떨렸다. 자신의 손을 내려다본 A는 깜짝 놀랐고, 아무렇지 않은 척 공기주머니를 쥐려고 애를 썼지만, 결국은 근육이 경직되며 쥐가 나기 시작했다. 그는 손과 팔에 통증을 느껴 옆에 있던 3년 차에게 맡아서 마취를 유도하라고 하고는 수술방을 나왔다.

사무실에 올라와 거울에 비친 자신의 모습을 보았다. 겨드랑이에서 땀이 얼마나 흘렀는지 수술복 겨드랑이 부분이 짙은 파란색이 되어 있었다. 의자에 앉아 이마를 짚어보니 식은땀이 손바닥에 묻어 흘렀다.

과장의 권유에 억지로 휴가를 내고 집으로 돌아온 뒤에도 어제의 상황이 반복해서 떠올랐다. 그때 만약 주사를 하나 더 잡았다면 어땠을까? 단트롤렌 들어가는 속도가 조금만 빨랐더라도 그렇게는 안 되지 않았을까? 아니야 처음부터 악성고열증을 미리 검사할 수 있는 유전자 검사법을 찾아봤어야 해. 그런 방법이 개발되었을 수도 있었잖아……. 끝없는 자책이 계속되었다. 환자에게 통증을 느끼지 않도록 해주는 일이 직업인데 정작 나 자신의 고통은 멈출 수가 없네!

죄책감으로 시작된 고통이 계속되자 다음 날 이상하게 하루 종일 졸음이 쏟아졌다. 그는 며칠을 내리 잤다. 식욕도 없어서 아내가 깨워도 그저 알았다고 하고는 또 잠을 잤다. 그렇게 하기를 며칠, 드디어 그는 아내에게 혼자 있고 싶다고, 전화하지 말라고 하고서 차를 몰고 집을 나왔다. 고속도로를 타고 남쪽으로, 남쪽으로 달리던 그는 이름 모를 톨게이트를 지나 호텔에서 하룻밤을 보내고, 어릴 적 다니던 초등학교로 차를 몰았다.

이상한 듯 바라보는 수위 아저씨의 시선을 느끼며 방문자 장부를 적고 나서 그는 수위 아저씨가 건넨 방문증을 목에 걸고 교실로 다가갔다. 초록색 부직포가 덮인 뒤쪽 벽에 장래희망을 그린 그림들을 붙여 놓았었는데. 아마도 기억하는 한 매년 청진기를 목에 걸친 의사 그림을 그려 붙였었던 것 같다. 교실 안에선 학생들의 수업이 한창이어서 그가 들어가 볼 수는 없었다.

선생님과 시선이 마주친 그는 조용히 걸음을 돌리며 생각했다.

저렇게 시작되는 거였지. 꿈을 위해 견디며 들어야 했던 수많은 수업이. 그 오랜 시간 동안, 만 명에 한 명이 걸린다는 희귀질환까지 시시콜콜하게 가르치고 시험 치는 동안에도, 모두에게 반드시 꼭 일어날 수밖에 없는, 그 '죽음'이 뭔지를 가르쳐 주는 과목은 없었던 거야.

그는 운동장으로 나와 독서하는 소녀상 앞의 벤치에 앉았다. 그 환자 학생이었다는데, 꿈을 펼쳐보지도 못하고 마취사고로 죽을 운명이었다면, 도대체 지금까지 삶을 살았던 이유는 뭘까? 무슨 의미가 있는 걸까?

나에게 한 사람의 생명을 맡아 호흡을 없애 잠을 재우고, 깨우고 할 권리가 있을까? 그 영혼은 어떻게 되었을까? 영원히, 마치 처음부터 없었던 것처럼 영원히 소멸해버린 것일까? 만약 죽을 때 몸뿐만이 아니라 한 사람의 영혼까지도 끝장이 나는 것이라면, 내가 책임져야 했던 것은 환자의 신체뿐이 아니라 영혼까지였던 거야.

아니지, 처음부터 수술팀이 아닌 나에게 맡겨진 것은 환자의 영혼뿐이었어. 환자의 의식! 그러나 그 의식을 잘 알지 못했던 거야. 그리고 맡았던 그것을 잃어버렸고.

앞으로 어떻게 다시 환자들을 대할까? 무서운 생각들이 다시 와글와글 그의 머릿속을 채울 무렵, 휴대전화의 진동이 느껴졌다. 누나였다.

"그래 어디니?"

"응. 차 몰고 내려와서 지금 OO 초등학교에 와 있어."

"그랬구나. 많이 힘들지? 누가 위로한다고 위로가 될 건 아니지만, 누나는 네가 이번 일도 잘 극복할 거라고 믿어. 언제나 잘 해왔잖아. 넌 우리 집의 가장 큰 기둥이었고, 내가 제일 자랑스러워하는 동생이야." 그는 조용히 누나의 말을 듣고 있었다. 보이지는 않았지만, 누나의 눈에도 눈물이 고여 있을 것 같았다.

"알겠어. 고마워."

"그래, 너무 방황하지 말고, 집에서도 걱정들 하는 것 같던데 이제 집으로 올라와."

"알겠어. 고마워."

"그래. 전화 끊는다."

그는 집으로 돌아왔다. 아내는 아무 말 없이 그를 안고 등을 쓰다듬어 주었다.

휴가가 끝난 다음 날 다시 병원으로 출근하였다. 그동안 미루어 놓은 잡무를 정리하고, 다음 날의 마취 스케줄을 확인하였다. 다시 손이 떨리면 어떻게 해야 할까?

사람의 영혼이 그렇게 허무하게 사라질 수 있다면 도대체 왜 살아야 하는지, 누가 설명해줄 사람은 없을까? 평소 믿고 있던 종교라도 있었더라면 좋았을 텐데. 교회를 가기에도, 절에 나가기에도 너무 나이를 많이 먹어 버렸는지도 모르지.

퇴근길에 그는 서점에 들렀다. 소설 코너에 가서 기웃거리다가 그는, 자신이 처한 상황이 아닌, 또 다른 이야기에 도저히 집중할 수 없을 것 같았다. 그는 마음을 다스리는 책들이 꽂혀있는 명상 서적

코너로 발길을 옮겼다. 전통의학도 과학적이지 못하다고 무시하던 그가 결국 계산대 위에 인도 명상가의 책 몇 권을 올려놓았다. 얼른 카드를 꺼내 계산을 마치고 그는 종이가방에 책들을 담아 달라고 해서 집으로 돌아왔다.

저녁을 몇 숟갈 뜨다가 그는 서재에 앉아 사온 책을 읽기 시작했다. 한 인도 명상가의 강의를 담은 강의록이었다. 책에는 현대인들의 불안과 긴장, 과민함에 대한 처방으로 고대 동양의 여러 명상법이 설명되어 있었다. 어느덧 새벽이 되었을 때 그는 읽던 책과 나머지 책들을 서재 책꽂이에 꽂았다. 오랜만에 그는 아침까지 뒤척이지 않고 잠을 푹 잤다.

다음날도, 그 다음날도 그는 병원에서, 또 집에서도 과학에 대한 배신행위를 계속했다. '죽음에 의해 한 영혼이 영원히 사라지는 것인지, 아닌지'를 알아낼 수만 있다면, 그는 어떤 오솔길도 따라가 보고, 어떤 바윗돌이라도 들추어 보려고 했다.

죽음을 초월하는 무언가가 있는가 하는 데에서 출발한 그의 탐색은 다양한 동양사상과 종교에 대한 탐색으로 이어졌다. 힌두교, 자이나교, 불교에 노장사상과 시크교, 심지어 조로아스터교까지. 그는 영혼에 대해 도대체 어떻게들 설명하고 있는지 책을 통해 알아보려고 했다.

누구나 죽음이 두려우니까 죽음이 끝이 아니고 윤회가 있다는 힌두교 교리를 받아들이는 건 어려운 일이 아니겠지. 물론 그 믿음 때문에 카스트제도와 고통스러운 지금의 삶을 받아들이게 되지만,

9억 명이 넘는 사람들이 이 믿음에 단 한 번도 의심을 품지 않고 같은 시대를 살아가고 있구나!

이해하기 어려운 것은 불교였다. 붓다는 만물을 창조하고 주제하는 절대자는커녕 '나'라고 생각하는 영구불변의 자아조차 없다는 무아설로 윤회론을 부정했구나! 그러나 그는 공부할수록 무엇이 옳은지 알 수 없어졌다. 부처님이 돌아가신 뒤 제자들은 윤회가 있다는 쪽과 그렇지 않다는 쪽으로 무수히 쪼개져 계속 싸웠다는 거였다.

동양사상의 역사는 윤회를 놓고 계속된, 결론 없는 논쟁의 역사였다. 그럼 도대체 뭐가 진리인 걸까? 수많은 책을 읽고 오히려 혼란에 빠진 그때, A는 이미 2천 백여 년 전에 자신과 마찬가지로 서양 교육을 받은 그리스의 왕 메난드로스가 죽음과 영혼에 대해 똑같은 질문을 던진 기록이 있다는 것을 알게 되었다.

'밀린다팡하'

하지만 이 책에 기대를 걸었던 그는 애매한 설명에 또다시 실망할 수밖에 없었다. 그는 밀린다팡하의 마지막 장을 덮었다. '책으로 답을 얻는 것은 불가능한가 봐. 왕이 그랬듯 자아는 없다는 무아설과 영혼이 다시 태어난다는 윤회설은 서로 모순이 아닌지 도무지 이해할 수도 없고.'

그는 고개를 들고 한숨을 내쉬었다. '게다가 독서를 하면 그때뿐, 책을 내려놓고 다음 날이면 또 백을 잡고 긴장하고 불안해하잖아. 그동안 책은 나에게 단지 하나의 진정제가 아니었을까?'

그는 책을 그만 끊기로 마음먹었다. 사실 국내에 번역되었던 거의 모든 명상서적을 다 구해 읽은 셈이어서, 신간이 나오기 전에는 더 이상 읽을 책도 없었다. 이제 어떻게 한다? 그다음엔 어디로 가야 할지 그는 알 수 없었다.

B는 로드매니저에게 전화를 걸었다. 이번이 세 번째 통화 시도였다. 역시나 안 받으려나 하고 끊으려는 찰라 "여보세요." 하는 소리가 들렸다.

"안녕하세요? B입니다."

"알고 있습니다. 무슨 일이세요?"

"미안한데 S에 관해서 좀 물어볼 게 있어서 그런데 잠시 통화 가능할까요?"

"전 더 이상 할 말이 없습니다. S의 목숨을 구하고도 가해자가 되었거든요. 저야말로 이 상황의 피해자입니다. 다시 전화하지 마시라는 이야기를 하려고 전화 받았습니다. 이만 끊겠습니다." 그리고 전화는 끊겼다.

멍하니 앉아있던 그는 가사도우미 아주머니의 전화번호를 눌렀다.

"안녕하세요? 아주머니. 저 B입니다."

"네. 안녕하세요? 어떻게 저한테 전화를 다 하셨어요?"

"어떻게 지내셨어요? S에 대해 뭐 좀 여쭤보려고 전화 드렸습니다."

"네. 그렇게 경찰이 오고 해서 댁에 혼자 있기가 그렇더라고요. 일 쉬면서 계속 기다렸는데 연락도 안 오고. 그러다가 얼마 전부터 다른 데 일 나가고 있습니다."

"잠깐 뵙고 이야기 나누고 싶은데, 내일은 어떠세요?"

"네. 내일은 쉬는 날이니까 괜찮습니다."

"그럼. S의 빌라 바로 앞 레스토랑 아시지요? 그리로 나오시겠어요? 아침에 11시경 어떠세요?"

"네. 그럼 11시에 뵐게요."

다음 날 레스토랑의 가장 구석 자리에서 둘은 인사를 나눴다. 역시 일요일 오전에는 손님이 별로 없었다.

"안녕하세요?"

"안녕하세요? 오랜만이네요. 잘 지내셨어요? 우선 커피 한 잔 시키시죠?" 그가 테이블에 놓인 메뉴판을 들어 권하며 이야기했다.

"괜찮습니다."

"그래도 뭐 한 잔은 시키셔야죠. 주스라도 시키세요."

"그럼 오렌지 주스 한 잔 마실게요."

"여기요." 하고 웨이터를 불렀지만, 아직도 매장을 여는 준비를 하는지 멀리 있는 웨이터는 대답이 없었다.

"여기 주문 좀 받으세요." 하고 더 큰 소리를 내자 웨이터는 A를 향해 고개를 숙이고 다가왔다.

"오렌지 주스 한 잔하고, 레귤러 커피 한 잔 부탁합니다."

웨이터가 물러나자 그는 "그동안 대화도 많이 못 나눴네요. 아주머니." 하고 말문을 열었다.

"아니에요. 저야 뭐 일하는 사람인데요. 뭐."

"그래 다른 곳에 취직하셨다고요? S는 당분간 집에 못 올 것 같습니다."

"죄송해요. 제가 모신 게 벌써 몇 년인데, 좀 더 기다려봐야지 했는데요. 그래도 또 나갈 돈들이 나가야 되어서 얼마 전부터 딴 데서 아르바이트로 일하고 있습니다."

"아유, 당연히 일하셔야죠. 오늘은 뭐 좀 여쭤보려고 보자고 했습니다."

"네, 제가 도움이 된다면 다 말씀드릴게요."

B는 자신도 모르게 주변을 한 번 둘러보고는 물었다. "S가 그 주사를 맞은 지 오래됐나요? 전 잘 모르고 있었어요."

"주사보다도 사실 오래전부터 건강이 안 좋으셨어요. 처음에는 위가 아프다고 해서 내과병원을 다니셨지요. 신경성 위염이라고 했어요. 드라마를 하는 동안 워낙 스케줄도 바쁘고, 대본도 쪽대본으로 늦게 나오는 경우가 많아서 스트레스를 받아서 그랬을 거라고 생각했어요."

"쪽대본이요?"

"네, 작가가 미리 대본을 다 써놓고 드라마를 찍으면 좋은데, 사실 그렇게 안 되나 봐요. 시청자들 반응을 봐 가면서 배역의 비중을 바꾸고 하니까 미리 대본을 다 써놓고 드라마를 찍지는 않는다고 하더라구요. 그래서 몇 쪽씩 나온다고 쪽대본이라고 해요. 그런 대본을."

"그럼 드라마 찍던 때 이야기네요."

아주머니는 웨이터가 다가와 주스와 커피를 내려놓자, 주스를 빨대로 한 번 마시고는 이야기를 이어갔다.

"네. 근래에 영화 하실 때도 그랬지만 워낙 자기 일에 정확한 분이었어요. 밤늦게 대본이 나와도 싫은 내색 없이 밤새 다 외우고 나가시곤 했지요. 주말 빼고는 제가 야식을 늘 차려드리기도 했으니까 알죠. 그렇게 힘들게 한 작품을 마치고 나서, 이젠 좀 쉬어야겠다고 하시다가도 본인이 물리친 대본이 다른 배우에게 들어가서 멋지게 작품이 된 것을 보면, '아! 저 작품, 내가 한다고 할 걸' 하고 후회하시곤 했지요."

"네. 일 욕심 많은 건 저도 알죠."

"그러다가 이상하게 소속사를 바꾸고 나서 나쁜 소문들이 돌기 시작했지요. 저는 이전 소속사에서 일부러 그러나 하고 생각했어요. 그전에도 뜨문뜨문 그런 소문이 있기는 했지만 인터넷으로 그런 소문이 나도는 걸 직접 보시고는 충격이 크셨죠. 그리고 사진 밑에 입에 담지 못할 이야기들이 댓글로 쓰인 것을 보시고는 속이 쓰리다, 위가 아프다고 계속 그러셨죠."

"그럼 그게 저를 만나기 얼마 전의 일인가요?"

"네, 이사를 하고 나서 일이니까, 대표님하고 만나신 때보다도 한참 전이었겠네요. 그때는 한번 통증이 시작되면 무섭게 아파하셨어요. 자리에 쓰러져 가슴이 찢어지는 것 같다고 하면서 뒹굴 때도 있었지요. 하루는 너무 아파서 혹시 위암이 된 것은 아닌가 하고 걱정하다 내시경을 하러 실장님하고 매니저하고 가셨었죠. 그때는 젊은 분이 왜 위암을 걱정하나 하고 의아해했는데. 알고 보니까, 아버지께서 위암으로 일찍 돌아가셨다고 하더라고요. 고향에 어머니와 동생들만 있다는 걸 저도 그때 알았죠."

"그랬군요. 그러고는 위가 좋아졌나요?"

"위가 한 번에 좋아지지는 않았지요. 대신 잠을 잘 주무셨어요."

"잠을요? 안 그래도 S가 어떻게 잠을 잤는지 여쭤보려고 했었는데."

"왜 아니겠어요. 그런 소문들이 돌 때면 위통도 위통이지만 잠을 잘 못 주무셨거든요. 겨우 잠들면 선잠을 자다가 깨시고 그랬죠. 그런데 그때 내시경 하던 날 그 흰 약으로 수면마취를 하고 검사를 받고 와서는 '정말 처음으로 푹 잔 것 같아요, 아주머니. 그리고 마음이 참 편해요. 아니, 힘이 나는 것 같아요.' 라고 하셨어요."

"푹 잔 것 같다고 했다고요?" B는 등받이에서 등을 떼고 앉으며 물었다.

"네, 그 후에도 소문 때문에 고민하다 잠을 잘 못 주무실 때면 실장님이 다른 연예인들이 자주 간다는 피부과 병원에 몇 번 모시고 갔었죠. 계속 위내시경을 할 순 없으니까요. 근데 그게 자주 그렇게 되니까 실장님이 이러다가 밖으로 소문나겠다고 아예 약을 집으로 구해다 주었죠. 주사는 군대 있을 때 위생병을 해봤다고 해서 매니 저가 하구요."

"얼마나 자주 맞은 건가요?"

"한창 많이 맞으실 땐 일주일에 한두 번은 맞으셨어요. 어떤 때는 세 번도 맞고."

"그랬군요. 아, 상태가 그 정도였는데, 전 여태껏 아무것도 모르고 있었네요."

"그게 다 그 엉뚱한 소문들 때문이지요. 주사 맞기 전에 밤엔 잘 못 주무시고, 낮에도 가끔 촬영일정이 비어서 들어와 주무시고 하면, 선잠을 자다가 악몽까지 꾸셨는지 식은땀 흘리고 헛소리하면서 깨실 때도 있었지요."

"어떤 내용이었답니까? 꿈이."

"그거는 잘 모르겠어요. 저하고 이런저런 말동무는 많이 하는 편이었는데, 그래도 속에 있는 이야기까지는 잘 안 하시더라고요."

"그래요? 그럼 저와 만나고 있는 중에도 그렇게 힘들어했다는 겁니까?"

"대표님 만나고 한동안은 주사 없이 잘 지내셨어요. 그런데 결국 다시 하게 되고, 잠을 못 주무실 때면 자꾸 의존하다가……. 저도 미리 말씀 못 드린 것이 너무 후회됩니다."

"아주머니가 미안해하실 것은 아니죠. 그런데 전 어떻게 전혀 눈치를 못 챘을까요?"

"아마도 대표님하고 만나는 약속을 철저히 정하셨을 거예요."

"하기는 촬영이 있다고 하면 절대로 두 번 이야기하지는 않았으니까……."

"네."

"그런데 아주머니, 혹시요. S가 그날 목숨을 끊으려고 매니저가 약을 달아준 뒤에 스스로 약을 더 틀었던 건 아닐까요?" B는 이렇게 물었다.

잠깐 말을 멈추고 망설이던 아주머니는 이야기를 다시 이어갔다.

"전 잘 모르겠어요. 낮에는 저더러 월요일에 입고 나가실 의상을 골라, 다림질해달라고 부탁하셨거든요."

"다림질을요?"

"네."

"아무튼, 고맙습니다. 아주머니."라고 계산서를 집어 들면서 B가 이야기하자

"아녜요. 근데……. 저."

"네."

"그게 글쎄."

"이야기하실 게 있으세요?"

"제가 사실은 그달치 월급을 못 받았는데, 어째야 할지 몰라서요."

"아, 그러셨어요? 제가 드릴게요."

"아유, 감사합니다. 일이 그렇게 돼서 전 어디다 이야기할 데도 없고 해서 그냥 그러고 있었어요."

"이 정도면 되시겠지요?" B는 지갑을 열어 수표를 꺼냈다.

"아닙니다. 너무 많아요. 한 달을 다 채우지 못했는데요."

"그냥 받으시고요. 그동안 신경도 못써드렸는데, 넣어두세요."

"감사합니다. 또 뭐 궁금하시면 전화 주세요."

잠시 말을 멈췄던 그가 일어서려다 다시 자리에 앉으며 물었다.

"아주머니, 혹시요."

"네, 말씀하세요."

"혹시, 사고가 있기 전에 S가 M을 만났나요?"

"네?" 그녀는 마주쳤던 눈을 금세 바닥으로 돌렸다.

"언론 재벌 M 말입니다."

"아아, 제가 아는 한은 그러지 않으셨는데요."

"알겠습니다." 그가 먼저 자리에서 일어났다. 그리고 그는 괜한 질문을 했다고 생각하며, 허리를 굽혀 인사하는 아주머니를 뒤로하고 레스토랑을 나왔다.

'어떻게 그럴 수 있지? 나를 만나고 있던 거의 내내 약물 중독 상태였던 거구나. 아무에게도 말하지 못한 괴로움은 무엇이었을까? 그렇게 사랑했는데 뭐가 부족해서……. 영화 때문이었을까? 다음 해 개봉한 영화가 흥행에서 참패해서?' 그는 고개를 저었다.

주차장으로 걸어가는 동안 B의 다리는 휘청거렸다. 차에 몸을 던지듯 탄 그는 시동도 걸지 않은 채 계속 생각했다. '상복이 없었지. 그다음 해에도 여우주연상은 7살이나 어린 후배가 타갔으니까.

그게 스트레스였을까?'

'아니야, 데뷔시켜 줄 때부터 M과 내연의 관계였다는 이야기, 그의 아이까지 낳았다는 루머들 때문이었을 거야. 그동안 힘들게 쌓아온 인기가 그런 루머 때문에 무너질지도 몰라 견디지 못했을 거야.'

그는 핸들에 얹은 손에 머리를 박고 한숨을 내쉬었다. '최고가 되겠다는 그 꿈 때문이지. 그냥 나와 결혼해서 평범한 아내가 될 수는 없었을까? 그랬다면 그런 소문에 신경 쓸 필요도 없었을 텐데. 내가 그 소문들을 다 알고서도 자기를 사랑한다는 사실은 알고 있었을 거 아니야?'

'그래 그놈의 꿈이 문제야, 꿈 때문에 유명해졌지만, 이제 꿈 때문에 고통받고 나쁜 꿈에 시달리게 되었던 거야. 도대체 누굴까, 아이들한테 커서 뭐가 될 거냐고 물어보는 꿈과 밤에 꾸는 황당한 꿈에 똑같은 이름을 붙인 게? 꿈이라는 말을 만든 사람은 두 가지가 결국 똑같다는 사실을 알았던 걸까?'

일과시간이 끝나 교수 사무실 비서도 퇴근해버린 시간이라 A는 B
에게 병원 2층 카페에서 만나자고 했다. 금요일 저녁 환자들과 보
호자들도 별로 없는 카페에서 둘은 다시 만났다. 먼저 와 있던 B는
제일 구석진 자리로 두 번이나 옮겨 앉은 뒤였다. B는 카페라테를
주문했고 A는 밤에 또 잠을 못 이룰 것 같아 캐모마일 티를 주문
했다.

A는 티로 목을 축이며 B의 이야기를 들었다.

"그러니까 S양이 불면증과 악몽 때문에 프로포폴 주사를 계속 맞
았을 수 있겠군요. 그렇다면 환각이 아니라 무의식을 원했던 거고
요." A가 찻잔을 내려놓으며 말했다.

"무의식이요?"

"네, 우리가 보통 낮에 나쁜 일을 겪어도 밤에 자면서 일정 부분 잊어버리고, 또 꼭 필요한 정보들은 장기기억으로 처리되어 넘어가거든요. 그런데 S양은 스트레스가 너무 심해, 겨우 잠이 든 동안 고민을 잊기는커녕, 악몽까지 꾸게 되었던 것 같네요. 이렇게 되면 잠을 자기가 더 두려워지지 않았을까요? 언론에서 떠들 듯이 프로포폴을 맞고 환각이나 쾌감을 느낀 것이 아닐 겁니다. 오히려 S양은 그 어떤 꿈마저도 꾸지 않는, 완벽한 무의식의 세계로 들어가기를 원했던 거지요."

"그럼, 프로포폴을 맞고 자면 꿈을 전혀 안 꾼다는 건가요?" B는 A 쪽으로 좀 더 의자를 끌어 다가앉으며 물었다. 그 순간 바닥에 닿은 의자 다리에서 끼익하고 소리가 났다. 그는 고개를 숙인 채 주변의 시선을 살폈다.

"그런 것 같습니다. 지금까지 환자 몇 명의 뇌파를 더 살펴보았는데요, 프로포폴을 맞으면 꿈을 꾸지 않는 잠만 자게 되는 게 확실한 것 같습니다. 그래서 깨고 나면 개운한 느낌이 들고 다시 또 주사를 맞고 싶은 생각이 드는 것이겠죠."

"사람들이 보통 잠을 자면 꼭 꿈을 꾸게 되나요? 전 전혀 꿈을 꾸지 않는 날이 더 많은 것 같은데요."

"우리가 하룻밤 잠을 자는 동안에 꿈을 꾸지 않는 잠과 꿈을 꾸는 잠이 교대로 다섯 번 정도 반복됩니다. 꿈을 꾸는 잠을 렘수면(REM 수면)이라고 하고 꿈을 꾸지 않는 잠을 비렘수면(non-REM 수면)이라고 하지요."

"렘이라고요?"

"Rapid Eye Movement의 약자입니다. 렘수면 동안 눈을 감은 채지만 안구가 급속히 움직이는 것이 관찰되거든요."

"그럼 모두가 매일 꿈을 꾸고 있는 거네요."

"네, 그것도 매일 밤 4-5차례나 말입니다. 그런데 어떤 때에는 꿈을 꾼 것을 어렴풋이 기억하기도 하고, 어떤 날에는 기억을 하지 못하기도 하는 것이지요."

"그런데 프로포폴을 맞으면 전혀 꿈을 안 꾸는 잠만 잔다는 거군요. 그래서 악몽도 꾸지 않게 되고."

"그런 것 같습니다. 프로포폴을 사용한 수면마취 내내 비렘수면 중에 나타나는 느린 뇌파만 계속 관찰되었거든요. 프로포폴이 환각이나 쾌감은 전혀 줄 수 없지만 심각한 악몽에 시달리는 사람에게는 해방구가 될 수 있는 것 같습니다. S는 쾌감이나 환상적인 꿈이 아니라, 꿈 없는 잠에 집착한 거죠."

"그랬군요. 그럼 기자회견이라도 해서 S가 마약중독자가 아니라는 것을 빨리 알려야 되겠네요. 이대로 그냥 있다가는 퇴폐적인 이미지가 굳어져서 영원히 배우로서는 활동도 못하게 될 것 같습니다. 저희 회사의 이미지 실추도 심각하고요."

"아니 아직은 조금 기다려주십시오. 확실한 것은 뇌파 검사를 좀 더 진행해봐야 합니다. 통계적으로 인정을 받으려면 케이스들을 더 모아야 합니다."

"그렇습니까?" 그는 작게 한숨을 내쉬며 대답했다. "알겠습니다,

교수님."

"아, 그리고 혹시 S양이 그날 주사를 맞기 전에 술을 마시지 않았는지 한번 알아봐 주실래요?"

"술 하고도 관계가 있습니까?"

"호흡근 마비 때문인데요. 보통은 술이 뇌를 억제하기 때문에 다른 약과 함께 작용하면 위험할 수 있지요."

"알겠습니다. 사고가 나기 이틀 전에 함께 마신 와인이 있었는데 그날 남겨둔 걸 그녀가 혼자 마셨는지는 도우미 아주머니에게 조심스럽게 다시 확인해 봐야겠네요. S가 술과 함께 마약을 했다고 알려져서는 안 되니까요." 그는 주변을 둘러보며 낮은 목소리로 말했다.

"지난번에 설명 드렸지만, 프로포폴은 법률상 마약은 아닙니다."

"알고 있습니다, 교수님. 그래도⋯⋯."

"그럼. 주말 잘 보내십시오."

"네. 교수님. 다시 뵙겠습니다."

A는 유리문을 통해 B가 가는 모습을 바라보았다. 해가 길어져 아직도 서쪽 하늘에 붉은 기운이 사라지지 않고 있었다. S가 깨어나기는 할까? 다시 일어나 연기를 할 수 있을까? 그는 연구를 서둘러야겠다는 생각을 했다. 기적이라는 것이 있으니까, 마지막 순간까지 자신의 환자에게는 일어나지 않았었지만.

제 5 부

침묵/

5-1

A는 수술장 구내식당에서 점심 식사를 마치고 교수 휴게실로 향했다. 휴게실 입구 벽면에 붙어 있는 수술 현황판에서 오후 수술의 수술명을 다시 한 번 확인하고 휴게실로 들어섰다.

'고작 몇 개의 데이터로 언론에 발표하고 웃음거리가 될 순 없잖아? 그런데 이런 속도로는 도무지 얼마나 시간이 더 걸려야 할지?'

A가 휴게실로 들어서자 소파에 느긋이 앉아 있던 이비인후과 교수와 산부인과 교수가 자리를 당겨서 A가 앉을 자리를 만들어 주었다.

"어서 오세요." 나이가 어린 산부인과 교수가 인사했다.

"네. 안녕하세요? 식사들 잘 하셨습니까?" A는 이비인후과 교수와 산부인과 교수를 보며 인사했다.

"오늘도 스케줄 많아요?" 이비인후과 교수가 물었다.

"네. 수술장 전체로 보면 요즘 같은 방학 중에 마취 건수가 더 많습니다."

그는 탁자 위에 커피 잔을 내려놓으며 대답했다. '누구에게 부탁해 본다? 이비인후과는 환자 얼굴을 다 소독하고 수술하니까 이마에다 센서를 부착하기가 힘들겠지? 자연 분만할 때 산모들은 힘을 주어야 하니까 의식을 없애지 않을 거고, 제왕절개를 한다면 수술이 너무 빨리 끝나서 뇌파 데이터를 구하기도 어려울 거야. 이거 쉽지 않은데?'

그는 커피를 다 마시고 나서 수술장 이 방 저 방을 기웃거려 봤지만 뾰족한 수가 떠오르지 않았다. 차라리 내과는 어떨까? 스케줄을 다 끝낸 오후 늦게 그는 친구인 내과 교수의 방으로 향했다.

"잘 지내지?"

"어쩐 일이야? 요즘 어떻게 지내?" 친구는 마우스를 옆으로 치우며 말했다.

"늘 비슷하지. 아침부터 밤까지, 마취 백 잡고."

"앉아. 안식년은 언제야?"

"아직 멀었어. 2년 더 일해야 순서가 돌아오지."

"비슷하구나! 나는 원래 내년에 갈 수 있는데. 눈치 보여서 말을 꺼낼 수 있어야지. 바로 위 선배가 아직 안 갔거든."

"그렇구나, 나 뭐 좀 물어보려고."

"뭔데? 말해봐."

"요즘 내과에서도 프로포폴을 많이 쓰나?"

"그럼, 최근에는 위내시경, 대장내시경 할 땐 거의 프로포폴을 쓰지."

"그래? 원래 우리 병원 수면내시경 안 했잖아?"

"아, 그거 다 옛말이야. 요즘 환자들이 어디 수면 안 해주면 검사하나?"

"그래? 미다졸람보다 더 많이 써?"

"그런 편이지. 미다졸람도 쓰지만, 프로포폴을 더 많이 쓰는 편이야. 인터넷 때문인지 어떨 땐 환자들이 더 깔끔하다면서 프로포폴로 해달라고 부탁한다니까. S양 사고 후에는 그런 환자가 줄었지만."

"그래, 인터넷이 문제야. 먼저 해본 환자들이 쓴 후기만 보고 이런저런 요구를 하니까." A는 S양 이야기에 뜨끔했지만, 모른 척 맞장구를 쳤다.

"그러게, 이러다간 마케팅 잘하는 병원들하고 환자들의 장단에 놀아날 판이야."

A는 고개를 끄덕이며 말했다. "부탁이 있는데 말이야."

"뭔데?"

"내가 요즘 프로포폴에 대해서 연구하는 게 있거든."

"그래서?"

"프로포폴을 쓰는 동안 뇌파가 어떻게 변하는지를 알아봐야 하는데, 데이터 수가 모자라서 말이야."

"그거 재미있는 주제군. 근데 왜? 마취과에 환자가 없으려고?"

"그게 말이야. 대학병원 수술장에서 어디 정맥마취를 많이 해야 말이지. 대부분 전신마취잖아."

"그렇긴 하겠군. 어떻게 도와주면 되는데?"

그는 친구에게 설명했다. "어렵진 않아. 수영 모자처럼 생긴 거 속에 전극이 있어서 그냥 간단히 씌우고 검사하면 돼. 별로 복잡할 것도 없어."

"그렇게 간단히 측정할 수 있나?"

"응. 최근에 장만한 새 기계는 64채널을 검사할 수 있어서 해상도도 아주 높아. 그리고 모자 덕분에 사용하기도 간편하고."

"그래. 그 정도라면 환자들이 동의해주겠군."

"부탁 좀 하자. 술 한번 살게!"라며 그는 자리에서 일어났다.

다음 날부터 그는 내과 환자들의 뇌파 검사결과를 받기 시작했다. 내과 펠로우도 사용법을 쉽게 익힌 것 같았다. 이런 식이라면 뇌파 검사로 곧 결론을 얻을 수 있겠는데?

만약 허락만 받을 수 있다면 죽어가는 사람에게도 뇌파 검사를? 아니야, 일단 프로포폴 문제부터 해결해보고 그다음에 생각해보자.

얼마 후 충분한 데이터가 모이자 A는 담당 펠로우에게 분석을 부탁했다. 그리고 며칠 후, 그가 곧 있을 국제학술대회 개최 준비로 정신이 없을 때 펠로우는 통계 프로그램을 돌려 얻은 결과를 A에게 들고 왔다.

"교수님 부탁하신 데이터를 다 정리했습니다."

"벌써? 자네 SAS(의학 통계프로그램) 좀 써본 모양이군?"

"네. 교수님. 그런데 잘 이해가 되지 않는 것이 있습니다."

"뭔가?"

펠로우는 가지고 온 노트북을 책상 위에 올려놓으며 말했다. "이 그래프 좀 보시죠. 환자들의 뇌파를 분석해 보니, 프로포폴을 사용해 정맥마취를 한 대부분 환자들에서 예상대로 느린 델타파가 보입니다."

"그렇군. 모든 환자에서 다 그런가?"

"네. 그런데 해상도를 높여 보면 바닥에 감마파가 섞여 있습니다."

"감마파? 그게 무슨 소리야?"

"여기 보십시오."

"확대 좀 해봐."

펠로우는 그래프를 확대해서 보여주었다. "보시죠. 처음엔 저도 노이즈(noise잡음)로 생각했습니다. 그런데 성별로도, 나이로도, 생각할 수 있는 모든 바이어스(bias편향)를 제거해보아도 사라지지 않습니다."

"모든 케이스에서 다 발견되는 건가?"

"네. 해상도를 높이면 공통적으로 보이는 현상입니다."

A는 잠시 멈칫하였다. 그리고는 그래프를 자세히 들여다보았다. 감마파였다. 그것은 사람이 흥분할 때 감지되는 뇌파였다.

'뭐지 이건? 흥분할 때 나타나는 감마파를 여기서 어떻게 해석해야 할까? 그렇다면 프로포폴을 맞은 환자가 꿈 없는 잠에 빠지는 게 아니란 말야? 그럼 꿈을 꾸는 건가? B가 애타게 결과를 기다리고 있을 텐데, 도무지…….' 그는 자기도 모르게 엄지손톱을 물었다.

"알았네. 이 분석은 틀림없는 거지?" A는 노트북에서 시선을 떼고 펠로우의 얼굴을 보며 물었다.

"네. 틀림없습니다."

"아무튼, 수고했네." 그는 오른손 엄지와 중지로 관자놀이를 누르며 말했다.

"네. 일단 메일로도 보내드리겠습니다."

"그러게." 그는 펠로우가 문을 닫고 나가는 것을 보며 한숨을 쉬었다. '어떻게 이럴 수가 있지? 뇌파 검사로 더 큰 문제도 풀어보려고 했었는데.'

P는 증축하고 있는 새 생산라인으로 출발하기 위해 차에 올랐다. 그즈음 P와 이사들은 전국 대학병원들의 마취과를 방문하며 악성 고열증의 위험을 강조하면서 '하이퍼란'을 홍보하느라 분주했다. 오늘도 언론사를 돌며 바삐 움직여야 하는 스케줄이었으나, 공장 장이 중요한 결정을 해달라고 하니 공장에 들르지 않을 수 없었다.

오늘 아침에도 희뿌연 스모그가 S시를 덮고 있었다. 매년 장마가 오기 전엔 스모그가 심하긴 했다. 그러나 요 몇 년간은 더 심해진 느낌이었다. 그는 저장탑에 그려진 회사 마크가 멀리 대로에서도 보이는 장면을 상상해 보았다. 그런데 이렇게 계속 스모그가 심해 서는, 증축된 생산라인이 웅장한 모습을 드러내는 준공식 날에도 그 마크가 멀리서 보이긴 틀린 게 아닌가 하는 생각이 들었다.

그는 차에서 내려 바로 공사현장으로 갔다. 파이프라인의 마무리 공사가 한창인 현장에 다가서자, 공장장은 금세 P를 발견하고는 인사하며 다가왔다. 현장소장과 이야기를 하던 전무도 P를 보고는 고개를 숙였다.

공장장은 공사 진행 상황을 설명하며 P의 뒤를 따랐다.

"정말로 파이프라인이 빨리 깔렸군."

"네, 회장님. 옛날처럼 여기서 파이프라인을 자르고 끼우고 하는 것이 아니고요. 공장에서 초정밀 규격으로 파이프가 생산되니까, 미리 설계도면에 따라 필요한 것들을 발주해서 애들 블록 쌓기 하듯 현장에서는 조립만 하면 끝납니다. 덕분에 공기가 엄청나게 단축되었습니다."

"참 편해진 세상이군."

"요즘은 웬만한 빌딩도 이런 식으로 몇 달이면 구조공사가 끝납니다."

"그 속도 한번 맘에 드는구면."

그들이 다가가자 현장 소장은 P를 보고 안전모에 손을 올려 거수 경례를 했다.

"회장님, 지시하신 대로, 돔을 설치하려고 박은 몇 개 파일에 봉함을 씌웠습니다. 나머지 파일에 봉함을 다 씌우면 다시 돔을 씌우려고 해도 불가능한데 괜찮으시겠습니까?"

"아, 저쪽에 둥글게 덮은 것이 파일이었나 보네요. 다 덮어주세요. 상관없습니다." 그는 파이프라인들의 가장자리를 따라 바닥에 박힌 파일들을 보면서 대답했다.

현장 소장은 "나중에 감리에서 문제가 되면 어쩌지요?"

"처음부터 사실 이건 큰 필요가 없지 않았습니까? 물론 공장에서 만에 하나 가스가 누출된다면, 돔이 있으면 더 좋겠지요. 그런데 누출 감지장치도 도입하고, 또 자동차단 시스템도 다 설치할 건데, 돔을 덮는 건 과잉 방어란 말입니다. 그리고 감리는 너무 걱정하지 마세요. 제가 다 알아서 해결하겠습니다."

"네, 그렇긴 합니다만……"

"괜찮다니까요."

"그럼 최종 결정을 내리신 걸로 알겠습니다. 아직 씌우지 않은 파일들도 영구 밀봉하겠습니다."

"그래요. 다 씌워주세요. 밀봉 안 하면 비가 스며들어 지반침하가 생길 수 있다면서요." P가 이렇게 말하자, 뭔가를 말하려던 전무는 그냥 입을 다물었다.

P가 현장을 더 둘러보는 동안, 조용히 따르던 공장장은 말했다. "회장님 만약에 주민들이 알게 되면 어쩌지요?"

"말이 새어나가지 않게 단속해야지. 그리고 기선 제압을 하려면 예산을 광고비에 쏟아부어야 하는데, 필요도 없는 돔에 쓸 돈이 어디 있나? 자넨 그런 걱정은 하지 말고, 기존 라인에서 제품 나오는 것에나 신경 쓰게."

"네, 알겠습니다."

옆에 있던 전무는 계속 입을 다물고 있었다.

어두운 주변에 비해 무대는 아주 눈부셨다. 그동안 몇 번 출연한 케이블 방송사들의 스튜디오에 비해 공중파 뉴스의 스튜디오는 층고가 아주 높았다. '공중파 방송국이 역시 대단하긴 대단하군. 방송국도 급이 있는 거구나. 그래도 그렇지. 광고비를 얼마를 썼는데 고작 10분 인터뷰야? 본전을 뽑으려면 버벅거려선 안 될 텐데…… . 제길 넥타이는 왜 또 이렇게 조이는 거야?'

P는 앵커가 멘트를 하는 동안 앵커에게 시선을 맞추고 있다가 빨간 등에 불이 들어온 카메라 쪽으로 시선을 옮기며 이렇게 말했다. "그동안 국내에서 개발된 신약으로 알려진 약들이 없었던 것은 아닙니다만, 하이퍼란은 순수하게 국내 기술로만 개발된 최초의 신약

입니다."

"네, 그렇군요. 이미 여러 매체를 통해 하이퍼란의 개발은 정부 차원에서 지원한 차세대 전략산업의 모범으로 크게 보도되었었는데요. 특별한 비결이라도 있으셨습니까?" 앵커가 물었다.

"제약업에 오랫동안 몸담고 있으면서, 저는 늘 우리 자체 기술로 획기적인 신약을 만들 꿈을 가지고 준비하고 있었습니다. 이번에 정부 차원에서도 신약 제조를 차세대 전략산업으로 키울 계획을 세워주셨는데, 그 타이밍이 아주 잘 맞아 떨어졌던 것 같습니다." 미소를 지으며 그가 말했다.

"그러셨군요. 하이퍼란은 구체적으로 어떤 약입니까?"

"네, 우리가 한평생 살다 보면, 누구나 작든 크든 수술을 받게 되지 않습니까?"

"그렇지요."

"그렇게 수술을 받을 때 통증 때문에 마취를 받게 되는데요. 기존의 전신마취제들은 환자의 체질에 따라서 드물지만 악성고열증이라는 증상을 일으킬 수 있습니다. 이 악성고열증이라는 질환은 환자의 근육세포에서 이상 반응이 생겨서 고열이 나고 환자가 즉사할 수도 있는 치명적인 병입니다. 하이퍼란은 바로 이런 사고로부터 완전히 자유로운 전신마취제입니다."

"그거 대단하군요. 그런데 악성고열증에 누구나 다 걸릴 수 있습니까?"

잠시 말을 멈췄던 그가 대답했다. "어…… 모든 사람이 다 걸리는 질환은 아니지만, 마취를 했을 때 누구에게 이 병이 발생할지를 미리 아는 것이 거의 불가능합니다. 대비를 하기도 어렵고 증상의 진행이 워낙 빨라서 수완이 좋은 마취 의사라도 속수무책이 되지요."

"그렇군요. 정말 의미 있는 신약을 개발하셨군요."

"네, 차세대 전략산업위원회에서도 이런 점을 높게 평가해주신 것 같습니다."

"네, 앞으로도 더 많은 신약개발을 부탁드리겠습니다. 오늘 나와 주셔서 감사합니다."

"감사합니다."

"이상으로 화제의 경제인과의 대담을 마치겠습니다."

카메라가 앵커를 비추는 동안 그는 조용히 일어나 무대에서 내려와 넥타이를 풀어헤쳤다. 오늘도 P는 하이퍼란의 장점만 부각시켰고, 비등점이 섭씨 25도 정도로 낮다는 따위의 내용은 언급하지 않았다.

얼마 지나지 않아 하이퍼란의 TV 광고도 시작되었다. 공중파를 통한 마취제 광고는 업계 최초였다. 대학병원과 종합병원의 마취과 의사들이나 쓰는 전신흡입마취제를 TV로 광고하겠다고 생각한 사람은 이제껏 없었다. P의 공격적인 이 TV 광고는 주요 시간대에 수없이 반복되었다.

"전신마취 중에 누가 걸릴지 모르는 치명적인 부작용, 악성고열증. 어떤 마취약으로 마취를 하는지도 모른 채 수술을 받으시겠습니까? 이제는 악성고열증으로부터 자유로운 하이퍼란이 있습니다.

'하이퍼란으로 마취해주세요' 하고 부탁하세요." 중년 남자 탤런트의 중후한 목소리가 전국에 울려 퍼졌다.

심지어 의학 드라마에서도 간접 광고로 하이퍼란을 홍보해서, 환자들이 수술을 앞두고 그 기적의 마취제로 마취를 받게 해달라고 부탁할 지경이었다. 수술을 앞둔 그 누구라도 순식간에 사망에 이를 수 있는, 악성고열증이라는 무서운 사태를 경고하는 광고로부터 자유롭지 못했다.

장외거래에서 주가는 급등했고, 성급한 투자자들 사이에서는 뉴이러 프로젝트에 따라 국가 차원의 업무 제휴가 이루어지고 있으므로, E국 FDA의 특허도 이미 받은 것이나 다름없다는 소문이 돌았다. 그리고 그들은 웃음가스를 흡입한 사람들처럼 웃음을 참지 못하고 파티 분위기에 젖어 들었다.

뇌파 연구에서 딜레마에 빠진 A는 퇴근 후 명상 센터에 들렀다.

"안녕하세요? 교수님. 오늘은 많이 지쳐 보이시네요." 지도자가 인사를 건넸다.

"네. 안녕하세요?" A는 인사를 하며 로비에 들어섰다.

"오늘 수술이 많으셨나 봐요?"

"수술도 수술이지만 다른 고민이 좀 있어서요."

"그러시군요. 스트레스를 받는 이유가 있으시겠지만, 천천히 그리고, 한 번에 하나씩 풀어가도록 해보세요."

"네. 맞는 말씀이네요. 한 번에 하나씩."

"오늘도 힘내시고요."

"알겠습니다."

오늘도 그는 좌선실에 앉아 눈을 감았다. 눈을 감으니 조금 전까지 보고 있던 물체들의 잔상이 보인다. 검은색 배경 위에 옅은 푸른빛이 감도는 회색의 잔상들. 그 잔상들이 서서히 사라질 무렵, 이제는 오늘 했던 마취에 대해 아쉬웠던 점들, 또 퇴근 전에 펠로우들에게 지시했어야 할 일들이 하나둘 떠오른다. 앗, 다음 주 국제학술대회에서 발표 할 논문의 자료를 더 찾아 놓으라고 이야기한다는 것을 또 잊었네! 대회 개최 준비하랴, 내 논문 발표 준비하랴 정신이 없군. 아이참, 주말 저녁이라 전화하기도 미안하고. 휴대전화에 메모라도 해놓을 걸 그랬어.

아니야, 또 눈을 뜰 순 없지. 명상 중이잖아. 잡념이 시작되었군. 그저 생각이 지나가는 것을 지켜보자. 생각들에 말려들지 말고…….

잠시의 침묵이 흐른 후 이번엔 실험에 대한 생각이 떠올랐다. 검출된 감마파가 뇌파를 측정할 때 우리도 모르게 만들어 낸 노이즈는 아니었을까? 새로 들여온 장비가 문제였을까? 다시 한 번 체크를 해봐야겠어. 어떻게 하면 환자의 마음속에 들어갈 수 있을까? 그 사람이 되지 않고, 한 사람이 꿈을 꾸는지, 꿈을 꾸지 않는 잠을 자는지 알 수는 없는 걸까?

그는 저린 다리를 앞으로 쭉 폈다가 방석 위에서 자리를 고쳐 앉으며 생각했다. 또 생각을 하고 있어! 꿈을 꾸는 잠과 꿈이 없는 잠. 잡념이 있는 명상과 잡념이 없는 명상. 어쩌면 이건 같은 주제일지도 모를 일이군.

숨을 멈추면 생각도 멈춘다고 했지? 호흡을 참아 보자. 잡념이

멎을 거야. 그는 지도자가 응급처방으로 알려준 대로 호흡을 잠시
멈추어 본다. 그리고 더 이상 숨을 참을 수 없을 때 다시 조용히 어
깨를 내리며 숨을 천천히 내뱉기 시작했다. 그리고 파문이 가라앉
은 잔잔한 수면을 떠올렸다. 잠시 침묵의 순간을 맞은 듯했다. 그러
나 그뿐이었다. 좌선을 한다고 앉았지만 병원에서 하던 온갖 고민
을 똑같이 하고 있는 것이었고, 눈을 감을 때마다 보이는 검은 어
둠 그 너머 어디에 진리가 있는지는 알 수 없었다. 그는 책을 끊고
명상 수련을 시작한 지 도대체 몇 년째인지 헤아려보았다.

결국 오늘도 아무 일도 일어나지 않았다. 좌선을 마쳤지만, 그는
평소처럼 샤워하러 가지 않고 지도자를 찾았다.
"잠시 상담이 가능할까요?"
"네, 어서 들어오세요." 지도자는 가장자리를 따라 해어져서 허연
속살이 드러나 보이는 낡은 가죽 소파 쪽을 가리켰다.
A는 앉자마자 "명상을 통해서 어떤 잡념에도 오염되지 않은 우리
의식의 중심으로 가는 것이 정말 가능하다고 생각하세요? 언제 그
런 일이 생길 수 있을까요?" 하고 작심한 듯 물었다.
땀부터 닦으라는 듯 소파 옆의 탁자 위에서 면으로 된 희고 얇은
수건을 집어 건네며 지도자가 말했다. "꾸준히 수련하는 동안 문득
우연히 그런 일이 생길 겁니다. 조바심을 내며 노력해서 그 경지에
도달하려고 한다면 그 노력 자체가 오히려 방해가 됩니다."
"그럴까요?"

지도자는 양쪽 어깨를 한번 들어 올렸다가 두 손바닥을 펴면서 이야기를 시작했다. "수레바퀴를 한번 예로 들어보지요. 바퀴가 도는 동안 바퀴의 가장자리는 계속 움직입니다. 그런데 바퀴의 중심은 움직일까요?"

"중심에서는 움직임이 없겠지요."

지도자는 다시 물었다. "그렇다면 그 중심을 정확히 지적할 수 있을까요?"

"축의 한가운데에 있겠지요."

"만약 중심점이 존재한다면, 위치를 가지고 있을 것이고, 위치가 있다면 점을 찍을 수 있겠지요. 그렇지만 점으로 표시한다면, 그 점은 아무리 작다고 해도 면적을 가질 것이고, 면적이 있다면 그 점은 바퀴가 돌 때 움직이겠지요. 그런데 만약 움직임이 있다면 그것은 진정한 중심이 아닐 겁니다."

"그렇겠네요."

"맞습니다. 아무런 움직임이 없는 중심이 있기 때문에 수레바퀴는 그 중심을 축으로 해서 돌 수 있습니다. 하지만 그 중심은 위치를 가질 수 없습니다. 위치를 갖는 순간 그 점은 움직임이 없는 중심이 아니기 때문이죠. 모순되게 들리지만, 수레바퀴는 실재하지 않는 중심이 존재하기 때문에 돌 수 있는 겁니다."

"그건 마치 수학 시간에 미적분을 배울 때 'X가 0에 무한히 가까이 가면' 하는 가정과 비슷하겠군요."

"네. 그래도 우리는 돌아가는 수레바퀴에 움직임이 없는 중심축이 있다는 것을 확신합니다. 의식적인 노력으로는 도저히 도달할 수 없다고 느껴지는 우리 내면의 중심도 마찬가집니다. 어디인지 정확히 집어낼 수는 없지만, 중심은 분명히 존재합니다. 그런 중심이 있기 때문에 모든 움직임이 가능하지요."

지도자는 말을 이어갔다. "수레가 강을 지난다고 생각해보세요. 중심축까지 물에 들어가 있다면 물속에 잠겨 있던 바큇살들이 순서대로 자꾸 나타날 겁니다. 그 바큇살들은 모두 보이지 않고 있다가 어느 순간 드러나고 곧 다시 물속으로 들어가겠지요. 어떤 바큇살은 흙이 묻어 있고, 어떤 바큇살은 흠집이 나 있고, 모두 제각각일 겁니다. 바퀴의 중심은 물속에 잠겨 드러나 있지 않지만 바퀴가 무너지지 않게 받쳐주며, 바퀴가 굴러가게 해주고 있습니다. 마찬가지로 우리 의식의 가장 깊은 중심에는 어떤 잡념도, 움직임도 없는 순수 의식이 언제나 존재하는 겁니다."

"알겠습니다. 무슨 말씀이신지."

"좀 더 여유를 가지고 수련하시면 좋겠습니다. 결과를 기대하지 말고 말이지요."

"네." A는 들고 있던 수건으로 이미 식어버린 땀을 닦으며 샤워장으로 발길을 옮겼다. 그는 샤워 부스 안이 뿌연 증기로 가득 찰 때까지 물줄기 밑에서 계속 물을 맞고 서 있었다. 다시 고개를 들어 얼굴을 비춰 보려고 했지만 벽에 붙은 거울에는 아무것도 보이지 않았다.

전형적인 여름날이었다. 벌써 며칠째 계속되는 30도를 넘는 폭염에도 매미들은 아랑곳하지 않고 짜증스럽기까지 한 울음소리를 내고 있었다. P는 아침부터 더위에 불쾌지수가 높아졌다는 뉴스에다가 또 다른 불쾌한 뉴스를 들을 수밖에 없었다.

"시위대들이 어떻게 알게 된 거야?"

"환경단체들은 지난번에 시위를 멈춘 이후로도 그동안 계속 공사 진행을 망원 렌즈로 모니터링하고 있었나 봅니다. 그러다가 파일이 모두 밀봉된 것을 알게 되었고요. 원래 덮기로 했던 돔을 짓지 않고 공사가 진행된다는 것을 SNS를 통해 지역주민들까지 알게 된 것 같습니다." 공장장의 대답이었다.

"그래, 몇 명이나 시위하고 있나?"

전화기에서 한동안 대답이 없었다. "많습니다."

"뭐라고?"

"아주 많습니다."

"알았네. 그런데 도대체 시위대가 어떻게 공장 내부까지 들어오게 놔뒀나?"

"면목 없습니다."

"나 이런 참. 알았네. 내가 나가겠네."

P는 시위대가 공장 내부까지 들어왔다는 소식에 사무실 대신 시위 현장으로 향했지만, 이번엔 자신이 직접 그들을 대면할 생각은 없었다.

돔을 약속하긴 했지만, 그건 누가 봐도 말이 안 될 정도의 엄청난 공사잖아. 왜 그렇게 무리한 걸 고집들 하는 거야? 그리고 설령 가스가 유출된다고 해도, 누출 감지장치가 있고, 자동차단 시스템까지 다 갖추게 되는데 무슨 문제가 된다는 건지.

공사가 이 정도 진행된 단계에서 다시 돔을 설치한다는 건 불가능이야. 바닥 위에 파이프라인도 다 고정되었는데 크레인을 어디에다가 놓고 철골을 들어 올린단 말인가? 이제 와서 돔을 다시 설치하라고 하면 그건 공사를 처음부터 다시 시작하라는 거나 다름없지. 절대로 그럴 수는 없어.

공장 주차장 한구석에 조용히 차를 세우게 한 그는 피켓을 들고 이미 공장 안으로 진입한 시위대들을 보고 혼잣말을 했다. "이건 뭐 법도 없구먼, 사유지 무단침입 아니야, 이건?"

그때 작업복을 입은 이가 차 앞으로 다가섰다. 공장장이었다. P는 창을 내리고 들어오라고 손짓했다. 왼쪽 문을 열고 들어와 앉은 그는 P를 향해 엉거주춤 앉아 두 손을 모으고 고개를 숙이며 말했다.

"회장님, 죄송합니다. 출근해 보니 이미 밀고 들어 와 있었습니다."

"경비는 도대체 뭘 한 거야?"

"작업자들 출근 시간이라서, 문을 열어 놓은 상황이었던 것 같습니다."

"아이, 이 사람아. 이렇게 되면 작업도 진행이 안 되잖아?"

"죄송합니다." 그는 다시 머리를 숙였다.

"나를 부를 게 아니라, 먼저 경찰을 불렀어야지."

P는 양복 안주머니에서 전화기를 꺼내 들고 전화를 했다. "서장에게 전화해서 지금이라도 현장에 경찰들을 좀 배치하라고 해봐."

피켓에는 '공장 증설 허가 시 약속한 안전 돔을 설치하라!', '주택가에 가스 누출되면 누가 책임지나?' 등의 구호가 붉은색으로 쓰여 있었다. 그때 시위대 중의 한 사람이 P의 차를 발견하고는 사람들과 함께 차 쪽으로 오기 시작했다.

그는 현장에 더 있다가 시위대에 둘러싸여 오도 가도 못하는 상황이 되기 전에 자리를 피해야겠다고 생각하고는, 기사에게 급하게 본사 사옥으로 가자고 했다.

시위대가 보이지 않을 거리가 되자, 그는 공장장을 길가에 버리듯 내려주고, 구청장에게 전화를 걸었다. "구청장님, 지금 현장에 시위대가 난입하고 있는데요. 이거 어떻게 설득 못하나요? 공장 바닥 공사를 다 끝낸 상황에서 돔 그거 못 짓습니다. 바닥에 균열이 가면 파이프라인도 모두 다 못쓰게 되는 거거든요. 그리고 가스 누출 감지장치와 자동차단 시스템이 마무리되면, 돔이 필요 없는 거 구청 건설과에서도 다 동의하셨지 않습니까?"

"네, 상황은 저도 압니다. 돔이 제약공장 설계기준에 필수 항목도 아니지요. 무슨 돔 야구장을 만드는 것도 아니고요. 그래도 시위대와 물리적인 충돌이 있어서는 안 됩니다. 제가 다시 한 번 알아보고 경찰에 협조 요청하겠습니다."

"차세대 전략산업위원회 추진 사업인데 실수 없게 부탁합니다. 이거 지원 계획에서 핵심 사업인 거 아시잖아요."

통화를 마치고 그는 기사에게 소리 쳤다. "운전하다가 웬 통화야?"

"회장님 그게……."

"뭐야, 말을 해."

"저, 본사 사옥 앞에도 시위대들이 시위를 하고 있답니다. 사무실로 가시는 것도 어렵겠습니다."

다음날 문화회관에서 열린 대책회의에 나와 그는 "이미 진행된 공사를 처음부터 다시 하라는 건 회사를 부도내라는 말이나 다름없습니다."라고 구청장과 신약개발팀장에게 말했다.

그는 이미 집행해버린 광고비 지출 내역을 보여주면서, "광고마다 저희는 차세대 전략산업 지원 계획 선정 제품이라고 꼬박꼬박

알렸습니다. 결국 그 돈은 국정 홍보를 위해 쓴 돈이나 다름없습니다. 그런데, 이제 와서 저만 부도를 내란 말입니까? 그렇다면 차세대 전략산업 지원도 부도나는 겁니다. 안 그렇습니까?"

모두 대답이 없었다.

"자 P 대표님도 너무 흥분하지 마시고, 차분히 의견을 모아봅시다." 팀장이 말문을 열었다. "지역주민들에게 더 줄 혜택은 뭐 없습니까, 구청장님? 지역 사람들의 정서는 구청장님께서 제일 잘 아시지 않습니까?"

"글쎄요. 이전에 했듯이 선심 공약을 하나 내세워서 해결될 분위기는 아닙니다. 뭔가 지속적으로 혜택이 돌아가는 대책을 생각해 봐야겠는데요?"

다시 아무도 말이 없었다.

"이 지역을 전략산업 지원 특별지역으로 지정하고, 세금을 줄여주면 어떨까요?" 구청장이 말문을 열었다.

"세금이라고요?" 팀장이 되물었다.

"지역주민들에게 취득세, 등록세, 자동차세 같은 지방세의 감면 혜택을 받을 수 있게 해주면 어떻겠냐는 겁니다."

"결국 세금 감면이 가장 효과적인 보상이 될 거라는 의견이군요."

"시의회에서 허락할지가 문제죠." 구청장이 다시 말했다.

"시 수입에 관한 문제라 아무래도 힘들겠죠?" 팀장이 말했다.

"그렇다고 국세를 건드릴 순 없잖습니까?" 지역구 국회의원이 말했다.

"어떻든 구청장님과 팀장님이 해결을 해주셔야 합니다."라고 P는 한마디 거들었다.

"환경 문제 해결에 나쁜 선례가 될 수 있어서, 가능할지는 모르겠지만, 저도 상부에 보고해보겠습니다." 팀장이 말했다.

P는 회의실에서 나오는 팀장을 기다렸다가 말했다. "팀장님 시간 좀 있으시죠?"

"네."

"그럼. 저쪽으로."

팀장은 P를 따라 나왔다. 둘은 차 문을 열고 뒷자리에 앉았다.

"자네는 좀 나가 있지." P가 기사에게 말했다.

"네. 그러겠습니다."

기사가 나가서 인도 위에서 담배를 꺼내 불을 붙이는 것을 보고 나서야 P가 말문을 열었다. "팀장님. 세금 문제로 꼭 해결을 해주세요."

"네. 노력은 해보겠습니다."

"아니죠. 노력을 하는 정도로는 안 되고요. 확실히 해주세요. 말이 나와서 말인데. 제가 차명으로 드리겠다는 주식도 이번 프로젝트가 실패하고 상장이 안 되면, 휴지밖에는 안 됩니다."

"이거 보세요. P 대표님. 다시 한 번 말씀드리는데요. 저 그 주식 바라고 이제까지 일한 거 아닙니다. 절 어떻게 보고 자꾸만 그런 말을 하세요?" 팀장은 붉어진 얼굴로 말했다.

P는 잠시동안 말을 잇지 못하다가 입을 열었다. "아, 제가 결례를

했군요. 죄송합니다. 팀장님하고 저하고는 그저 한 배를 탔다는 생각에……."

"알겠습니다. 제발 시간을 좀 주세요. 그리고 지금 E국에서의 특허도 해결되기 힘들겠어요."

"네? 그건 또 무슨?" P는 눈을 동그랗게 떴다.

"뉴 이러 프로젝트로 연결해 보려고 했지만, FDA는 씨알도 안 먹히더라고요. 자기 나라 국민의 건강이 걸린 문제인데, 그렇게 쉽게 승인을 내줄 수 없다는 거죠."

"그럼 어쩌지요?"

"될지 안 될지 모르지만 국내 임상실험 대상자를 더 많이 만들어 보내고 처분을 기다리는 수밖에 없어요. 기간 대신 숫자를 대규모로 해보는 거죠. 임상실험 준비나 더 해놓으세요."

"네. 알겠습니다. 준비하고 기다리겠습니다." P가 말하자 팀장은 주변을 훑어보고 차에서 내렸다. 팀장은 기사가 P의 차로 들어가 시동을 걸고 떠나자 혼잣말을 했다. "젠장, 식약청장 자리 꿰차기가 이렇게 힘들다니."

'심전도라면 모를까, 뇌파는 역시 내 전문이 아니었어.' A는 결국 정신과 교수인 친구에게 도움을 청했다. 이름이 비슷해 의대 다니던 내내 출석번호가 바로 앞뒤 번이었던 친구였다.

A는 휴대전화 대신 원내전화를 걸었다. 휴대전화로 오래 통화를 하면 머리가 뜨거워지는 것이 싫었고, 아무래도 오늘 통화는 길어질 것 같았다.

"나 A야. 잘 지내지? 지금 통화 가능해?"

"응, 그럼. 우리 일이야 바쁜 게 있나? 뭐 재미있는 일은 없고?"

"늘 그래. 언제 새벽에 테니스나 한번 치자구."

"그래, 학생 때 테니스 참 많이 쳤었지. 그때처럼 얼굴 까매지면 안 되는데 말이야. 나 원래도 얼굴이 검어서 마누라가 뭐라고 하거든.

근데 웬일이야?"

"뭐 좀 물어보려고. 내가 요즘 프로포폴로 정맥 마취한 환자들 뇌파 데이터를 모으고 있는데 말이야."

"응, 그런데?"

"처음에 해상도가 떨어지는 구식 기계로는 발견 못했었는데, 64 채널로 뇌파를 재보니까, 델타파 말고 바닥에서 감마파가 검출되는 거야."

"응."

"프로포폴로 환자가 비렘수면에 빠지는 것을 가정하고 연구를 했는데, 갑자기 감마파를 발견하니까, 해석이 안 되더라고."

"그랬구나. 그런데 요즘 마취과 교수하려면 뇌파도 연구해야 하는 거야?"

"아니 논문 좀 쓰려고 그러지." A는 얼버무리며 말했다.

"그렇군, 너희 과도 SCI(Sience Citation Index) 논문 없으면, 견뎌내질 못하는구나! 근데 뭐 해줄 건데?"

"또 그런다. 뭐 노트 복사해주고 소개팅해달라고 하던 버릇 다시 나오는 거냐?"

"소개팅은 무슨, 마나님한테 죽을 일 있냐? 밥이나 한번 거하게 사. 암튼 설명해 줄게."

"오케이. 알겠어."

"정신과에서도 여러 팀에서 프로포폴이 어떻게 작용하는지를 연구하고 있어. 그중 한 팀은 프로포폴이 환자의 의식을 잃게 하는 기전을 GABA(Gamma Aminobutyric Acid)에 의한 거로 생각하고 있지."

"GABA?"

"그렇지. 왜 생리학 배울 때 계속 나오던 그 GABA 말이야. 프로포폴이 뇌로 흘러 들어가면 다른 뇌신경을 억제하는 GABA가 분비된다는 거야. 그래서 다른 뇌신경들의 기능이 억제되어, 환자들이 의식을 잃는 것으로 추정하고 있어."

"그렇구나!"

"바로 이 GABA를 분비하는 신경다발에서 나타나는 흥분은 뇌파에서 어떻게 표현될까?"

"감마파?"

"그렇지 GABA 분비 신경만큼은 흥분되어 있겠지. 그것이 표현된 것이 아닐까?"

"대단한데?"

"뭘, 우린 매일 해골바가지 속만 연구하고 사는 사람들인데."

"오케이. 그럼 또 궁금한 게 생기면 물어볼게."

"논문 제대로 나오면 진짜 한턱 쏴."

"그럴게. 고마워" 하고 A는 전화를 끊었다.

합리적인 설명이었다. '역시 모든 것은 전문가에게 물어봐야 하는 것이군.' A는 무위로 돌릴 뻔했던 연구가 제대로 진행되고 있다는 사실에 안도했다.

'그럼, 프로포폴이 꿈도 꾸지 않는 비렘수면을 유도한다는 추측이 맞는 걸까?'

그는 커피를 한 모금 마시고는, 고려해 봐야 할 점들을 따져보기 시작했다. '만약 그 감마파가 GABA의 분비 때문이라면, 다른 마취약들처럼 뇌에서 기억의 생성을 담당하는 해마까지 억제하는 것은 아닐까? 환자들은 환상적인 성적 상대를 만나 평소에는 꿈도 꾸지 못할 엄청난 사랑을 나누는 꿈을 꾸었는데도, 기억이 생성되지 않아서 마치 꿈을 꾸지 않은 것처럼 느끼는 거라면? 그리고 잠재의식 속에 그런 꿈에 대한 쾌감이 남아 자기도 모르게 계속 그걸 원하게 만드는 거라면?

그는 이런 가능성을 완전히 배제할 수 없었다. 꿈의 문제는 이제 '기억'의 문제로 넘어가게 되었다.

며칠 후 A는 다시 그 친구에게 전화를 걸고 이번엔 직접 그의 사무실로 찾아갔다.

"웬일이야? 다들 근처에 오기도 무섭다는 폐쇄병동엘 다 놀러 오고?"

"엄밀히 말하면 폐쇄병동은 아니잖아. 옆에 있는 사무실이지."

"그래도 다들 폐쇄병동에서 흘러나오는 그 묘한 분위기를 꺼리긴 하지. 아직도 열쇠가 채워진 창살문이 있는 줄 아는 사람들도 있더라고. 아무튼 이리 앉아봐."

"좀 더 물어보고 싶은 게 있어서."

"그래 뭔데."

"사실 뇌파 검사를 논문 쓰려고만 하는 건 아니었어. 자네도 알고 있겠지만, 최근에 프로포폴 때문에 문제가 많잖아?"

"그렇지. 유명한 여배우도 중독됐었다면서?" 친구는 관심을 보이며 콧잔등에 걸쳐진 안경을 추슬러 올렸다.

A는 속으로 흠칫했지만, 겉으로는 모르는 척하며 말을 이어갔다.

"내 친구도 비슷한 경우야. 약혼한 사람이 프로포폴에 중독되었다는데, 그 친구가 나에게 의뢰를 했어. 왜 그녀가 프로포폴에 중독이 되었는지 알아봐 달라는 것이었지. 가족들이 결혼을 반대하니까. 자네도 알겠지만, 프로포폴이 환각제로 쓰였을 리는 없잖아? 그런데 언론에선 마치 환각제 종류의 마약인 걸로 보도하고 있고……. 나한테는 새로운 논문 주제로 나쁘지 않았어. 그래서 지난번에 이야기한 데이터들을 얻게 된 거지."

"그랬군. 그래서 이유를 알아냈니?"

"그게 그렇게 쉽지가 않더라고. 지난번 감마파에 대한 것은 네가 해결을 해줬지만."

"글쎄 우린 신경 억제를 하는 GABA는 자주 접하니까. 자폐증과 분열증에 관련이 많거든. 프로포폴이 신경 억제제인 것을 생각하면 어려운 문제는 아니었지. 그런데 그 약혼자는 어쩌다 프로포폴에 중독된 거야?"

A는 "글쎄, 그분은 고민 때문에 잠이 안 올 때나 악몽에 시달릴 때면 프로포폴을 습관처럼 맞았다는 거야, 거의 몇 년을."

"그 정도였다면 우울증이었을 확률이 높겠는데?"

"우울증?"

"보통 사람들이라면 잠을 자고 나면 기분 나빴던 일들도 일정 부분 잊어버리고, 우울한 기분도 나아지잖아. 하지만 기질적인 문제나 유전적인 소인이 있는 사람들에게 과도한 스트레스가 밀려오면, 우울증이 발병하지. 증상은 수면장애로 나타나. 같은 생각을 계속 반복하거나 악몽을 꾸게 되어서 결국 잠으로도 도피하기가 힘들어지는 거지."

"맞아. 그분도 스트레스가 엄청나고 악몽도 자주 꾸었다더군."

"그래?"

"아무튼 첫 번째 환자의 뇌파검사에서 비렘수면에서 보이는 델타파를 발견하고는 그녀가 꿈 없는 잠을 원했던 게 아닌가 추측하게 되었지."

"꿈 없는 잠?"

"응, 환자들의 뇌파를 분석해보니까 프로포폴을 쓰면 처음부터 끝까지 꿈이 없는 비렘수면이 지속되더라고. 그렇다면 프로포폴 중독자들이 원하는 것은 언론에서 말하는 환각이나 쾌감이 아닌 거지. 그들이 원한 것은 꿈이 없는 무의식 상태였을 거라는 생각이야."

"자네 생각이 맞은 것 같군. 약물로 완전한 무의식 상태를 얻으려고 했을 수 있겠어. 우리 과에서도, 우울증 환자들에게 항우울제를 장기 투여해보니, 환자들이 몇 달 동안이나 렘수면 없는 잠을 잔다는 사실을 확인했다는 논문들이 있지."

"항우울제에도?"

"응. 물론 다 뇌파를 검사해서 얻은 결과니 실상은 알 수 없지만."

"뇌파검사를 했는데도 실상을 알 수 없다고?"

"그렇지. 왜 학생 때 늘 배운 이야기 있잖아. 방사선과 실습 때 족 보였던 것. X-ray 영상이 우리 몸의 실체가 아닌, 실체가 비친 그림자라고 했던 이야기."

"그랬지."

"뇌파 검사도 마찬가지인 거야. 뇌파는 우리의 의식 그 자체가 아니라 뇌신경들의 전기적인 활동을 그린 그림자일 뿐이라고."

"그럼 뇌파를 연구한다고 해도 사람의 의식이 꿈을 꾸는 중인지, 꿈을 꾸지 않는 수면 중인지 알 수는 없구나?" 이렇게 말하고 A는 입술을 모아 쑥 내밀며 깊은 한숨을 내쉬었다.

"우리는 외부 세계에 대해서는 과학적인 방법을 사용할 수 있지만, 우리 내부의 의식 자체에 대해서는 과학의 잣대를 들이댈 수 없어. 많은 마취약들이 기억을 만들어 내는 부위인 해마에 작용해서 마취 중의 기억을 떠올리지 못하게 하는 것은 자네도 알고 있잖아. 꿈을 꾸고도 꿈을 꾼 사실을 잊어버렸다면 꿈을 전혀 안 꾼 것과 구분해낼 수는 없지."

"그래. 바로 그 부분에서 나도 고민하고 있었어. 그분이 꿈 없는 잠을 자서 편안했는지, 아니면 꿈이 있는 잠을 잤지만 의식이 돌아왔을 때 그 기억들이 모두 지워져서, 꿈 없는 깊은 잠을 잤다고 착각했는지 알 수 없으니까."

"맞아. 그 누구도 한 개인의 내부에서 어떤 일들이 생기는지를 알 아낼 수는 없어."

A는 조용히 고개를 끄덕였다. 그리고 둘 다 한동안 아무 말이 없었다.

"또 하나, 그분이 꿈으로부터 도망가기 위해서 프로포폴을 이용했다면, 그건 잘못된 선택이었을 거야."

"어떤 의미에서지?" A는 아랫입술을 이 사이에 말아 물고 침을 묻혔다.

"오랫동안 술이나 약물로 몇 달씩 꿈을 안 꾸며 잠을 잔 사람이, 약물 없이 잠이 들면 잠드는 초기에 오히려 강한 시각적인 이미지가 쏟아지고, 격렬한 꿈을 꾸는 경우가 생기지. 우리 몸은 어떻게든 반드시 렘수면을 보충하려고 드는 거야. 이 때문에 더 심한 불안 증세를 겪게 되고. 이것을 렘 반동현상이라고 해."

"렘 반동?"

"그렇지. 그래서 더 약물에 의존하게 되고, 또 약물에 의해 렘수면이 없어지면 그다음엔 더 심한 렘 반동현상이 생기지. 계속 악순환을 일으키는 거야. 프로포폴에 의존한 그 잠은 아마도 온전한 잠은 아니었을 거야."

온전한 잠? 그 단어를 듣는 순간 A는 흠칫했다. 온전한 잠은 사실 S만의 문제가 아니었다. 그날 이후 악성고열증을 떠올린 날마다 자신이 원했던 것도 바로 그 온전한 잠이었다. 멜라토닌도 계속 먹으면 그런 부작용이 없는지 묻고 싶었지만, 그는 그저 웃으며 설명해줘서 고맙다고 인사하고 친구의 사무실을 나왔다.

또 한 달이 지나가는 월말이었다. A는 B와 약속한 시간이 얼마나 남았는지 시계를 보며 연구 결과를 정리하고 있었다. '아, 참. B로서는 기대가 클 텐데, 차라리 결론을 대강 전화로 말해줄 걸 그랬나? 아니야 어떻게 이런 걸 전화로 이야기해?' 그는 마치 학회에서 발표하기 직전에 그러는 것처럼 마지막으로 파워포인트를 위에서 아래로 죽 내리며 다시 내용을 확인하고 있었다. 잘못된 철자를 발견하고 고칠 무렵 노크 소리가 들렸다.

"들어오세요."

"네, 교수님. 접니다."

"어서 오세요. 이쪽으로 앉으시죠." A는 머리를 긁적이며 소파로 자리를 권했다.

"네." B는 가져온 홍삼 드링크 세트를 옆자리에 내려놓으며 한쪽 소파에 앉았다.

"뭘 이런 걸 가져오셨습니까?"

"피곤하실 때 드시라고 가져왔습니다."

"감사합니다. 그동안 잘 지내셨죠? S양은 좀 어떠세요?"

"엊그제 가보았는데 엉덩이 부분에 욕창이 생겼다고 하더군요. 발 뒤꿈치에는 보호구를 잘 받쳐 놓아서 괜찮은데, 엉덩이 부분은 패드를 대고, 두세 시간마다 자세를 바꿔주어도 어쩔 수 없이 조금씩은 짓무르기 마련이라네요."

"아, 그래요? 의식이 없는 환자의 욕창 예방이 제일 어렵지요."

"마음은 아팠지만, 제가 가서 계속 자세를 바꿔줄 수도 없는 상황이라······. 이미 생긴 것을 어쩔 수도 없고요. 간호사들에게 더 잘 봐달라고 부탁하고 왔습니다."

"그랬군요. 아무튼 지금까지 제가 연구한 것들을 이제 정리해서 전해 드려야 할 것 같아서 뵙자고 했습니다."

"네." B는 조용히 A의 얼굴을 쳐다보았다.

"우선 사고 당일의 호흡저하 원인부터 말씀드리겠습니다. 지난번에 전화해주신 대로, 도우미 아주머니의 말처럼 호흡저하는 전날 마신 와인과 프로포폴의 상승효과 때문으로 생각됩니다. 알코올과 프로포폴은 둘 다 중추신경 억제제이기 때문에, 이런 사실을 모르고 술을 마신 채 프로포폴 주사를 맞으면 같은 용량으로도 치명적인 결과가 생기죠."

"네, 교수님 모두 제 잘못입니다."

"아니, 그렇게 자책하지는 마세요. 누구의 잘못도 아닙니다. 술 한 가지만 마셨다면 아무 일도 없었을 테니까요."

"……."

"이제 본론을 말씀드리겠습니다."

"네." B가 눈을 깜빡거리며 A의 눈을 쳐다보았다.

"저는 프로포폴이 환자의 의식을 어떤 상태로 만드는지를 알아내면, S양의 명예회복이 가능하다고 생각했습니다. 그래서 프로포폴을 가지고 수면마취를 하는 환자들을 대상으로 뇌파검사를 해보았지요. 발표를 하려면 검사한 환자의 숫자가 통계적으로 의미가 있어야 해서 시간이 이렇게 오래 걸렸고요."

"네, 알고 있습니다."

A는 노트북 컴퓨터를 B 쪽으로 돌려놓으며 말을 이어갔다.

"이것은 프로포폴 마취 중에 기록한 환자 뇌파입니다. 모양이 복잡해 보이지요? 요약하자면 처음부터 끝까지 델타파형이 지속되고 있습니다. 이 파형은 우리가 잠을 자는 동안 주로 꿈마저 꾸지 않는 깊은 잠인 비렘수면을 자고 있을 때 보이는 뇌파와 일치합니다."

"그건 S도 프로포폴을 맞고 잠들 때에는 아무런 꿈을 꾸지 않고 잠을 잤다는 뜻이겠네요?"

"그렇게 추정을 할 수 있습니다."

"그러면 S가 쾌락을 좇은 퇴폐적인 마약쟁이가 아니라, 악의적인 루머들 때문에 악몽에 시달린 피해자라고, 그래서 꿈 없는 잠으로

도피할 수밖에 없었다고 해명할 수 있는 것이고요."

"네. 저도 바로 그 점을 추적했습니다."

"교수님, 그럼 성공 아닌가요? 이제 S의 억울한 누명도 벗겨 줄 수 있고요."

"그런데 한 가지 가능성은 배제할 수 없습니다."

"어떤 가능성 말입니까?" B는 머리를 쓸어 올리며 물었다.

"고해상도로 이 파형을 분석해보면 감마파가 나타납니다. 다른 뇌세포들을 억제하는 물질을 분비하는 신경의 활동이 보이는 거죠. 이 물질이 기억을 만들어내는 신경까지 억제해서, 비렘수면 중에 꿈을 꾸었는데 깨어나서 그 사실을 기억하지 못할 가능성이 있습니다."

"정말 그럴 수도 있나요?"

"네, 대체로 사람은 렘수면 중에 대부분의 꿈을 꾼다고 알려져 있는데요, 비렘수면 중에 환자를 깨웠을 때에도 꿈을 꾸고 있었다는 보고들도 있으니까요."

"그럼, 그래프가 이렇게 나왔어도. 쾌감은커녕 꿈도 전혀 꾸지 않는다고 주장할 수 없는 거네요?"

"네, 뇌파 검사는 한 사람의 머릿속에서 일어나는 일들의 그림자에 불과합니다. 뇌파가 의식 자체는 아닌 거죠. 결국은 프로포폴을 맞은 사람들이 직접 겪은 내용을 확인해보는 과정이 필요한데요. 예상대로 그들은 '아주 개운한 잠을 자고 일어난 것 같다'고들 이야기합니다. '별다른 꿈도 꾸지 않았다'라고 이야기하지요.

"네. 저도 뉴스에서 인터뷰를 보았습니다."

"그런데 문젠 이것이 다른 마취약에 의해 생기는 기억상실과 구별되지 않는다는 겁니다."

"정말 그렇습니까?" B가 물었다.

A는 허리를 조금 굽히며 말했다. "죄송스럽지만, 그렇습니다. 프로포폴을 맞으면 환각이나 다른 쾌감을 느끼지 않고, 어떤 꿈도 꾸지 않는 깊은 잠만 잔 것으로 추정하지만 만약 그것이 기억상실 때문 아니냐고 물어본다면 지금까지의 연구만으로는 거기에 반박할 수 없습니다."

"그럼, S가 환각 파티나 하던 마약중독자가 아니었다는 기자회견을 할 수는 없는 건가요?"

"죄송합니다. 아직까지는 그렇습니다. 사람들이 환상적인 꿈을 꿨는데 다 잊어버리고선 자긴 꿈을 안 꿨다고 느끼는 것일 수 있기 때문이죠."

"하!" B는 어깨를 떨어뜨리며 한숨을 내뱉었다.

"연구해야 할 대상이 우리의 의식인데, 그걸 보고할 의식 자체가 마취되어 버리니까 어려운 겁니다. 정신과 의사들도 비슷한 연구를 진행했었습니다만, 아직까지 가시적인 결과는 안 나왔다고 합니다."

"그렇군요. 기대를 했었는데 너무 아쉽네요."

"참 안타깝습니다. 일단 지금까지 실험의 결론을 전해드려야 할 시점인 것 같아서 이렇게 정리를 해봤습니다." A가 노트북을 한쪽으로 치우며 말했다.

말없이 고개를 끄덕이던 B가 말했다. "그래도 교수님, 내 일처럼 애써주셔서 감사드립니다."

"아닙니다. 아직 원하시는 결과를 얻어드리지도 못했는데요."

"저도 한편으로는, 좋은 결과가 나온다고 해도, 발표를 해야 좋을지 말아야 좋을지 고민했습니다."

"그렇지요, 어느덧 시간이 지나 사람들로부터 잊혀가고 있는데 괜히 다시 그 일을 들추는 상황이 될 수도 있겠군요."

"네. S에게 필요한 것은 잊히고 잊어버리는 것이죠. 그리고 과연 명예를 지켜준다고 해도 그것이 얼마나 오래 지속될까 하는 생각도 듭니다. 또 본인이 의식이 없는데 명예가 무슨 소용이 있을까 하는 생각도 들고요."

"고민을 많이 하셨군요."

"교수님, 아무튼 저녁 식사 같이하시지요."

"아니 괜찮습니다. 다른 약속도 있고요. 혹시 M&A 문제는?"

"네. 아직 비밀입니다만 사실 결국 무산됐습니다. 조만간 공시가 날 겁니다."

"그러셨군요. 그것참 안타깝네요."

"아니요. 그동안 교수님께 공연히 걱정만 끼쳐드렸어요."

"앞으로는 프로포폴과 의식의 문제를 다른 방향에서 한번 검토해보겠습니다. 그리고 혹시 S양 회복되시면 연락 주십시오."

B를 배웅하고 A는 다시 자리에 앉았다. 그리고 뇌파 그림을 닫고

컴퓨터를 껐다.

　사람의 의식을 과학적으로 연구하기는 정말 불가능일까? 사람이 죽을 때도 마찬가지일 거야, 전기적인 현상만 보고 한 사람이 무엇을 느끼는지를 알 순 없겠지. 게다가 뇌파가 측정된다면 아직 죽음에 이른 것은 아닐 테니까……. 모두 철저히 외롭게 혼자 닥쳐서 겪으며 인식하는 수밖에는 없는 걸까?

　아! 결국 마취 상태에서 사람이 뭘 느끼는지도 쉽게 알아낼 수 있는 일이 아니었군. 또 실패하고 말았어. 어떻게 해야 의식이라는 정체의 신비를 알아낼 수 있을까?

A에게는 괜찮다고 말하고 나왔지만, 막상 B에게는 갈 곳이 없었다. 오늘 결론이 좋게 나왔더라면 비록 S가 못 듣는다 하더라도 그녀의 귀에 대고 이젠 괜찮다고, 이제 누명은 벗었다고 이야기해줄 생각이었다.

퇴근 시간과 겹쳐 끝없이 이어진 차들의 행렬 속에서 그는 빨간 미등들에 멍한 시선을 고정하고 있었다. 그는 강을 건너 S의 집으로 향했다. 그는 병실에 누워 있는 S가 아닌, 기억 속의 S를 느껴보고 싶었는지도 몰랐다.

출입문을 열고 그녀의 집으로 들어간 그는 거실의 베이지색 대리석 바닥에 깔린 카펫 위를 소리 없이 지나 침실로 갔다. 침대에는 흰색 리넨만 덮여 있었다. 주인 없는 침대에 앉았던 그는 서재로 가서 그녀가 읽던 책들을 살펴보았다. 이 책 저 책을 빼어보던 그는 책장에 한쪽이 연결된 책상 아래 선반에도 책들이 꽂혀 있는 것을 보았다. 그리고 그 책들 사이에서 마치 한 권의 책처럼 제본된 제목 없는 책을 발견했다.

그녀의 일기장이었다. 잠시 멈칫하고 있던 그는 이내 책장을 넘기기 시작했다. 자신도 모르게 몇 페이지를 넘겨보며, 도둑질 중에서도 가장 비열한 도둑질을 하는 게 아닌가 생각했지만, 망설이던 그는 참지 못하고 마지막 일기만 보기로 했다.

토요일이라 촬영이 없었다. 세상은 많이 바뀌었다. 촬영장에도 주 5일제를 해야 한다니까……. 바쁠 때는 오히려 정신없이 하루가 지나는데 오늘은 시간이 더디 흐른다, 하기는 그래서 이렇게 일기를 쓸 여유가 있지만. 책을 보아도 시간이 가지 않고, 그렇다고 TV나 인터넷을 켜 볼 용기는 없다. 이런 날 선글라스나 모자를 쓰고 나다닐 수만 있다면, 하루 종일 거리를 쏘다녔을 텐데. 그러기에도 이젠 얼굴이 너무 알려져 버렸어.

새벽에 또 꿈을 꾸었다. 지하철을 타고 집에 돌아오는 꿈. 어느 방향으로 가는지 모르지만 전동차는 지하를 달렸다. 그런데 갑자기 전동차의 벽은 사라지고 터널의 벽이 점점 좁혀지면서 몸이 끼일 것 같이 되었다. 이러다가 지하에 그냥 묻혀버릴지 모른다는 불안감에 숨이 막혀 왔다.

어떻게 빠져나왔는지 모르지만 겨우 지하철을 내려 걸어가려는데,

이번엔 사람들이 모두 수군대며 나를 향해 손가락질하고 있다. 아래를 내려다보니 이번엔 아랫도리에 옷이 하나도 없었다. 속옷도 없이 벌거벗은 채 집을 향해 달렸지만 아무리 달려도 집까지의 거리는 줄어들지 않았다.

어쩌다 이렇게 된 걸까? 내가 생각했던 성공은 이런 게 아니었는데. 누구에게도 내 속마음을 이야기할 수 없다.

이제라도 어떤 영화제가 됐던지 여우주연상을 하나 받는다면, 나 자신에게 부끄럽지 않게, 바로 은퇴를 할 수 있을 텐데.

차라리 교통사고라도 나버린다면? 그럼 비겁하게 자살했다는 이야기는 듣지 않을 수 있을 텐데. 그 뒤로 아무것도 남지 않는, 아니 아무것도 느껴지지 않는 진정한 끝이 온다면 그게 나에게 구원이지 않을까?

와인을 아무리 마셔 봐도 도무지 잠이 오지 않는다. 또 꿈을 꾸면 어쩌나? 오늘, 내일 또 못 자면 월요일에 메이크업이 들뜰 텐데. 또다시 불안이 몰려온다. 누구도 날 도와줄 수 없다. 이젠 정말 이 악몽을 끝내고 싶다.

'여기까지 쓰고 매니저에게 전화를 했구나.' 그는 일기장을 덮고 허리를 숙여 원래 있던 자리에 꽂은 뒤 서재를 나왔다. 소파에 앉은 그는 안경을 벗고 양손으로 눈을 누르며 비벼댔다.

이런 줄도 모르고 다시 M을 만난 것은 아니었는지 의심했구나! 루머 때문에 혼자 얼마나 괴로웠을까? 환각 파티의 습관이 남았던 건 아닌지 나마저도 의심을 했었다니……

이제라도 그는 S에게 가보고 싶었다. 얼마나 외로웠을까? 미친 듯
이 차를 몰고 그는 다시 강을 건너 그녀에게 가려고 했다. 하지만
아직도 퇴근길은 차들로 꼭 막혀 있었다. 병원 주차장에 도착해 차
를 대고서 겨우 뛰어 올라간 중환자실에는 면회시간이 끝났다는
팻말이 걸려 있었다.

간호사실로 들어간 그는 "부탁입니다. 잠깐만, 5분만 보고 나오겠
습니다."라고 말했다.

"다음부턴 면회시간을 꼭 지켜주세요."

덧가운과 일회용 모자를 주섬주섬 걸쳐 입은 그는 S에게 다가갔
다. 그리고 앙상한 S의 손을 잡았다. 아무런 표정도 없는 그녀의 귀
에 그는 속삭였다.

"사랑해. 다시 일어나 나와 결혼하지 않는다고 해도 상관없어. 네
가 일어날 때까지 기다릴게."

충혈된 그의 눈에 고인 눈물을 본 사람은 아무도 없었다.

2주가 지나도록 시위는 멈추지 않았다. 이제는 아예 본사 사옥 앞에 텐트를 치고 시위를 하고, 그의 차가 정문 근처에만 와도 시위대가 피켓을 치켜들고 구호를 외치는 통에 P는 며칠 전부터는 아예 출근도 하지 못했다.

집으로 결재 서류를 가져오라 해서 결제를 하던 그는 분을 이기지 못해 팀장에게 전화를 걸고 팀장의 사무실로 직접 찾아갔다.

팀장은 의자를 권하며 자신도 책상 의자에서 일어났다.

"앉으시죠. 아이고 그래 여기까지 직접 나오셨습니까?" 그는 인터폰을 누르고 말했다. "여기 차 좀. 커피 괜찮으시죠?"

"네."

"뭐 갑갑한 마음은 저도 마찬가집니다. 조금만 기다려 주십시오."

"네. 애쓰시는 줄은 알지만, 그래도 진척이 궁금해서 직접 나왔습니다."

"설명을 해드리죠. 지난번에 약속드린 대로 위원장님께 세금 감면안에 대해 의논을 드렸습니다. 위원장님께서 지난주에 총리께 보고를 드렸고요."

"총리께요?"

"네. 전해 듣기로 총리께서도 그 정도의 혜택을 줘야 설득이 될 것이란 것에 동의하셨다고 하고요. 그래서 총리께서는 시의회 소집을 요구하셨는데……."

"했는데요?"

"시의회가 이를 거부했답니다."

"자기들한테 이익될 게 없다는 거겠죠?"

"월권이랍니다. 지방자치제 시대에 총리가 시의회 소집을 요구한다는 것 자체가. 대외적으로는 절차를 문제 삼았지만, 의회 입장에서는 사안 자체에 대해서도 부정적입니다. 지방세를 감면해준다면의회의 예산이 줄게 되는 것인데요."

"그래서 무산된 건가요? 지금 저희 공장 상황을 아십니까? 무단점거를 해서 제품 생산에 차질까지 생기게 만들더니, 이제는 조업정지 가처분 신청까지 내서 완전히 엉망입니다."

"무산되지 않았고요. 아, 차 드시죠." 그는 비서가 가져온 커피를 권하며 자신도 설탕 그릇에서 각설탕 하나를 집어 들었다. "뭔가를 줘야죠, 지자체에."

"그렇죠. 뭘 받으려면 먼저 줘야죠."

"네. 아마도 총리께서 특별지역으로 정해서 자치권을 더 강화해주고, 지방세 결손 부분을 국세로 충당해주는 안을 가지고 물밑 협상을 진행 중이라고 알고 있습니다. 이 내용은 아직은 비밀로 해주십시오."

"국세로요?"

"네."

"알겠습니다. 대강 그럼 언제쯤 해결이 되겠습니까?"

"아마 의회 쪽에서도 계속 거부하지는 않을 겁니다. 총리께서 의회 의장하고 조만간 다시 회동을 가지신다니까 조금만 더 기다려주십시오."

"알겠습니다. 그럼 그 말씀만 믿고 조금 더 참고 기다리고 있겠습니다."

더위도 물러간 가을 초입이었다. 갑자기 S에게 무슨 수술을 한다
는 연락을 받고 B는 병원으로 불려 나왔다. '혹시 무슨 뇌수술이
라도 한다는 건가?' 그는 헛된 희망인 줄 알면서도 수술이라는 단
어에 그런 생각을 떠올렸다.

병원의 호출에 B는 오랜만에 S의 동생과 중환자실 앞에서 마주하
게 되었다. 지난번에 호흡기를 계속 달고 무의미한 연명치료를 지속
해야 하느냐 마느냐를 놓고 언쟁을 한 이후로, 다시 만나지 않던 둘
사이에는 아직도 쉽게 깨뜨리지 못할 어색한 침묵이 흘렀다. B는
과연 진정으로 S를 위하는 것이 무엇이냐고 동생에게 따졌었고, 동
생은 홧김에 당신이 도대체 무슨 관계인데, 남의 누나 생명을 끊어
라 마라 간섭이냐고 언성을 높였었다.

잠시 후 둘은 중환자실 간호사가 시키는 대로 6층의 병동으로 올라가 회진을 할 때 쓰는 큰 테이블 앞에 앉아 의사를 기다렸다. 그들이 칠판에 쓰여 있는 환자들의 이름과 잘 알지 못하는 진단명, 수술명들을 읽고 있을 무렵 시계는 자정을 알렸다. 그러고도 20분이 더 지나고 드디어 의사가 나타났다. 교대한 간호사들과 인사를 나누고, 몇몇 환자들의 상태를 묻고 그는 테이블 앞으로 들어섰다. 아마도 수술을 모두 끝내고 막 샤워를 하고 왔는지 의사의 머리는 아직도 축축하게 젖어 있었다.

"안녕하세요? OOO님 보호자들 되시죠?"

"네, 남동생 됩니다." S의 동생이 먼저 대답하자 B는 대답할 타이밍을 놓쳤다.

"앉으시죠. 내일 예정되어 있는 S님의 수술에 대해서 설명해드리고 동의서에 서명을 받겠습니다. 엉덩이 욕창이 드레싱만으로 잘 관리되다가 최근 상태가 좀 나빠졌습니다. 이렇게 장기간 누워 계시는 상태에서 이 정도의 욕창이라면 크게 문제가 되지는 않지만, 그래도 옆에서 피부와 함께 조직을 돌려서 메워주는 수술을 해야 더 이상 조직이 괴사되는 것을 막을 수 있습니다."

"꼭 수술로 해결해야 합니까?" B가 조심스럽게 물었다.

"네 그동안 상피세포 증식인자 같은 약도 뿌리고, 진물이 잘 흡수되는 특수 드레싱도 계속해왔지만, 저절로 아물기는 힘들다는 판단입니다."

"그럼 흉터도 생기나요?" 동생도 물었다.

"네, 옆에서 조직을 가져오다 보니 그 부분을 당겨서 봉합한 흉터가 생기고, 메워지는 부분에도 조직의 덩어리가 좀 튀어 올라올 것입니다."

"그렇군요." 동생이 짧게 대답했다.

둘은 혹시 생길지 모르는 부작용들에 대한 꼼꼼한 설명을 들었다. 그리고 친권자인 어머니를 대신해서 S의 동생이 서명을 하였다. B는 조용히 옆에 앉아 있을 뿐이었다. 의사가 자리에서 일어나려고 하자 B가 물었다. "의식은 없지만 통증은 느끼지 않나요?"

"네, 가능성은 낮지만 그럴 수도 있지요. 그래서 이런 상태의 환자들도 국소마취를 다 하고 수술합니다. 걱정하지 마십시오."

"감사합니다. 혹시라도 통증을 느끼지 않도록 마취를 잘 해주십시오. 부탁합니다."

B는 S의 남동생과도 인사를 나누고는 조용히 일어나 다시 중환자실로 내려왔다. S의 얼굴은 더 창백해진 것 같고, 팔다리의 근육도 줄어든 것 같았다.

아무리 콧줄로 영양분을 줘도 근육은 점점 줄어들 수밖에는 없는 것일까? 이번에는 엉덩이 부분뿐이라지만, 저렇게 계속 근육량이 줄어든다면, 여기저기에서 결국 뼈가 튀어나오고 욕창이 생기지 않을까? 계속 이런 일이 반복되다가 S의 몸이 마치 여기저기 기워 놓은 조각보처럼 되면 어떻게 해야 할까? B는 거기까지 생각하다가 S의 손을 한 번 더 잡아보고는 돌아서서 중환자실을 나왔다.

심장은 뛰고 있다지만 점점 여위어 가는 몸에 과연 영혼이 남아

있는지를 누구도 나서서 판단해주지 않는 상황이 끝없이 계속되고
있었다.

P가 기다리고 기다리던 시의회가 결국 소집되었다. P는 의회가 열리는 아침, 화강암으로 된 커다란 기둥 사이의 입구로 의원들이 모두 입장하고 난 뒤, 고개를 숙이고 의회 로비에 들어갔다. 방청석에 앉아 표결 상황을 직접 보고 싶었지만, 몇 석 되지도 않은 2층 방청석에 지역주민들과 함께 앉아 얼굴을 드러내기는 부담스러웠다.

보통 지방의회 의원들은 주요 안건에 대해 이미 어느 정도 합의를 보고 표결을 하기 마련이었다. 사실 지역에서 오랫동안 같이 지낸 사이라 정치적 입장이 다른 의원들도 서로의 속내를 뻔히 알고 있기 마련이었다.

하지만 이번 건에 대해서는 표결 당일까지도 윤곽을 알 수가 없었다. 얼마 남지 않은 지방선거 때문에 환경문제에 민감해진 주민들의 눈치를 살피지 않을 수 없기 때문이었다. 그들은 잘못하면 돈 때문에 시민들의 건강권을 팔아먹은 의원으로 낙인찍힐 수도 있다고들 생각했다. 하지만 면세를 환영하는 주민들도 많았기 때문에 결정은 쉽지 않았다. 그 덕분에 P 역시 마음 졸이며 현장에 나왔다.

"그럼 다음으로 오늘의 주요 안건인 OO구 외 3개 구에 대한 지방세 면세 특별구 지정에 관한 조례 안에 대해 표결하겠습니다. 주민 청원과 전략산업지원 특별위원회 4인에 의해 공동 발의된 이 법안은 향후 10년간 지역 내 취득세, 등록세 등의 지방세를 감면하여 OO구 및 인접한 3개 구 지역의 주민들에게 장기적이고, 실질적인 혜택을 주는 대신에 차세대 전략산업위원회의 지정 회사인 P사의 공장 증설을 허락하는 내용을 담고 있습니다. 표결은 자유투표 방식으로 하되 약 5분간의 숙의 시간을 드리겠습니다." 의장이 이렇게 말하자 의석에서는 약간의 수군거림이 있었다.

표결이 시작되는 마지막 순간까지도 의원들은 자신들의 선택이 지역민들에게 원망을 살지 아니면 지지를 얻을지 눈치들을 봤다. 무기명 전자투표라 누가 찬성을 했는지, 아니면 반대를 했는지 알 수 없는 투표였지만, 의원들은 행여 2층 방청석에서 지역주민들이 자신이 초록색 단추를 누르는지 아니면 빨간색 단추를 누르는지를 볼세라 팔꿈치를 접어 몸을 책상 쪽으로 바짝 붙여 앉아 투표를 했다.

잠시 뒤에 표결 결과가 전광판에 떴다. 결과는 가결. 의장은 이 안을 승인하였고, 신경을 곤두세우고 의회 로비에서 기다리던 P는 베이지색 대리석 벽에 소리가 꺼진 채 걸려 있는 화면을 통해 기다리던 결과를 확인할 수 있었다. '아. 됐어. 드디어 다 해결됐구나!' 이 순간만을 기다렸던 P였지만 주변의 눈치를 보느라 그는 작게 오른손 주먹을 꽉 쥐어볼 뿐이었다.

그다음 주에 이 안은 정부령으로 바로 공표되었고, 주민들은 기다렸다는 듯이 시위를 멈췄다. 반면 환경단체들은 또 한 번 지역주민들의 이기적인 결정에 실망할 수밖에 없었다. 하지만 정작 공장을 등에 지고 살아야 하는 당사자들이 공장 증설을 수용하겠다는데 그들이 더 이상 할 말은 없었다. 게다가 기물 파손과 업무 방해 혐의로 환경단체의 열성 회원들이 기소되자 시위는 비 맞은 모닥불처럼 점차 사그라졌다.

이렇게 우여곡절 끝에 돔은 짓지 않기로 결론 났지만, P사는 기존 생산라인과 증설 라인에 모두 가스누출 감지장치, 자동차단 시스템과 함께 자동제어 시스템을 최고 사양으로 설치해야 했다. 그것은 국내에서는 처음 도입되는 최첨단 고가 장비였다. 물론 P는 이것도 절반은 저리의 국책 자금으로 해결했다.

얼마 지나지 않아서 파이프라인을 담당하던 숙련공들은 명예퇴직을 권유받았다. 자동제어 시스템 때문에 공장 내에서 용도가 없어진 그들은 결국 명예퇴직을 받아들이는 수밖에 없었다. P는 이 시스템의 도입마저도, 인건비를 줄이는 기회로 활용했다. 더불어 그가 약속했던 지역 출신자들의 추가 채용도 없던 일이 되어버렸다.

공장장과 남은 직원들은 새로운 시스템에 적응하기 위해 교육을 받고 실습도 해야 했다. 모두 자신의 자리를 지켜내기 위해 노력했다. 하지만 외국어로 된 프로그램에 익숙해지는 데에는 누구나 시간이 꽤 걸릴 것 같았다.

제 6 부

대재앙/

　겨울 동안에도 쉬지 않고 공사가 진행된 덕분에 봄이 되자 P사의 제1공장 옆에는 그와 거의 같은 크기의 새로운 생산라인이 완성되었다. P의 오랜 염원이었던 준공 기념식이 열리는 날 아침, 증설된 공장 건물에는 푸르스름한 유리로 된 전면의 절반을 덮을 정도로 커다란 현수막이 걸려 있었다. 새하얀 현수막에는 '축! P제약 제1공장 증설 준공! 하이퍼란 생산 본격 가동!' 이라는 검은 글씨가 빨간 회사 마크와 함께 쓰여 있었다.

　공장 직원이 거의 모두 모인 앞쪽으로 붉은 카펫이 깔렸고, 한가운데에 P와 전략산업위원회 위원장이 서 있었다. 그 옆으로 식약청장과 시장, 구청장, 국회의원들, 건설사 대표 등이 모두 검거나 짙은 회색의 정장을 입고 나란히 서 있었다. 그리고 뒤쪽 의자에는 지역주민 대표들이 앉아 있는 모습도 보였다.

마이크를 잡은 사회자가 내빈들에게 테이프 커팅을 부탁하자 모두 흰색 장갑을 낀 손에 가위를 들고 테이프를 잘랐다. 누군가 몫의 테이프가 땅에 힘없이 떨어졌다.

저녁 뉴스에 이 준공식의 모습이 TV 화면에 나왔다.

"이제 P사의 대규모 생산라인 준공으로, 세계적인 신약으로 인정받은 하이퍼란을 드디어 북미 전역에 동시에 공급할 수 있는 규모를 갖추게 되었습니다."라고 앵커는 보도했다.

"아울러 이 소식은 그동안 정부에서 의욕적으로 진행해온 차세대 전략산업 지원계획의 가시적인 성과로 평가되고 있습니다."

카메라는 새로 준공을 마친 건물 밖의 철재로 된 파이프라인들과 대규모의 저장탑들을 비췄다. 탑 하나의 크기는 지름이 12미터에 높이가 무려 60미터가 넘었다. 그 저장탑들은 어찌나 컸던지 S시의 악명 높은 뿌연 스모그를 통해서도 그 옆면에 붉은 페인트로 그린 회사 이름과 로고, 하이퍼란이라는 글자를 멀리서도 알아볼 수 있을 정도였다.

준공이 끝나고 얼마 지나지 않아 하이퍼란은 E국 현지 FDA의 승인을 받았다. 국내에서 실시한 대규모의 추가 임상실험 덕분이었다. 신약판매 승인이 나자 곧이어 P사는 다국적 제약회사 M사와 파트너 계약을 체결하였다. P는 그들의 유통, 판매망을 통해 북미 시장 전체를 손쉽게 공략할 기회를 잡은 것이다.

P는 초반에 기선을 제압해야 한다는 생각에서 E국 전체의 관심 행사인 세계야구대회의 결승전 광고를 계약했다. 북미 대륙 전체에 생방송으로 전송되기 때문에 워낙 엄청난 광고였지만, 7개의 경쟁 회사를 물리치고 따낸 계약금은 가히 천문학적인 금액이었다.

광고를 계약한 기쁨도 잠시 그는 새로운 고민에 빠졌다. '이러다 간 새로 만든 생산라인 전체를 다 가동한다고 해도 결승 경기 시점에 맞추기는 어렵겠는데? 4년에 한 번 오는 기회인데 광고를 내보내고도 물건이 모자라 의사들이 써보지도 못하는 사태가 발생해서는 안 돼. 기존 생산라인의 생산량도 더 늘려야 해.'

그는 조용히 사무실 한쪽 벽면에 붙어 있는 화이트보드 달력을 쳐다보며 계산을 해보았다. 문제는 인력인데, 자동화한다고 해도 결국은 사람 손이 가야 하는 거였어.

이를 어쩐다. 그는 일일 생산량 보고서를 다시 들여다보며 말했다. 납기일을 맞추려면 야근이라도 하는 수밖에 없지. 야근. 야근!

일요일 새벽이었다. 전체 생산라인이 밤샘 작업을 했다. 창밖으로 동쪽 하늘이 어슴푸레하게 밝아 오는 것을 보면 해가 떴다는 것인데, 또렷한 햇살이 보이지 않는 건 오늘도 스모그가 짙게 깔려있다는 뜻이었다. 공장장은 '오늘 그 파이프라인만 마저 다 고치면 계획에는 차질이 없겠지?' 하고 생각했다. 게다가 직원들이 그래도 야근에 반대하지 않으니, 정말 다행이야. 하지만 그는 한편으로 연일 계속된 야근에, 과연 언제까지 직원들을 설득할 수 있을지 걱정이었다.

'일을 믿고 맡길 만한 직원들을 지난번 정리해고 때 내보내지만 않았어도……. 나 혼자 이런 식으로 직원들을 챙기려니 너무 벅차군. 이제 젊었을 때 생각을 하면 안 되겠어.'

중앙 제어실 의자에서 계속 하품을 하고 있던 그는 잠시 졸음을 쫓을 겸, 배관 교체 작업을 하는 작업팀의 진행 상황도 다시 체크할 겸 건물 밖으로 나섰다.

밖은 여전히 스모그가 뒤덮고 있었다. 지난 수요일부터 바람이 전혀 없는 탓에 스모그는 보통 때보다도 심했다.

'대표님 말로는 하이퍼란의 광고 시작일을 미룰 순 없다고 했지. 그래도 다른 라인들을 가동하며 파이프라인을 수리한다는 것은 무리인데……'

파이프라인들이 정글짐처럼 얽혀 있는 사이를 지나 수리 팀이 쉬고 있는 곳까지 걸어온 그는 여기저기에 앉아 종이컵에 담긴 커피를 마시고 있는 작업자들에게 가볍게 인사를 하며 "어서 이 라인도 고쳐야 납기일을 맞출 텐데. 어쩌지요?"라고 말했다.

"저희도 거의 밤을 새우고 지방에서 올라왔습니다. 일단 정확한 위치는 찾았으니까 좀 쉬고 나서 서둘러 진행하겠습니다. 아마도 공장에서 출고될 때부터 이 피스에 미세한 균열이 있었던 것 같습니다." 팀장이 빨간 페인트로 동그랗게 칠해 놓은 부분을 가리키며 말했다.

"E국에 어마어마한 거금을 들여 광고를 계약했답니다. 납기일을 못 맞추면 큰일이에요."

"알고 있습니다."

"여기인가요?"

"네. 균열이 있던 부분을 통째로 완전히 교체하고, 완벽하게 연결해드릴 테니까 너무 걱정하지 마십시오." 하고 팀장이 대답했다.

"알겠습니다. 센서에 이상이 뜨고 벌써 며칠이나 멈췄으니 좀 서둘러주세요. 우리 회장님은 서둘러도 납기일을 못 맞춘다고 야단이십니다."

"네, 조금만 쉬고 곧바로 시작하겠습니다. 그래도 탐지 센서가 워낙 예민해서 잡아낸 거지요. 아주 미세한 균열이어서 비누 거품을 몇 통을 부었는데도 정확한 위치를 찾기가 힘들었습니다."

"필요하시면 커피 좀 더 가져다 드리라고 할까요?"

"아뇨. 괜찮습니다." 팀장은 마시던 종이컵을 흔들어서 보이며 말했다.

"그리고, 작업자들이 가스에 질식되는 일 없게 신경 써 주세요."

"네, 그럼요. 원칙대로 공기 중 인화 가스 농도 측정까지 다 했습니다. 걱정 마세요."

공장장은 잠시 눈을 붙일 생각으로 건물 안으로 들어가 계장에게 할 일을 지시하곤 제어실 뒤의 작은 숙직실에서 간이침대처럼 펴지는 의자를 뒤로 완전히 펴고 누웠다. 그러고는 얼마 지나지 않아서 그는 심하게 코를 골며 잠에 빠져들었다.

공장장이 눈을 붙일 무렵, 먼저 마스크를 쓴 용접공은 균열이 있는 피스를 분리하기 위해 끝이 꺾인 긴 대롱 같은 용접기의 버튼을 눌렀다. 바로 그 순간!

용접기의 끝에서는 해변에서 하는 불꽃놀이 폭죽처럼 커다란 화염이 번쩍했고, 엄청난 소리와 함께 파이프라인이 폭발했다. 폭발한 파이프라인의 파편들은 용접공들뿐 아니라 옆에 있는 탱크로도, 배관으로도 튀었고, 곧이어 거기에서도 엄청난 양의 하이퍼란이 터져 나오기 시작했다. 그리고 다시 연이어 폭발이 일어났다.

작업자들은 그 폭발음이 난 쪽으로 달려갔으나, 달려가는 동안 맥없이 무릎이 꺾이며 바닥에 쓰러졌다. 액체 상태인 마취제는 순식간에 폭포처럼 쏟아져 내렸고, 좁은 틈새를 빠른 속도로 통과하면서 휘발되어 공장 전체를 접수해 나갔다.

그 시간 제어실에서도 졸고 있던 직원들이 폭발 소리를 들었다.

"어, 이건 뭐지? 좀 전에 큰 소린 뭐야?" 컴퓨터에서 나오는 시끄러운 경고음을 들으며 계장이 말했다.

"혹시 폭발 아닌가요?" 한 직원이 대답했다.

놀란 그들은 CCTV 화면을 확인했다.

"3번, 4번, 5번 라인에서 하이퍼란이 터져 나오고 있습니다."

"1, 2번도 마찬가지 아니야? 배관 압력이 떨어지고 있잖아."

"계장님 어떻게 해야 하죠?"

"자동차단 장치까지 다 고장 난 거야?"

계장이 서둘러서 탱크 쪽 밸브들을 잠그려 컴퓨터를 조작하였으나, 빨간색 사인은 꺼지지 않았고, 그는 얼굴을 붉힌 채 헤매기 시작했다.

"아 이거, 밸브를 동시에 다 잠그려면 어떻게 해야 하는 거야? 공장장님은 어디 계시지?"

"좀 전까지 계셨는데?"

"숙직실에 계시는 거 아냐? 가서 공장장님 좀 깨워봐."

"네, 알겠습니다." 직급이 더 낮은 사원이 뛰어나간 사이 다른 직원이 계장을 도왔다. 그들이 책상 서랍에서 겉표지가 비닐로 되어 있는 영어 매뉴얼을 꺼내 읽는 동안에도 배관들에서는 엄청난 양의 하이퍼란이 계속 쏟아져 나왔다.

공장장은 물론 그를 데리러 간 직원도 돌아오지 않았고, 컴퓨터 앞에 앉아 있던 계장과 직원마저도 밸브를 잠그지 못한 채 키보드와 책상에 머리를 박고 쓰러졌다.

용접작업자들은 물론 유출된 파이프에 가장 가까이 있던 외부 공정 직원들은 벌써 늑골에 붙은 근육의 힘이 이완되면서 호흡을 하지 못하게 되었다.

공장 바닥으로 번져 나가는 하이퍼란은 봄날의 따뜻한 기온에 쉽게 휘발되었다. 증설 건물 내부에는 자동화할 수 없는 공정의 위치마다 직원들이 하얀 무진 작업복을 입고 앉아 있었다. 그들은 얼굴에 하얀 마스크와 투명고글까지 쓰고 압력계와 유량계와 산도계 등을 확인하며, 각각의 공정에 필요한 필터니, O-자 링이니 하는 소모품들을 주기에 맞춰 교체하고 있었다. 이런 작업에 배당된 직원들은 작업반장의 허락 없이는 절대 자리를 뜰 수 없었다. 그들 역시 폭발음과 경보 소리를 들었지만, 그들은 서로 주위를 둘러볼 뿐 건물 밖으로 나와 보지 못했다.

그중 몇 명은 작업대에 붙어 있는 응급 버튼을 누르고 작업반장이 오기를 기다렸지만, 작업반장은 나타나지 않았다. 직원들은 바로 옆에 있는 동료들과 웅성거리기는 했지만, 자신이 해야 할 작업들은 멈추지 못했고, 스피커에서 라인 정지 멘트가 나오지 않는 이상은 계속 작업을 해야 하는 것으로 생각했다.

서서히 작업자들의 손끝 움직임이 느려지다가, 이내 초록색 방수 페인트가 칠해진 바닥으로 하나둘씩 쓰러졌다. 건물 내부는 어느 순간 조용해지고, 컨베이어 벨트를 움직이는 체인에서 나는 낮은 기계음만 '철컥철컥' 지속적으로 울리고 있었다.

포장라인에 있던 직원들은 자리에 앉아서, 라벨을 붙이기 직전의 제품들에 혹시나 이물질이 들어 있지 않은지, 용량보다 적게 담긴 병은 없는지를 확인하기 위해 수십 개의 형광등으로 환히 밝혀진 벽 앞을 통과하는 약병들을 뚫어지라 바라보고 있었다. 결국 이들도 쓰러져 자리에서 일어나지 못하게 되었다.

구내식당에서 음식을 준비하고 배식을 하던 아주머니들도 고무로 된 앞치마와 고무장갑을 낀 채, 마치 배터리가 다 닳은 인형들처럼 쓰러졌다.

교대하기 위해 이제 막 식당에서 이른 아침을 먹으려던 직원들은 수저를 든 채 뒤로 넘어가거나, 옆으로 쓰러지거나, 식탁에 머리를 박았다. 식판을 들고 자리로 향하던 직원들도 쓰러졌다. 그들이 들고 있던 식판이 바닥에 떨어지면서 식당 바닥은 마치 돼지 축사의 바닥처럼 되어버렸다.

휘발된 마취제들은 공장의 담을 넘어, 인근에 있던 다른 공장으로도 퍼져 나갔다. 초대형 인쇄기를 돌리던 인쇄공장과 기계부속을 생산하던 공장에는 그다지 일감이 많지 않았는지 공장을 지키는 숙직자들만 남아 있었다. 늦잠을 자던 숙직자들은 얇은 담요만을 덮은 채 그대로 더욱 깊은 잠에 빠져들었다.

짙은 스모그가 거대한 솜이불처럼 덮여 있던 S시에서 마취제는 스모그와 함께 정체되어 공기층에 쌓여 갔다. 공장으로부터 가까운 순서대로 사람들은 잠 속으로 끌려 들어갔다. 바람조차 불지 않는 날씨에 마취제 증기는 흩어지지 않고 점점 더 농축되며 그 범위를 상하로 전후좌우로 넓혀갔다. 액체 상태로 좀 더 늦게 흘러나온 마취제는 마치 커다란 보아 뱀처럼 휘발된 증기의 뒤를 따라 사방으로 번져 나갔다.

액체 상태의 마취제는 우수관을 통해 공장 바로 옆에서 공단을 가로지르는 강의 지류를 따라 맹렬히 흘러나갔다. 거기에서 올라오는 마취제 증기는 간선도로를 금세 접수하였다. 새벽길을 질주하던 차들은 중앙선을 넘어 충돌하기도 하고, 가로수를 들이받고 멈춰 서거나, 서서히 속도가 줄다가 도로의 연석에 부딪힌 뒤 멈춰 섰다.

공단 입구의 지하철역에도 서서히 증기가 차기 시작했다. 몇 대의 열차가 지나가고 드디어 정차해 있던 기관사가 의식을 잃었다. 무슨 일이냐고 불만을 터뜨리던 승객들의 아우성도 잠시뿐이었다. 두 명이 움직이기에도 좁은 기관실에는 지하철 본부에서 기관사를 호출하는 소리만 계속 울려 퍼졌다.

서민들이 거주하는 아파트 단지는 저층의 아파트들이 밀집되어 있었다. 1층부터 시작하여 위층으로 올라가며 주민들이 마취되기 시작했다. 대부분의 집들은 모두가 잠든 상태에서 마취약을 받아들였다. 아침 일찍 집을 나서려는 집들에서는 가스레인지를 켜놓고 요리를 하는 중이었지만, 가스를 꺼 줄 사람은 없었다.

공단 인근의 주유소는 술 취한 듯 비틀거리며 걷다가 쓰러진 아르바이트생의 담뱃불에 폭발하였다. 기름을 넣기 위해 주유소로 막 들어온 차의 운전자가 놀라서 신고 전화를 했지만 공장으로부터 더 가까이에 있던 소방서로 연결이 되었는지 전화에 답하는 사람이 없었다. 그리고 전화를 건 운전자도 곧 머리를 핸들에 박고 잠에 빠져들었다.

마취제는 범위를 더 넓혀 새벽의 수산물시장 상인들을 덮치고, 인근의 공원을 삼켰다. 짙은 안개에도 불구하고 달리기를 하고 축구를 시작했던 시민들은 하나둘씩 쓰러졌고, 쓰러진 동료를 위해 응급구조를 요청하려고 전화기를 꺼내던 사람들 역시 의식을 잃고 쓰러졌다.

S시 가운데를 관통하는 강의 가장자리에는 허리가 굽은 붕어라도 낚아보려던 중년의 사내들이 앉아 있었다. 50대의 남자가 먼저 의자와 함께 옆으로 고꾸라졌다. 그 모습을 보고 있던 사람들 역시 오래지 않아 바닥에 쓰러지거나 강물 속으로 굴러떨어졌다.

대부분의 방송국에서는 늘 그랬듯이 당직자가 6mm 방송용 테이프를 꽂아놓고 이미 녹화된 프로그램을 방송하고 있었다. 반면 몇몇 보도 기능이 있는 방송국에서는 생방송으로 뉴스를 진행하던 아나운서들이 멘트를 하던 중 쓰러져 순식간에 스스로 특종거리가 될 장면을 만들고 있었다.

하이퍼란이 도심을 점령하는 데에는 그리 오래 걸리지 않았다. P의 공장이 위치한 공단 지대와 시청이 있는 중심까지의 거리는 사실 채 몇 km도 되지 않았다. 갑작스런 인구의 도시 집중과 도시 팽창 덕분에 공단은 얼마 되지 않는 기간 동안 도심에서 그다지 멀지 않은 곳에 위치하게 된 것이었다.

강을 넘어 S시의 북쪽으로 진출한 하이퍼란은 경찰청을 집어삼키고, 드디어 도시의 가장 중요한 인물이 사는 대통령궁까지 접근하였다. 회색의 높다란 담을 조용히 타 넘은 마취 가스는 군청색 군복을 입은 초병들을 쓰러뜨렸고, 곧이어 대통령의 숙소가 있는 건물 앞 1층은 물론, 건물 안으로 스며들어 검은색 정장을 입은 경호원들까지 쓰러뜨렸다. 대통령은 2층 침실에서 군과 직접 연결되는 트렁크형 무전기를 침대의 발치에 둔 채 잠을 자고 있었다.

A는 잠자리에서 일어나 아내가 깨지 않게 조용히 이불을 덮어 놓으며 침대에서 빠져나왔다. 창밖으로 보이는 하늘은 어제와 마찬가지로 스모그가 가득한 회색이었다. 아파트 단지 바로 앞을 지나는 샛강 주변에는 자전거를 타는 사람들과 조깅을 하는 사람들이 보였다.

침실 옆 화장실에 가서 소변을 보고 세수를 한 그는 오늘 면도는 안 할 참이었다. 거실로 나온 그는 보통의 주말처럼 중환자실로 전화를 걸어 어제 응급으로 마취해준 환자의 상태를 체크하려고 했다. 그는 거실 벽에 걸린 시계를 보고 잠시 기다렸다가 야간 당직 간호사들이 오전 팀과 인수인계를 마치는 시간인 8시에 맞춰 전화를 걸었다. 그러나 벨이 스무 번 넘게 울려도 아무도 전화를 받지

않았다. '통화 중인가?'

마취과 당직실 직통번호를 눌렀다. 역시 아무도 전화를 받지 않았다. '거 이상하네, 주말이어도 펠로우 2명과 레지던트 8명은 대기를 하고 있을 텐데. 모두 응급수술에 들어갔을 리도 없고. 설령 병원 전체에 전기가 끊겼다고 해도 전화는 보통 연결이 되지 않나?' 라고 그는 생각했다.

당직 펠로우의 휴대전화에 전화를 걸어봤다. 그의 전화도 신호는 갔으나 대답이 없었다. 뭔가 이상했다. 내 위치의 전화 기지국의 이상일까? 그건 아닌 것 같은데.

그는 어제 함께 수술한 외과 교수를 떠올렸다. 그러면 역시 중환자실에 연락을 했을 것이다.

"아침부터 미안해. 혹시 자고 있었나?"

"아니야, 그런데 병원에 전화가 안 되네. 자네 뭐 아는 것 없나?"

"아 그래? 나도 마찬가지야. 어제 자네가 수술한 복막염 환자 괜찮은지 물어보려고 중환자실에 전화했었는데, 전화를 아무도 안 받더라고. 당직 펠로우 휴대전화도 안 되고."

"같은 상황이구만. 나도 주치의에게 전화했는데 전화를 안 받아. 무슨 일이지?"

"글쎄 전화국이 고장이라도 난 건가? 나도 집이 멀어 나가보려면 시간이 걸릴 텐데. 그래도 병원에 나가봐야 하지 않겠어?"

"S시에 무슨 큰일이 생긴 건 아닐까? TV를 좀 켜볼게." A는 이렇게 말하면서 TV 리모컨을 집어 들었다.

이상하게도 대부분의 채널이 신호가 없이 '칙칙' 소리를 내며 회색 화면만 보내고 있었다. 그러다가 겨우 발견한 채널은 주인공들이 목에 핏대를 세우며 대화하는 불륜 드라마의 재방송이 나오는 채널이었다. 다시 채널을 더 돌리자 먹통이 된 회색 화면들을 지나 채널 16이 잡혔다. 그는 친구에게 "채널 16을 켜 봐. 긴급 뉴스가 나오네. 다시 전화하자고."라고 하며 전화를 끊었다.

보도 기능을 갖춘 공중파 방송국 중에 유일하게 채널 16이 긴급 뉴스를 발송하고 있었다. 민간 방송국인 채널 16이 다행히도 S시에서 벗어난, 북서쪽 위성도시에 제2방송국을 가지고 있었다.

앵커는 "사상 초유의 사태가 발생했습니다. 지금 원인을 알 수 없는 이유로 인해 수도 전체의 기능이 마비되었습니다. 현재 S시 내에 위치한 정부와 경찰, 소방 당국은 물론 대부분의 언론사가 기능이 마비된 상태이며, 교통, 통신 등의 기능이 정지되었습니다. 외부에서 관찰되는 CCTV에 비치는 S시 내부의 상황은 눈에 보이는 모든 사람들이 쓰러져 있습니다. 이들에게는 미동도 보이지 않아, 대부분 사망한 것으로 보입니다."라고 보도하고 있었다.

그들은 전문가를 초빙하지도 못했고, 인터뷰 화면도 없었다. 그저 CCTV 화면을 돌려가며 보도를 할 뿐이었다.

"화면에서 사람들은 자리에 쓰러져 있는 것을 볼 수 있습니다. 아마도 이른 아침 공원에 나와 조깅을 하던 시민들로 추정됩니다. 복장은 대부분 운동복차림입니다. 이들은 피를 흘리거나 다친 것으로 보이지는 않지만, 전혀 자세 변화가 없는 것으로 보아서는 사망한 것으로 추정됩니다." 앵커는 떨리는 목소리로 말했다.

"다시 한 번 말씀드립니다. 현재 수도 전체에 원인을 알 수 없는 이유로 대부분의 시민들이 사망한 것으로 추정되는 사태가 발생하였습니다."

일어선 채 뉴스를 보던 그는 리모컨을 든 채 침실로 가서 아내를 깨웠다. "좀 일어나봐. 사고가 났나 봐."

"뭐라고요?" 아내는 헝클어진 머리를 추스르며 일어나 물었다.

"나와서 TV 좀 봐봐."

화면이 다시 CCTV 화면으로 전환이 되면서 앵커는 "S시 중앙, 남산에서 보는 화면으로 돌려봅니다. 해상도가 떨어지고 안개가 짙은 상황이라서 멀리까지 잘 보이지 않는군요. 산 아래 지역의 상황이 전혀 보이지 않습니다."라고 말했다.

"시민 여러분은 우선 S시로 진입하지 않으시는 것이 좋겠습니다. 수도 전체에 비상사태가 발생했습니다."

화면은 다시 앵커를 비추었다. 이어폰에 손을 대면서 말을 멈칫거리던 앵커의 시선이 좌우로 흔들렸다. 그리고 그는 방금 했던 말만 자꾸 반복하였다.

"이게 무슨 일이래요?" 아내가 물었다.

"글쎄 나도 모르겠어. 병원에 전화가 안 돼서 TV를 켰더니 이래." 그는 화면에서 눈을 떼지 못하고 말했다.

앵커가 다시 새로운 멘트를 했다. "다시 CCTV 화면을 보시겠습니다. 남쪽 도시순환도로의 7구역 근방으로 보이는데요. 현재 한 구역 전체에 폭발 흔적이 보이고 화재가 발생해 있습니다." 화면에는 CCTV 화면이 보이지 않고 계속 앵커의 얼굴이 보이다가 CCTV가 연결되었다.

"폭발 흔적이 보이는 곳에는 차량들이 가로수에 부딪혀 멈춰 서 있고요. 몇 대는 인도로 올라가 건물들을 들이받고 멈춰 서 있는 것도 보입니다. 아마도 무언가 폭발할 당시 충격으로 저렇게 된 것이 아닌가 하고 추측됩니다. 최초의 폭발이 아마도 S시의 남서쪽에서 있었던 것으로 추정되는 증거입니다."

'남서쪽?' 순간적으로 A에게 떠오른 것은 P의 공장이었다. 만일 하이퍼란의 저장 탱크에 문제가 생겼다면? 하고 생각이 미치는 순간 그는 엉치뼈에서 등을 지나 머리 꼭대기까지 소름이, 아니 찌릿한 전기가 흐르는 느낌을 받았다.

"하이퍼란 공장이야!" 그는 소리쳤다. 그리곤 친구에게 다시 전화를 걸어 "마취약 때문인 것 같아. 병원으로는 가지 마." 하고 이야기했다.

"뭐라고? 마취약?"

"응, 최근에 하이퍼란이라고 새로운 마취제가 나왔는데, 아마 그 공장에서 문제가 생긴 것 같아. S시로 들어가면 의식을 잃을 거야."

"아, 그 광고 나도 봤어. 정말 큰일이네. 친척들도 다 S시 안에 사는데."

"그래, 나도 누나에게 전화를 해봐야겠어. 일단 끊자고."

그는 누나에게 전화를 했다. 그러나 누나는 전화를 받지 않았다.

"자형한테 전화 좀 걸어봐." 그는 다시 전화를 걸며 아내에게 말했다.

하지만 아내도 전화기를 귀에 대고 기다릴 뿐 말이 없었다. 그는 조카에게 전화를 걸어 보았다. 아무도 전화를 받지 않았다.

'이를 어쩌면 좋지?'

그는 누나와 자형, 조카의 전화에 메시지를 남겼다. 그리고는 그 지역 소방서에 전화를 걸었다. 신호가 가지 않고 바로 끊어졌다. 다시 걸어보았다. 역시 신호음이 들리지 않고 바로 끊어지는 것이다.

그는 전화를 들고 거실 안을 맴돌았다. 아예 다 쓰러진 건가? 그러다 그는 S시를 둘러싸고 있는 지방정부의 통합 민원전화번호를 검색해서 전화를 걸었다. 맑은 목소리 안내원의 안내가 흘러나왔다. 녹음된 음성이었다. 참을성 있게 기다렸으나, 안내원이 말한 7개 영역에 그의 용건은 없었다. 그는 0번을 누르고 상담원을 기다렸다. 다시 비발디의 사계 중 봄을 들으며, 응답을 기다려야 했다.

겨우 상담원과 연결된 그는 "저는 S대학교 마취과 교수 A라고 합니다. 지금 방송으로 사고를 보고 전화 드리는데요. 안전 책임자와 급히 통화를 하고 싶습니다."

"죄송합니다만, 지금 바로는 힘드실 것 같습니다."

"그럼 차라리 도지사님과 통화를 할 수는 없을까요?"

"지금 도지사님도 연락이 되지 않고 있습니다. 그리고 정말 죄송한데요. 당직인 저밖에 없는데 통화량이 많아서요, 한 분께만 오래 통화를 해드릴 수는 없습니다." 그녀는 이렇게 마무리하며 전화를 끊으려 했다.

"잠시만요, 그게 아니고요. 지금 제가 중요한 제보를 하려고 하는 겁니다. 이번 사태의 원인을 알려야 한다고요."

"제보라고요? 그럼 지금 도청에서 열리고 있는 비상대책위원회에 나오시는 게 어떨까요?"

"비상대책위원회가 열렸습니까?"

"네, 부지사님이 소집하셨습니다."

"거기로 전화 연결은 안 됩니까?"

"죄송합니다. 회의 중이라 연결은 어렵겠습니다."

"알겠습니다. 그리 제가 가지요."

그는 전화를 끊고 옷을 갈아입었다. "아무래도 내가 가 봐야 할 것 같아."

"거기는 괜찮겠죠?" 아내가 고개를 들어 A의 얼굴을 보며 물었다.

"마취약이 대량 유출되었다고 해도. 지형이 분지 지형이라 쉽게 퍼져 나오지는 못할 거야."

아내는 아이들을 깨웠다. "얘들아 일어나봐. 아버지 나가신다." 아이들은 눈을 비비며 방에서 나왔다.

"집 밖에는 절대로 나가지 말고 있어. 갔다 올게."라고 말하며 재킷을 들었다. 아내와 아이들은 문간에서 그가 나가는 것을 배웅했다.

"전화해요."

"알았어." 그는 구두 뒤축을 구둣주걱으로 펴지도 못한 채 뛰쳐 나갔다.

　A는 남쪽으로 향한 왕복 8차선의 71번 고속도로를 차로 내달렸
다. S시를 향해 질주하는 차들을 보며 그는 '뉴스를 들은 걸까? 아
니면 아무것도 모른 채 S시로 향하는 건가?' 하고 생각했다. 약 30
분을 달려 서쪽으로 가는 44번 국도로 갈아탔다.

　'서둘러야 해, 너무 늦으면 또 아무도 구할 수 없을지 몰라. 환자
를 잃고, 마취제에 가족까지 잃을 순 없어.' 그는 속도 감시 카메라
에 사진이 찍히는지 신경 쓸 겨를도 없이 차를 몰았다. 20여 분을
더 달려 내비게이션의 안내가 시키는 대로 인터체인지를 빠져나오
려 했을 때 그의 차는 원심력을 이기지 못하고 뒤 범퍼로 가드레일
을 긁었다. 인적이 드문 거리를 달려 드디어 도청으로 진입하는 언덕
길로 들어섰다. 도청은 150m 정도의 나지막한 산의 초입에 위치해

있었다.

'저리로 쭉 가면 산으로 가는 순환도로일 테고, 여기서 좌회전을 하라는 거구나.' 그는 순환도로 입구에서 좌회전했다. 심은 지가 수십 년은 되어 보이는 벗나무들에 하얀 벗꽃들이 눈송이처럼 피어 있었지만, 그 꽃들을 눈여겨볼 여유는 없었다.

도넛처럼 생긴 상징 마크가 크게 붙은 철문은 닫혀 있고, 그 옆으로 사람들만 지나갈 수 있는 작은 문이 열려 있었다. '빵' 하고 경적을 울리자, 경비원이 나와 차를 막아섰다.

A는 "비상대책위원회에 말씀드릴 게 있어서 왔습니다."라고 하며 교수 신분증을 제시했다.

"일단 이쪽으로 차를 빼주세요." 경비원은 신분증을 보고서도, A의 차를 철문으로 막혀 있는 도로의 갓길로 유도했다.

"급한 일입니다. 대책위원회에 사고 원인을 알려야 합니다."

"좀 기다리세요. 확인하고 통과시켜드리겠습니다."

그는 어쩔 수 없이 시키는 대로 차를 대었다. '매뉴얼대로 하는 것이겠지. 하지만 지금은 그럴 상황이 아니잖아?'

경비원은 인터폰으로 연락을 하고, 뭐라고 몇 마디 하더니, 우선 기다리라고만 하고는 TV를 들여다봤다. A는 다시 휴대전화를 들여다보았다. 누나네 식구들은 여전히 문자에 답이 없었다. 누나에게 다시 전화를 걸어보고도 10분이 더 지나갈 무렵 A는 더 이상 참지 못하고 차에서 내렸다.

그는 경비원에게 "제가 담당자와 직접 통화하게 해주세요. 비상대책위원회에 사고 원인에 대해 제보를 하려고 왔습니다."라고 이야기했다. 겨우 연결된 전화에서 재난안전과장이라고 자신을 소개한 사람은 10분 전에 경비원과 한 통화는 이미 잊어버린 듯했다.

A는 "전 S대학교병원 마취과 교수 A입니다. 이번 사태의 원인을 알려드리려고 왔습니다. 한시가 급합니다. 시민들에게 참사의 원인을 알리고, 모두가 호흡근 마비로 사망하기 전에 구해야 합니다."

그는 "호흡근 마비라고요? 일단 1층 메인 홀로 들어오세요. 제일 큰 건물 중앙에 있습니다."

"경비원을 바꿔 드릴게요."

그제야 경비원은 끼익 소리를 내며 철문의 고리를 풀고 문을 열었다.

"좌측 도로로 계속 가시다가, 잔디밭 앞에 있는 주차장에 차를 대시고, 앞에 있는 본관으로 들어가세요."

"네, 감사합니다."

A는 잔디밭 주위로 난 좁은 도로를 따라 차를 몰았다. 주차장에 차를 댄 그는 큰 걸음으로 현관 앞 계단을 뛰어 올라갔다. 본관 현관의 유리문을 열고 들어가자 메인 홀은 금방 찾을 수 있었다. 유리문이 잔뜩 있는 민원실을 지나 오른쪽 방에서 큰 소리가 흘러나오고 있었기 때문이다.

그가 문을 열고 들어와 보니 둥글게 배열된 테이블에 사람들이 여럿 둘러앉아 있고, 또 몇몇은 서 있었다. 군복을 입은 사람과 경찰복을 입은 사람 외에 양복을 입은 이들은 공무원들인지 의회

의원들인지 알 수 없었다. 격론이 벌어지고 있는 회의실 입구에 어정쩡하게 서 있자 상석에 앉아 있던 양복을 입은 나이 많아 보이는 사람이 A를 쳐다보다 물었다.

"거긴 누구시지요?"

"S대병원 마취과 교수 A라고 합니다."

"S대병원이라구요? 누구의 호출을 받고 오셨소?"

"아닙니다. 저는 누가 불러서 온 게 아니고, 이 사태의 원인을 알 것 같아서 전화를 걸고 왔습니다."

"그래요? 그럼 자리에 앉으세요. 저는 부지사 V입니다."

회색 작업복을 입은 한 사람이 일어났다. "이쪽으로 앉으시죠. 좀 전에 통화한 재난안전과장입니다." 그는 벽 쪽에서 의자를 끌어와 자리를 만들어주었다.

"그래 교수님은 원인을 뭐라고 생각하십니까?" A가 자리에 앉자 부지사가 물었다.

"네, 말씀드린 대로 저는 마취과 교수입니다. 오늘 아침 S시 상황을 채널 16으로 보았습니다. 결론부터 말씀드린다면, 쓰러진 시민들에게 특별한 외상이 보이지 않고 출혈이 없는 것으로 봐서 이것은 아마도 마취약 때문이라고 생각합니다."

"마취약이요?"

앉아 있던 모든 사람들이 A를 향해 되물었다. 특히 A가 도착할 때 목소리를 높였던 군인과 경찰은 A의 지적에 격하게 반응하였다.

"네, 전신 마취를 할 때 쓰는 흡입마취제 때문입니다."

"흡입마취제가 얼마나 있어야 저 많은 사람들이 다 쓰러지겠습니까? 도대체 말이 안 되는데요?" 초록색 군복을 입은 사람이 물었다. 그의 어깨에는 반짝이는 별이 두 개나 붙어있었다. "허공에다가 아무리 마취제를 타보시오. 한 도시의 모든 사람들이 쓰러질 수 있나? 도대체 말이 되는 소리를 해야지."

"그러게요, 그 이야길 어떻게 믿습니까? 다른 원인일 수도 있지 않습니까? 예를 들어 탄저균이라든지, 아니면 신경가스 같은 화학무기일지도 모르지요." 경찰도 거들었다.

군인은 다시 "피를 흘리지 않고 사람을 쓰러지게 하는 무기가 얼마나 많으냐고요. 이것이 어떤 화생방무기에 의한 것이든 간에, 지금 중요한 건 접경지역에 이상 징후는 없는지부터 체크하는 거 아니겠습니까?"라고 말했다.

"어허 자꾸만 그러네. 원인도 모르고 비상 경계령을 내릴 수는 없잖아요? 다시 말하지만 우리에게는 그럴 권한도 없어요." 부지사가 말했다.

이들의 큰 목소리에 A의 목소리는 거의 묻혀버릴 뻔했다. 그래도 그는 다시 큰 소리를 내었다. "잠시만요. 혹시 여기 계신 분들 중에 최근에 신약으로 개발된 마취제 하이퍼란 광고를 기억하시는 분은 없으십니까?" 그의 새된 목소리에 사람들은 다시 그를 쳐다보았다. "이 하이퍼란을 생산하는 공장이 바로 S시 남서쪽에 남아 있는 구공단 지역에 있습니다. 게다가 최근에 새로운 생산라인이 증설되어 대규모의 저장 탱크들이 만들어졌지요. 제 말은 거기서 문제가 생긴 것 같다는 말씀입니다."

"그런 주장을 하는 근거가 뭐요?" 군인이 물었다.

"만일 탄저균이라면 하룻밤 새에 이렇게 많은 사람들이 쓰러질 수는 없지요. 그리고 만일 신경독가스라면, 쓰러진 사람들이 구토를 하거나 거품을 물고 있어야 합니다."

"그게 사실이요?" 부지사는 모두를 향해 물었다.

모두 입을 다물고 있었다.

"네, 사실입니다." A가 다시 대답했다.

한쪽에서 중저음의 목소리가 들렸다. "방재본부장을 겸하고 있는 소방정감입니다. 저도 그 저장 탱크들을 본 적이 있습니다. TV에서도 준공식에 대해 뉴스가 나왔었죠." 소방관의 옷이 아닌 군복과 비슷한 정복 유니폼을 입은 사람이 A를 보며 말했다.

"그런 최신 공장에서 왜 마취약이 유출되었다는 겁니까?" 홀의 안쪽에서 누군가 물었다.

"저도 그 원인은 알 수 없지요. 하지만 사람들의 상태로 봐서는 하이퍼란 공장을 의심할 수밖에 없습니다. 게다가 하이퍼란은 다른 전신마취제와 달리 비등점이 낮아서 요즘 같은 봄철의 기온에서 휘발되기가 쉽습니다." 그는 질문이 나온 방향을 보며 대답했다.

"그럼 어느 정도의 마취약이 저장되어 있단 말입니까?" 부지사가 물었다.

"아마도 수백만 명의 사람들을 마취시킬 정도의 양일 겁니다."

"수백만 명이요?" 자리에 있던 모두가 깜짝 놀라 되물었다.

"그 회사의 광고를 생각해보면, 아마도 북미 시장 수출을 위해서 그 정도의 양을 생산하고, 비축하고 있었으리라고 생각됩니다." 그가 덧붙였다.

"네, 그 탱크의 규모로 봐서도 충분히 그 정도의 양은 될 것 같습니다." 방재본부장이 말했다.

A는 "현재 시점에 수백만 명분이 다 유출되지는 않았겠지만, 새어 나오는 마취약을 막지 못하면 고농도의 마취제가 계속 퍼져나갈 겁니다. 처음 마취약을 들이마시고는 사람들이 그저 의식을 잃고 쓰러질 테지만, 마취약을 들이마신 시간이 길어질수록, 공장을 중심으로 사망자들의 영역이 넓어질 거고요. 서둘러야 합니다."

"그럼 얼마나 많은 사람이 사망했을까요?" 방재본부장이 물었다.

"우선은 현장을 확인하고, CCTV라도 돌려보고 처음 유출된 시간을 확인해 봐야 합니다. 그래야 사망자들의 범위를 추정할 수 있겠지요." 그는 방재본부장에게 대답했다.

"그럼 인터넷으로 시 경찰청 네트워크로 들어가서 그 공장 CCTV부터 확인해보세요." 부지사가 재난안전과장을 돌아보며 말했다.

"늦어지면 안 됩니다. 사람들이 고농도의 하이퍼란에 계속 노출되면 결국 호흡근육들이 마비되어 사망하게 됩니다. 더 유출되는 것을 막아야 생존자들을 구할 수 있을 겁니다."

"그럼 어떻게 공장에 접근하지요? 방독면이 효과가 있습니까?" 방재본부장이 물었다.

"방독면은 효과가 없을 겁니다. 원래 전신마취제는 방독면 필터를 그냥 통과합니다. 더욱이 공장에는 마취제가 고농도로 농축되어 금세 의식을 잃을 겁니다. 그나마 공기통을 연결한 마스크를 쓰고 접근하는 것이 나을 것 같습니다."

"그럼 헬리콥터를 이용해야겠네요."

"네. 아무래도 그편이 유리하겠지요. 도달 시간이 짧고, 상부 공기층에는 마취제의 농도가 낮을 테니까요."

"흡입마취제라면 휘발되어 위로 확산되지 않을까요?" 또 다른 사람이 물었다.

"물론 그렇지만, 봄철이고 S시 지형이 분지 모양이라서 기온의 역전현상이 지속되고 있을 겁니다. 흘러나온 마취제가 위로는 잘 확산되지 못하고 있는 거죠. 그래서 지표면에서 축적된 마취제가 흩어지지 않고 농축돼서 사람들이 의식을 잃고 쓰러졌고요." A가 이렇게 설명하고 있을 때, CCTV를 돌려보고 온 재난안전과장이 보고했다. "그 공장이 맞습니다. 그리고 오전 7시 14분에 최초의 폭발이 있었습니다. 용접기 불꽃에 가스가 인화되어 배관이 폭발한 장면을 확인했습니다."

"어쩌다 폭발했습니까?" 부지사가 물었다.

"파이프라인을 고친다고 용접을 한 것 같은데요. 용접 불똥이 마취제 가스에 튀어 폭발한 것 같습니다. 그리고 그 파편들에 의해 연쇄 폭발이 일어났고요."

"어떻게 아직도 그런 원시적인 사고가?" 부지사가 말했다.

"작업이 시작될 시점인 새벽에 대기 중 농도 검사를 하는 장면도 보였는데요. 아마도 U자 관에 고여 있던 마취제가 휘발되어 유출되었던지, 아니면 고치려고 한 배관 말고도 마취제가 새는 부분이 더 있었을 수도 있고요. 휴식하다가 다시 용접작업을 재개한 순간 파이프라인이 폭발했습니다."

'악연이야. 결국 또 P였군!' A가 속으로 생각했다. "지금 현장 상황을 볼 수 있나요?" 그가 물었다.

"네. 가능합니다."

모두들 과장을 따라 2층 전산실로 올라갔다. 과장이 지시하자 돌려보기를 하고 있던 직원은 마우스를 조작해서 현재의 상태를 화면에 띄웠다. 공장 둘레를 따라 설치된 12개의 방범 카메라에 비친 공장 내부에서 사람의 움직임은 전혀 볼 수 없었다.

"어째서 화재가 크게는 번지지 않은 거지?" 방재본부장이 물었다.

"아마도 약품이 워낙 휘발성이 강한 모양입니다. 인화가 되어버려서 불꽃이 추가 화재를 일으키지 못한 것 같습니다." 과장이 대답했다.

"저기에 쓰러져 있는 저 사람들은 벌써 4시간 이상 고농도의 마취약 증기를 마셨겠군요. 안타깝지만 저분들은 모두 사망했을 것 같습니다." A가 화면을 손가락으로 가리키며 말했다.

"여기 보시면 현재에도 마취약이 계속 흘러나오고 있습니다." 직원이 다시 한 카메라를 선택해서 확대하며 말했다.

"예상대로 탱크와 파이프라인에서 아직도 마취제가 흘러나오고 있네요. 범위가 점점 넓어지겠는데요."

"이 화면으로 대통령궁을 비춰 볼 수는 없나?" 갑자기 어깨에 별을 두 개 달고 있던 그 군인이 끼어들었다.

"글쎄요." 직원이 고개를 갸우뚱거리자 과장이 대답했다. "죄송합니다. 사령관님, 수방사에서도 마찬가지겠지만, 대통령궁 내부 CCTV에는 어떤 경로로도 접근할 수 없습니다."

"그렇다면 직접 들어가서 대통령의 안위를 먼저 살피는 수밖에는 없겠군." 그는 무전기를 등에 지고 서 있는 부하에게 다가오라는 손짓을 하며 말했다.

그는 무전기의 송수화기를 들었다. "듣고 있나? 어쩔 수 없다. 국방장관의 허가는 없지만 수도로 병력을 투입하라. 아직 대통령은 벙커에 생존해 계실 거야. 빨리 투입시키라고." 그는 계속해서 "여기 의대 교수님이 시키는 대로 구출팀에게 공기통이 연결된 마스크를 씌워서 헬리콥터를 이용해 고공에서 접근해라."라고 지시했다.

부지사도 "본부장, 어서 공장으로 인원을 보내세요. 마취제 유출을 막아야 하지 않겠습니까?" 하고 방재본부장에게 말했다.

"네, 바로 헬리콥터를 준비시키겠습니다."

"그래요. 베테랑들로 골라서 공기통 잘 준비해서 보내세요. 서두르세요. 그리고 이걸 여기 서서 계속 볼 수는 없잖아. 메인 홀에도 모니터를 연결하고, 1층 민원실에도 상황실을 마련해서 연결시키고 계속 관찰하라고 하세요."라고 부지사가 말하자, "알겠습니다. 조치하겠습니다."라고 과장이 대답했다.

부지사가 내려간 후 A가 모니터 앞에 있는 직원에게 물었다. "저,

혹시 CCTV로 강남 쪽 C동 상황을 볼 수 있을까요?"

"글쎄요. C동 어느 지역 말씀이십니까?"

"네, 저희 누나가 C동 H아파트에 사시는데 역시 연락이 안 되고 있어서요."

"네, 그러시군요. 여봐 C동 H아파트, 이런 식으로도 찾아볼 수 있나?" 그 직원은 옆에 있던 다른 직원에게 물었다.

"네. 검색해보겠습니다." 좀 더 어려 보이는 직원이 대답했다.

직원들이 컴퓨터 자판을 치며, CCTV 화면을 찾는 동안 A는 초조하게 화면을 같이 들여다보았다.

한참 후 어린 직원은 "여기네요. 경찰청 네트워크에서는 아파트 단지 내부까지는 볼 수 없고요. 지금 보이는 화면이 단지 입구 화면과 연결된 도로의 상황입니다."라며 화면의 크기를 키워 보여주었다.

그의 눈에도 익숙한 거리의 모습이 비쳤다. 길에는 아무런 행인도 보이지 않았다. 자세히 들여다보니 입구의 초소 창 너머로 경비복 같은 옷을 입은 사람이 의자에 뒤로 기댄 채 미동도 없이 앉아 있는 것이 보였다.

헬리콥터가 S시를 에워싼 산을 넘자 소방부대 특수팀 팀장은 벨트를 풀고 일어났다. 헤드셋을 벗어 목에 걸고 머리 위의 봉을 잡은 채 최정예인 팀원들에게 그가 처음에 말한 몇 마디는 프로펠러의 굉음에 묻혀 들리지 않았다. 다시 그는 악을 쓰듯 큰 소리로 말했다. "이제부터는 마스크를 착용하라. 알고 있겠지만, 이 봄베의 최대 호흡 시간은 50분에서 60분 정도이다. 따라서 일단 공기통 호흡을 시작하면 늦어도 1시간 이내에 공장을 찾고 마취제 유출을 멈춰야 한다. 알았나?"

"네!"

"착륙하면 CCTV에서 본 대로 폭발 원점에 가서 모인다. 알겠나?"

"네!"

그들이 다시 점호를 하고 마스크를 끼는 동안에도 그들을 태운 헬리콥터는 착륙할 곳을 찾지 못했다.

"시간이 더 걸립니까?" 팀장은 헤드셋을 다시 쓰고 작은 마이크에 대고 물었다.

"GPS를 보면 공장 근처엔 온 것 같습니다. 그런데 이 고도에서는 스모그 때문에 착륙하려고 계획했던 주차장이 잘 보이지 않습니다. 조금만 기다려 주십시오." 기장이 대답했다.

"그럼 고도를 좀 더 낮춰보시죠."

"혹시 마취제가 들어오지 않을까요?"

"그럼 어쩔 수 없겠네요. 기장님도 마스크를 쓰십시오. 저희도 지금부터 공기통을 틀겠습니다."

"네. 알겠습니다."

잠시 후 기장과 부기장도 공기통 호흡을 시작했는지, 헬리콥터는 선회하며 고도를 낮추기 시작했다. 드디어 신축 공장의 주차장에 헬리콥터가 착륙했다. 마스크를 낀 부기장은 공기통을 앞으로 멘 채 소방관들을 내려주었고 조종간 밑에 공기통을 내려놓고 마스크를 낀 기장은 부기장이 올라타자 서둘러 헬리콥터를 이륙시켰다. 특수팀은 주차장을 나와 거대한 파이프라인들 사이로 난 통로를 따라 빠르게 이동했다.

물놀이 공원의 미끄럼틀 모양으로 은색의 긴 파이프들이 여러 개 나란히 배열된 곳에서, 처음 파열된 것으로 보이는 파이프라인에 접근했을 때 그들은 용접기와 최초의 희생자들로 생각되는 시신들을 볼 수 있었다. 파열되어 10미터 이상 떨어진 곳까지 날아간 시신도 있었다.

공장의 바닥에는 아직도 군데군데 웅덩이처럼 하이퍼란 원액이 고여 있었다. 엎드려 쓰러진 직원들을 혹시나 하고 뒤집어 보았으나 그들의 얼굴은 중력에 의해 피가 쏠렸는지 이미 퍼렇게 변해 있었다.

최초의 폭발이 있었던 파이프라인이 연결된 탱크의 외벽 사다리를 타고 탱크 위로 올라가 외벽을 두드려보던 소방관들은 아래에 있던 동료들에게 손짓으로 하이퍼란이 탱크 속에 남아 있지 않다는 것을 확인해 주었다.

그들은 여전히 하이퍼란이 흘러나오고 있는 탱크들의 밸브를 잠그기 위해 자동차 핸들같이 생긴 것에 달라붙었다. 하지만 그것을 아무리 돌려보아도 꿈쩍도 하지 않았다. 여러 명이 달라붙어 어깨에 메고 있던 소방용 도끼를 지렛대 삼아 돌려보아도 마찬가지였다. 시간은 점점 흐르고, 대원들의 호흡이 가빠졌다. 팀장은 손으로 엑스 자를 그려 보였다. 그리고 엄지손가락으로 건물 쪽을 가리켰다.

그들은 입구를 찾아 뛰어서 건물로 들어갔다. 복도에도 사망한 직원들이 군데군데 쓰러져 있었다. 제어실을 겨우 찾은 그들은 이미 사망한 계장과 직원을 자리에서 일으키려 했으나 쉽지 않았다. 그들은 시신들을 의자 채 옆으로 밀어놓고 다른 의자를 가지고 와서 앉았다.

하지만, 제어 프로그램을 조작하려고 해도 정지된 화면에는 아무 변화도 나타나지 않았다. 엔터키를 계속해서 두드리자 로그인 화면이 떠올랐다. 아이디와 패스워드를 알 수 없었던 소방관들은 책상의 여기저기를 뒤지고, 벽에 붙어 있던 칠판을 들여다보았다. 하지만 아무것도 찾을 수 없었다. 팀장은 손목에 차고 있던 시계를 쳐다보았다. 지나간 시간은 벌써 25분.

그때 소방관 한 명이 옆으로 밀쳐놓았던 시신들의 목에 걸려 있던 직원 카드를 뒤집어 보기 시작했다. 드디어 그들은 시신 중 한 명의 카드 뒷면에서 네임펜으로 쓰인 아이디와 패스워드를 찾아내었다.

그는 손가락으로 그 카드를 가리키고는 컴퓨터 앞에 앉았다. 로그인하고 프로그램을 시작했지만 그는 화면에 나온 글들을 읽으려 할 뿐 프로그램을 조작할 수 없었다.

팀장은 두 손을 감아 수신호를 하며 소방관과 자리를 바꾸어 앉았다. 그도 조작을 해보려고 마우스를 여기저기 움직여 클릭해 보았지만 뜻 모를 경고 사인 박스만 뜰뿐이었다. 그는 본부로 무전을 하려고 했으나, 공기통과 연결된 마스크를 벗지 않고 교신하기는 불가능했다. 무전기를 마스크에 바짝 대고 다시 큰 소리로 외쳤으나, 무전기에서는 답이 없었다. 결국 그는 숨을 몇 번 크게 들이쉬고는 마스크를 벗었다.

그는 "제어 프로그램이 전부 외국어로 되어 있어서 도무지 조작을 할 수가 없습니다. 전문가를 불러주세요."라고 이야기하고는 재빨리 마스크를 뒤집어썼다.

무전에서는 "조금만 기다리십시오. 기술자를 찾아 연락하겠다고 합니다."

"그리고 공기통 마스크를 쓴 채 무전을 할 수 없습니다. 이것도 해결해주세요." 그는 다시 한 번 마스크를 벗고 이야기하였다.

"알았습니다. 그것도 좀 기다려주십시오."

그들은 대책 없이 기다리기 시작했다. 팀장은 두 손으로 팀원들을 앉으라고 지시했다. 활동량을 줄여야 산소 소모를 줄일 수 있다는 계산이었다. 팀장은 어깨에 메고 있던 공기통을 내려놓고 압력을 확인했다. 아직 공기통의 압력은 30분 정도는 유지될 수 있었다. 그들은 시계를 자꾸 들여다보며 그렇게 앉아 있었다.

"제2공장 기술자는 찾을 수 없다는 건가?" 10여 분이 지나고 방재본부장이 물었다.

"네, 2공장 공장장이 자신은 새 시스템은 잘 모른다고 하고요. 알 만한 기술자들은 도무지 전화를 안 받는답니다."

"어쩔 수 없군. 그럼 특수팀 철수시켜."

"알겠습니다."

그러나 다시 그들을 호출하였을 때 무전기에서는 아무런 대답이 없었다.

방재본부장은 무전기를 직접 잡고 반복해서 소리를 쳤지만, 그들로부터는 여전히 아무런 반응이 없었다.

"뭐야? 어떻게 된 거야?"

"글쎄요. 잘 모르겠습니다. 무전기가 고장이 난 건지도……"

"빨리 확인해봐!"

"알겠습니다."

"아직 공기는 남아 있을 시간인데 어찌 된 영문이죠?" 방재본부장은 옆에 있던 A에게 원인을 물었다.

"혹시 소방관용 마스크는 얼굴에 닿는 부위가 고무로 되어있습니까?"

"네, 맞습니다. 전면은 투명한 플라스틱으로 되어 있지만, 뺨과 이마에 닿는 부분은 검은색 고무로 되어있지요."

"아, 그 부분 때문이겠네요. 마스크의 고무 성분에 약이 녹아들기 때문일 겁니다. 공장의 바닥에는 아직 하이퍼란이 고여 있을 테고, 또 파이프라인으로부터 계속 흘러나온 약이 휘발되어서, 고농도의 증기 상태를 이루고 있을 겁니다. 마스크의 고무 부분에 약성분이 농축되고, 결국 그 부분을 통해서 내부로 마취제가 들어왔을 겁니다."

"그럼 마취약이 고무를 통과한다는 겁니까?"

"네, 원래 흡입마취제가 그런 특성을 갖고 있죠. 병원에서 폴리에틸렌으로 된 마스크를 쓰는 이유가 바로 그런 성질 때문입니다. 빨리 구출하셔야 할 겁니다. 더 시간이 지체되면 호흡근 마비가 시작될 거예요."

말이 끝나자마자 방재본부장은 부하들을 다그쳤다.

"빨리 다음 팀을 추가로 투입하라. 빨리 그들을 데리고 나와야 한다. 여기 마취과 교수님 말씀으로는 마취약이 마스크의 고무를 통과한다고 하니까, 그걸 조심해야 한다고 모두에게 주의시켜라."

상황을 잠자코 듣고 있던 부지사는 "아! 참. 마스크 속에서 말을 할 수 있는 무전기는 없는 건가?"라고 소리쳤다. "아까부터 마스크 끼고는 무전이 잘 안 된다면서? 새로 투입되는 팀에게는 제대로 된 무전기를 주어야 할 것 아냐? 어떻게 오토바이 택배 기사들이 쓰는 블루투스만도 못한 걸 쓰고 있는 거야?"라고 말했다. 과장도, 다른 소방관들도 대답이 없었다.

군인들이 탄 33인승 헬리콥터는 두 개의 로터가 앞뒤에 수평으로
달린 모습이었다. 두 개의 바람개비 같은 날개들이 반대 방향으로
돌기 시작하자 헬리콥터는 먼지를 일으키며 육중한 동체를 들어
올렸다. 그들은 처음부터 아주 고공으로 S시에 접근했다.

헬리콥터 속에는 두 팀이 마주 보고 앉았다. 그들은 기관단총을
메고 수류탄까지 어깨에 차고, 대통령을 구한다는 자부심에 목을
꼿꼿이 편 채 거의 쇠 바닥이나 다름없는 딱딱한 의자에 앉아 있
었다. 방독면은 허벅지에 달린 주머니에 넣어둔 채, 공기통과 연결
된 소방관용 마스크를 쓰고 다시 헬멧을 쓰고 있어, 그들의 헬멧은
앞쪽이 반쯤 위로 들려있었다.

그들은 대통령궁 상공에서 공기통의 밸브를 열고, 낙하산의 펴짐

고리를 철선에 걸고 헬리콥터를 떠났다. 그들은 대통령궁을 향해 내려왔고, 집무실과 숙소가 있는 본관 건물과 몇 동의 부속건물들로 둘러싸인, 곱게 정돈된 잔디 위에 정확히 낙하했다. 몇 명은 빨간 철쭉꽃나무들을 밟긴 했지만.

그들은 숙소 앞에서 검은색 정장을 입고, 귀에 이어폰을 꽂은 채 쓰러진 경호원들을 발견했다. 군인들은 본관 앞 몇 개의 계단을 올라 입구로 진입하려 했으나, 문은 굳게 닫힌 채 열리지 않았다. 역시 시간에 쫓기는 그들은 힘으로 그 문을 열려고 손잡이 부분을 개머리판으로 세게 내리쳤으나 문은 꿈쩍도 하지 않고, 오히려 시끄러운 경보음만 울려 퍼졌다.

그들은 실탄까지 가지고 있었음에도 총을 쏴서 열어볼 생각은 감히 하지 못했다. 군인들은 유리창을 깨고 진입하려고 했으나, 유리창은 방탄유리인지 역시 개머리판으로 쳐도 꿈쩍도 하지 않았다.

그들을 지휘하는 소령은 쓰러져 있던 경호원들의 몸을 뒤지기 시작했다. 그들의 안주머니에서 출입 카드가 발견되었다. 그는 카드를 가져다 문 옆에 있는 인터폰 옆의 센서에 대어 보았다. 문은 열리지 않고 "오늘의 비밀번호를 함께 입력하십시오."라는 음성만 반복해서 들렸다. 공기통의 압력 게이지는 점점 내려가는데, 군인들은 도무지 어떻게 해야 문을 열 수 있을지 알아내지 못했다.

사령관은 군인들의 헬멧에 붙어 있는 카메라를 통해 상황을 보고 있다가 옆에 있던 부관에게 "전직 경호실 직원을 찾아봐. 문을 여는 방법을 찾아야 할 것 아니야?" 하고 말했다.

"네, 알아보겠습니다." 부관이 대답했다.

현장에서 소령은 마스크를 벗고 코를 막은 채 "바로 열리는 마스터 카드 같은 건 없는지 알아봐 주십시오." 하고 무전기에 소리쳤다. 그리고는 "우선 경호실장을 찾아보자." 하고 외치고 마스크를 썼다.

군인들은 흩어져 영빈관 건물과 경호동 건물의 유리창을 깨고 들어가 쓰러진 지 오래된 경호원들의 몸을 뒤지기 시작했다. 경호실장의 마스터 카드를 찾기 위해 모두가 노력했으나, 시간은 점점 흘러가고, 경호실장은 어디서도 발견되지 않았다.

소령은 다시 마스크를 벗고 "총기 사용을 허락해주십시오." 하고 무전기에 소리쳤다.

"VIP가 건물 내에 계신다. 파편조차도 튀어선 안 된다. 총기와 수류탄 사용이 모두 불가하다." 사령관이 대답했다.

결국 그들은 건물 옥상으로 갈고리가 붙은 밧줄을 던졌다. 그리고 그 밧줄을 잡고, 외벽을 올라가 건물 안으로 진입하려 했다. 두어 번의 실패 끝에 한 명의 군인이 갈고리를 제대로 고정시켰고, 이것을 타고 올라가기 시작했다. 대통령의 숙소는 1층보다는 뒤로 물러서 있는 2층에 있었다.

공기통의 공기가 거의 다 떨어져 갈 무렵, 1층의 지붕으로 올라간 군인들은 방탄유리창을 통해 대통령이 잠자듯이 침대에 누워있는 것만을 확인할 수 있었다. 유리창을 아무리 두드리고, 마스크를 벗고 소리를 질러도 그는 깨어나지 않았다.

"교수님 여기 현장화면 좀 봐주세요." 사령관이 옆에 있던 A에게 부탁했다.

"저 속에 보이는 분이 대통령이십니다. 어떤 것 같습니까?"

"이렇게 흔들리는 화면만으로 판단할 수는 없을 것 같습니다."

"그래도 의사시니까 보면 아실 것 아닙니까?"

"글쎄요. 현장에서 검진하지 않고서는 판단하기 어렵지요. 그리고 제가 판단할 문제는 아닌 것 같은데요."

"책임은 제가 집니다. 그냥 지금 보시는 상태로 의견을 말해주십시오."

"일견 보기에는 아무 미동도 없는 것 같기는 하네요."

"그렇지요?"

"사령관님 공기통이 점점 비어간다는 보고입니다." 모니터를 보고 있는 사령관에게 통신병이 말했다.

사령관은 한숨을 쉬며 이야기했다. "좀 기다려봐."

"공기가 떨어지기 전이라도 소방관용 마스크는 고무 부분으로 마취제가 녹아 들어갈 수 있습니다." A가 말했다.

"어쩔 수 없지. 모두 철수하라고 해." 사령관이 말했다.

철수 명령에 그들은 이미 뜰에 내려와 있던 헬리콥터에 서둘러 올라탔다. 헬리콥터는 먼지를 일으키며 최대한 고공으로 날아올랐다.

P의 집은 S시 내의 남동쪽에 있는 유명한 초고층 주상복합아파트 75층이었다. 어제 공장에서 밤늦게까지 직원들을 독려하던 그는 늦잠을 자다 이제야 일어났다. 맑은 가을날이라면 비가 온 뒤 가끔 강 건너편의 북쪽 산들까지 보이는 고층이었지만, 오늘은 안개 때문에 거실의 대형 유리창을 통해 보아도 아무것도 보이는 게 없었다.

그는 신문을 찾았으나 거실 탁자에는 신문이 올려져 있지 않았다. 그는 자는 아내를 크게 불러 왜 신문이 없느냐고 소리를 치려다가 입을 다물었다. '참, 일요일이었지? 아주머니도 외출했을 테고.'

그는 에스프레소 머신에 작은 커피 잔을 놓고 단추를 눌렀다. 에스프레소를 한 모금 마시며, 그는 경제 주간지를 폈다. 그는 최근 제약 산업의 경향을 특집 보도한 기사에 실린 자신의 회사에 대한 기사를 다시 한 번 읽어 보다가, 공장장에게 전화를 걸었다. 신호는 가는데 공장장은 전화를 받지 않았다. '밤을 새우고, 지금 자는구면. 이 친구는 한번 눕기만 하면 정신없이 곯아떨어진다니까.' 평소의 잠버릇을 알고 있던 그는 공장장을 더 깨우지 않기로 했다.

대신 그는 건물 2층에 내려가 골프 연습을 하려고, 빈 타석이 있는지 알아보기 위해 인터폰을 했다. 신호는 가는데 받는 사람이 없었다. 다시 인터폰으로 연습장의 번호를 누르고 기다렸으나, 역시 받는 사람이 없었다.

'뭐 이런 녀석들이 다 있어? 지배인에게 이야기해서 손 좀 봐줘야겠군.'

그러나 로비의 프런트 데스크에도 전화가 되지 않았다. '이것 봐라. 일요일이라고 일들을 이렇게 해도 되는 거야? 당장 내려가 봐야지.'

엘리베이터는 260미터가 넘는 높이에서 단 1분 만에 헬스센터가 있는 2층으로 미끄러지듯 내려왔다. 탈 때마다 느끼는 것이지만 귀가 약간 먹먹한 느낌이 든다. 오늘은 어쩐 일인지 내리고 나자 건물 전체에서 이상한 냄새도 나고, 약간의 현기증도 느껴진다.

헬스센터의 가장 안쪽에 있는 골프 연습장으로 가려고 그는 헬스센터 프런트의 문을 열었다. 이게 웬일일까? 직원 유니폼을 입은 두 명의 직원들이 모두 카펫 바닥에 쓰러져 있는 것이 아닌가? P는 심장이 미친 듯이 뛰는 것을 느끼며, 서둘러 다른 사람들을 불러와야겠다고 생각하며 헬스센터 안쪽으로 들어섰다.

그런데 안쪽으로 들어간 그는 오히려 더 크게 놀라고 말았다. 운동을 하러 왔던 모든 사람들이 기구에서 떨어져 쓰러져 있는 게 아닌가? 가까이에 있는 한 사람을 흔들어 깨우려던 P는 '모두 다 죽었구나!' 하며 놀라고는, 건물 밖으로 뛰어나가기 시작했다.

그는 계단을 미처 다 내려가지 못하고 굴러떨어졌다. 그는 머리에 둔한 통증을 느꼈고, 갑자기 한쪽 시야에서 하늘이 보였다. 그러다 서서히 눈앞이 위에서부터 어두워져 왔다. 순간 그는 '이렇게 끝나고 마는 건가?' 하고 생각했다. 그리고 그는 어린 시절 달동네 판잣집에서 양동이에 물을 긷던 기억과 대학 시절 어렵게 아르바이트를 해서 학비를 벌던 기억, 봉급쟁이로 작은 제약회사들을 전전했던 기억, 계략을 꾸며 전 회장을 밀어냈던 이사회의 기억이 TV에서 분할 화면으로 보이듯 동시에 진행되는 것을 볼 수 있었다.

제 7 부

망각/

대통령의 사망 소식이 어떻게 알려졌는지 1층 상황실은 이미 소란스러웠다. 부하들을 지휘하다 A와 함께 2층에서 내려온 사령관은 "대통령 유고 시에 권력 승계 순위상 누가 대통령의 권한을 맡아야 하는지를 이제는 알아봐야 합니다." 하고 이야기했다.

"그게 쉽지 않다는 말이에요. 총리와 국무위원들이 모두 연락이 되지 않는 상황에서 그다음의 순위가 누구인지 누가 아나요?" 부지사의 말에 아무도 대답이 없었다.

"그렇다고 이대로 있을 수 있습니까? 합참의장이 계엄령을 발령하고 대통령직을 승계해야 합니다."라고 사령관이 주장했다.

"아니지요. 함부로 계엄이라니요. 당연히 국가원수직은 국회의장이 맡아야 합니다."라고 국회의원들이 목소리를 높였다.

"그럼, 도대체 국회의장은 어디에 있냐고요?" 사령관이 물었다.

이런 결론 없는 이야기가 오가는 사이에 A는 한쪽에서 C동 지역을 비추는 화면을 또 돌려 보았다. 길에 쓰러진 행인들이 몇 명 보였으나, 살아서 움직이는 것은 전혀 볼 수 없었다. 주차된 차들 사이로 몸을 숨기며 다니던 길고양이들마저도.

그때 방재본부장이 보고했다. "공장에 들어간 새로운 팀에서 연락이 왔습니다."

"그 전 팀들은 어떻게 됐다고 그러나?" 부지사가 되물었다.

"죄송합니다. 전원 사망한 것 같습니다." 방재본부장은 고개를 푹 숙였다.

부지사는 인상을 찌푸리며 "저장 탱크 밸브는 어떻게 되었나?" 하고 물었다.

"같은 회사 제2공장의 기술자를 찾고 있습니다."

"아직도?"

"한 명이 통화는 되었었는데요. 사정을 듣더니 전화를 끊고는 안 받는답니다."

"그런 나쁜 놈이 있나? 경찰이라도 보내서 잡아 오세요."

"네. 일단 2공장 공장장과 저희 직원들이 찾아가 보기로 했습니다." 과장이 대답했다.

"무전기는 제대로 된 것을 찾았는가?"

방재본부장은 다시 머리를 숙이며 말했다. "죄송합니다. 마스크 내장형 무전기가 국내에는 도입되어 있지 않다고 합니다. 아직 그

지역 전화망은 살아 있어서 휴대전화 화상 기능으로 통신하고 있습니다."

"그럼 아직도 손짓 발짓으로 의사소통을 하고 있단 말인가?"

"죄송합니다."

"잘하는구먼, 그 많은 예산은 다 어디다 쓰고, 무전기도 제대로 된 게 없다는 거야?"

"죄송합니다."

"들어간 팀들도 빨리 나오라고 하고, 기술자나 빨리 찾아 준비시켜서 같이 들어가게 해."

이렇게 한 사람은 계속 호통을 치고, 한 사람은 계속 야단을 맞는 중에 A가 입을 열었다. "부지사님, 드릴 말씀이 있는데요. 마취제가 더 이상 유출되지 않는 것이 제일 급한 일이지만, 인력과 장비가 된다면 생존자들을 구해야 하지 않을까요?"

"다 죽었다는데 도대체 누굴 구해요?"

"그렇지 않을 겁니다. 공장에서 멀리 떨어진 지역에서는 마취제의 농도가 옅거나, 마취제를 들이마신 시간이 아직 길지 않아서, 사람들이 쓰러져 있기는 하지만 자발호흡이 남아있을 겁니다."

"자발호흡이요? 좀 쉽게 얘기해보세요."

"스스로 호흡을 하고 있다는 말입니다. 더 이상 깊게 마취가 되지만 않는다면 뇌 손상 없이 다시 깨어날 수 있는 사람들이 분명히 있을 겁니다. 고층 빌딩에 있는 사람들도 하이퍼란의 농도가 높지 않아서, 저지대로 내려오지만 않으면, 구할 수 있고요."

"그럼 어느 범위에서 수색을 해야 합니까?"

"CCTV로 확인해서 사람들이 아직 살아서 움직이고 있는 지역이 있다면 그들을 구출해야 하겠지요."

"그럼 CCTV를 쭉 돌려봅시다."

"일단 각 구별로 대표적인 곳의 CCTV를 살펴보면 어떨까요?" A가 제안했다.

한참 동안 위원회의 사람들은 모니터에 비치는 이 지역, 저 지역을 함께 살펴보았다. 컴퓨터를 조작하던 직원은 "지금까지 보신 곳들이 공장으로부터 반경 5km 이내의 지역입니다. 보신 대로 CCTV에서 어떠한 움직임도 볼 수 없습니다."라고 말했다.

"S시의 끝에서 끝까지가 한 30km가 되니까, 그럼 단순 계산으로도 10퍼센트 이상의 지역은 이미 마취제가 뒤덮었군요. 그럼 대략 100만 명은 의식을 잃은 거네요." A가 말했다.

"네, 100만 명이라고요?" 부지사가 되물었다. 주변의 사람들도 웅성거리기 시작했다.

"대략 천만 명이 산다고 하면 그럴 것 같습니다. 그럼 좀 더 넓혀서 10km 떨어진 곳들을 보여주세요."

직원은 다시 CCTV 화면을 움직이기 시작했다. 시간이 꽤 흘렀다. 어떤 이들은 눈을 깜빡이다 비비기 시작했고, 어떤 사람들은 지쳐서 화면에서 눈을 떼기 시작했다.

그때 "저기 움직이는 사람들이 있습니다." 하고 A가 소리쳤다. 10km쯤 떨어진 지역들이었다. "저 사람들 빨리 대피시켜야 합니다.

그리고 저 지역 근처에는 아직 스스로 숨을 쉬고 있는 사람들이 꽤 있을 겁니다." 그가 말했다.

그때 도의회 의원 한 명이 말했다. "제한된 헬리콥터와 인력을 이용해서 국가 전산망센터 같은 주요 기간 시설의 화재를 먼저 진압해야 하는 것 아닙니까?"

그러자 나머지 의원들도 너도나도 자신이 알고 있는 주요시설의 위치를 떠들며 그렇게 해야 한다고 말했다.

A는 "만약에 재난이 일어난 곳이 자신의 지역구라도 그렇게 말씀하실 겁니까? 제일 중요한 건 사람들의 생명입니다."라고 말했다.

다시 모두 조용해졌다.

"그래요. 그럼 A교수의 말대로 살아있을지도 모르는 시민들의 구조를 먼저 시작합시다. 그리고 어차피 사람을 태울 수 없는 살수 헬리콥터는 화재 진압에 사용하도록 하지요." 부지사가 결론을 내었다.

"헬리콥터를 더 모아 올 수 있는지, 나머지 지자체들에도 협조를 구하면 어떨까요?" 방재본부장이 제안했다.

도청 직원들은 여기저기에 전화를 걸었다. 그렇게 해서 취합한 결과, 소방용 헬리콥터 이외에 경찰용, 의료용 헬리콥터에 민간용 헬리콥터까지 합해도 동원할 수 있는 헬리콥터가 전국에 고작 100대가 되지 않았다. 결국 그들은 접경지역을 제외한 군부대에서 운용 중인 헬리콥터까지 모두 동원하기로 결정했다.

　A는 조용히 건물 밖으로 나왔다. 그는 자판기에서 커피를 빼내어 들고 잔디밭을 건너 벤치로 갔다. 이런 대재난 상황에서 고작 자판기 커피로밖에 마음을 진정시킬 수 없다는 사실이 한심하게 느껴졌지만, 달달한 커피가 입안으로 흘러들자 마음이 약간이나마 가라앉았다.

　그는 아내에게 전화를 했다.

　"애들은 아무 일 없지?"

　"네, 당신도 괜찮아요? 그런데 어디에요?"

　"응, 아직 도청이야. 급하게 나오느라고 설명도 못했네. 사고는 하이퍼란 공장에서 난 게 맞았어. 비상대책위원회에 마취제에 대해 자문을 해주고 있느라 전화 못했고. 일단 집 밖으로는 나오지 마.

애들도 밖에 나가지 말라고 하고."

"무서워 죽겠어요. TV에서 S시 안쪽의 CCTV 화면을 계속 보여주고 있어요. 사람들이 쓰러져 있고."

"마취제 공장에서 용접작업을 하다가 폭발이 일어나서 마취제가 유출됐어. 그 증기 때문에 사람들이 쓰러졌고."

"여기는 괜찮은 거예요?"

"응, 도시 밖으로 마취제 증기가 흘러나오지는 않은 것 같아. 지금은 어디로 대피하는 것보다 그대로 집 안에 있는 편이 나아." 그렇게 말하면서도 A는 확신이 서지는 않았다. 그의 집은 S시 밖에 있었지만, 도시를 관통하는 강이 들어가고, 나오는 지역에는 분명히 하이퍼란의 증기가 흘러나오고 있을 터였다.

"형님네는 괜찮을까요? 통화가 계속 안 돼요."

도시 안에 사는 누나네 식구들이 어찌 되었을지에 다시 생각이 미치자, 또다시 불안감이 밀려들었다.

"그래 내가 전화를 또 해볼게. 일단 흩어지지 말고 모두 집에 있어. 알았지?"

"그래요. 조심해요."

전화를 끊자마자, 그는 다시 누나에게 전화를 했다. 누나도 자형도, 조카도 전화에 전혀 응답이 없었다. '그렇다고 찾아 S시로 들어갈 수도 없고, 어쩌지?'

지금 이 순간에도 누나와 자형, 조카의 혈중에 하이퍼란이 농축되고, 근육이 마비되고 있을지 모른다는 생각을 하니 입이 바짝

말랐다.

'천만 시민을 구하려고 노력들을 하는데 내 가족만 찾아달라고 할 수도 없고.' 그는 다시 커피 한 모금을 마셨다.

'아니야, 아니야. 그렇다고 가족들까지 또 마취약에 희생시킬 순 없어. 상황을 보다가 따로 부탁을 해봐야지.'

병원의 동료들과 부서 직원들에게도 전화를 해보려고 했으나 또다시 위원회에서 그를 찾았다. 그는 다시 건물 안으로 들어갔다.

"A교수님 마침 들어오셨군요. 이쪽으로 와서 인사하시지요." 본부장이 한 사람을 A에게 소개하였다.

"안녕하세요? 처음 뵙겠습니다. A라고 합니다."

"처음 뵙겠습니다. E라고 합니다. 지구과학과 교수입니다."

"아, 그럼 대기에 대해서도 전문이시겠군요?"

"전문이라기보다는 그쪽으로 연구를 좀 한 편입니다."

"지금 위원회에서는 구조 헬리콥터들이 본격적으로 S시로 진입하기 전에 도대체 하이퍼란이 어느 높이까지 차 있는지를 추정해주시기를 원하고 있습니다. 그래서 두 분을 함께 모셨고요."

"우선 이쪽으로 앉으시지요." 방재본부장은 회의실 한쪽에 있는 컴퓨터 책상 앞으로 의자를 하나 더 끌어다 놓으며 말했다.

E교수는 "어떤 물질이 대기 중에 어느 정도 높이까지 축적되는지는 여러 가지 변수에 의해 결정됩니다. 우선 그 물질의 비중과 유출량, 유출 시간, 분압, 그리고 그 지역의 지형과 대기의 체적, 바람의

영향, 온도와 수증기량 등이 모두 고려되어야 하죠."라고 말했다.

"복잡하군요." A는 고개를 갸우뚱했다.

"그리고 우리 몸속에 들어와서 영향을 미치는 농도와 분압을 계산해봐야겠지요. 그건 아마도 A교수님께서 판단해주셔야 하고요."

"대강의 높이라도 알아낼 수 있는 방법은 없을까요?" 방재본부장이 물었다.

"그럼 정확한 데이터가 없는 변수들은 어쩔 수 없이 대강 추정치를 넣어서 높이에 따른 농도를 계산해 보지요." E는 이렇게 대답하고 계산을 하기 시작했다.

한참 후 그는 화면에 그래프를 띄워서 보여주었다.

"봄철의 스모그와 정체된 공기의 상태에 비추어 볼 때 이 정도까지는 마취약이 고농도로 축적되어 있을 겁니다." 그는 볼펜으로 그래프를 짚으며 설명했다.

그러자 A는 "잠시만요. 교수님이 추정한 그래프에서 사람이 흡입해서 정신을 잃게 되는 농도의 높이를 추정해보면 공장으로부터 반경 10km 이내에서는 지상 200미터 정도일 것 같은데요."

"10km라면 S시 주요지역이 대부분 포함되겠는데요?" 방재본부장이 지도를 보며 말했다.

"그렇지요. 아무튼 헬리콥터를 이용하더라도 200미터 이내로 내려올 때는 위험할 겁니다." A가 대답했다.

"두 분 다 수고들 하셨습니다. 그럼 수색할 때는 200미터 이상의 고도를 유지하라고 해야겠군요." 옆에 있던 방재본부장이 말했다.

그는 곧 부하들에게도 그 내용을 전하라고 지시했다.

방재본부장이 부하들에게 지시를 마치자 A는 목소리를 낮추어 "국장님 혹시 C동 근처로 가는 헬리콥터가 있다면 그 지역의 상황 좀 저에게 먼저 알려주시면 안 될까요? 부탁드리겠습니다."

"그러지요. 누님 때문이군요? 이야기 들었습니다."

"죄송합니다."

"아닙니다. 현장 상황이 들어오기 시작하면 말씀드리겠습니다. 우선 기다려 보시죠."

"네, 죄송합니다." A는 거듭 죄송하다는 말을 반복했다. 그는 차마 H아파트로 먼저 가 봐달라고는 하지 못했다.

위원회는 연락이 닿는 모든 기업 총수들에게 부탁해서 그들이 타는 전용 헬리콥터까지 불러 모았다. 한 대에 몇 백억씩 한다는 헬리콥터들이 S시에서 가장 가까운 공군 비행장에 하나둘 모여들었다. 하지만, 문제는 공기통이었다. 구조인력과 헬기는 동원할 수 있었지만, 정작 충분한 공기통 없이는 구조작업을 지속할 수 없는 거였다.

휴일에 전화를 받는 공기통 회사들이 없을뿐더러, 어찌어찌해서 연락이 되었다 해도 쉬고 있는 직원들을 불러 공기통 창고를 여는 일은 쉽지 않았다. 결국 지방의 소방서 등에서 급하게 모아온 공기통까지 지급받은 군인, 경찰 특수부대, 소방관들은 헬리콥터를 타고 드디어 생존자들을 구하기 위해 S시로 들어갔다.

600미터 고도의 산봉우리를 우회해서 남쪽으로부터 S시 안으로 처음 진입한 헬리콥터에서는 "오후가 되어 스모그의 농도가 약간 옅어지기는 했습니다만, 200미터 상공에서 스모그 사이로 내려다보아서는 생존자들을 제대로 살펴보기가 어렵습니다."라고 전해왔다.

"이렇게 봐서는 쓰러져 있는 사람들이 마취가 되어서 안 움직이는 것인지, 아니면 아예 죽었는지를 구분하기는 사실상 불가능합니다. 그렇다고 일일이 내려서 보이는 사람마다 코에다 귀를 대고 숨을 쉬는지 들어볼 수도 없습니다." 다른 헬리콥터에서도 비슷한 보고가 들어왔다.

"알겠다. 절대로 200미터 이하로 내려가지 말라. 당분간 상공 200미터 이상의 고도에서 대기하라." 방재본부장이 말했다.

"어쩌지요? 교수님 어떻게 생각하세요?" 부지사가 물었다.

"일단은 헬리콥터 소리를 듣고 구조를 요청하는 생존자들이 있는지 흩어져서 둘러보는 것이 좋겠습니다. 공장에서 떨어진, 하이퍼란의 농도가 높지 않은 곳에 의식이 있는 생존자들이 있을 확률이 높겠죠. 그리고 먼 곳에서는 조심스럽게 고도를 좀 낮춰 봐도 될 거고요."

"네. 알겠습니다. 일단 4개 그룹으로 흩어져서 생존자를 수색하도록 한다. 공장을 중심으로 4방향에서 공장에서 먼 거리의 지역부터 수색하여 들어가도록!" 방재본부장이 지시했다.

북쪽으로 이동하던 구조대들은 강 한가운데 있는 하중도의 초고층 아파트에서 수건을 흔들며 구조를 요청하는 사람들을 발견했다. 그러나 초고층 아파트의 창문은 크기도 작고, 겨우 환기를 할 정도밖에 열리지 않는 구조였다. 옥상으로 가는 출입문은 닫혀 있는지 옥상에서 구조를 요청하는 사람들은 보이지 않았다.

어린 남매가 울면서 수건을 흔드는 것을 본 헬리콥터가 초고층 아파트에 접근을 시도했다. 그러나 헬리콥터는 곧 양력을 잃고 추락할 뻔했다. 회전 날개 끝으로 진초록색 유리창들을 와장창 깨뜨리고서 겨우 고도를 회복한 헬리콥터는 건물로부터 떨어져 나왔다.

"초고층 아파트의 주변에는 이상기류가 있을 수 있다. 가까이 접근하다가는 추락한다. 지시가 있기 전까지는 주상복합 건물에 접근하지 말라." 선임 헬리콥터의 기장이 나머지 구조팀들에게 무전으로 이야기했다.

무전을 듣고 있던 방재본부장이 말했다. "초고층 아파트의 주민들이 구조를 요청하는 것으로 보아서는 뉴스를 본 것 같다. 고도가 높아서 아직은 안전하니, 우선 공장으로부터 먼 지역에 집중해서 생존자들을 구조하라."라고 지시했다.

"그럼 OO구 아파트단지 밀집 지역부터 수색을 시작하겠습니다."

한참 뒤 동쪽으로 이동한 다른 헬리콥터에서 보고가 들어왔다. "의식을 잃지 않고 채널 16을 본 사람들은 대부분 차를 타고 이미 외곽도로로 도시를 빠져나간 것 같습니다."

"그런가?" 방재본부장이 말했다.

"아마도 의식이 있는 사람들이 있다면 헬리콥터 소리에 밖으로 나와 볼 겁니다. 포기하지 말라고 해주세요. 한 사람이라도 더 구조해야죠." A는 부지사에게 말했다.

부지사는 고개를 끄덕이며 "집집마다 방문할 상황은 아니니, 헬리콥터 소리를 듣고 구조를 요청하는 사람들이 발견되면 구조하라고 합시다." 하고 명령했다.

"알겠습니다. 그럼 조금 더 고도를 낮춰도 되겠습니까?" 방재본부장이 물었다.

"어떻게 하라고 할까요?" 부지사가 다시 A에게 물었다.

"고도를 천천히, 100미터까지는 낮춰 봐도 될 것 같습니다."

"천천히 100까지는 낮춰보라."

"네, 알겠습니다."

헬리콥터가 고도를 낮춰 계속 선회하자 A의 말처럼 밖으로 나와 구조를 요청하는 사람들이 발견되었다. 살아 움직이는 사람들이 발견될 때마다 쓰러진 허수아비 같은 시신들이 여기저기 널려 있는 길에 시신들을 피해 헬리콥터를 착륙시키고 구조대는 서둘러 그들을 헬리콥터에 태웠다.

"구조한 시민들을 어디로 이동시킬까요?" 헬리콥터 기장들이 물었다.

"음. 우선 도립 공설 운동장으로 이동시켜라. 착륙하기에도 거기가 좋을 것 같다." 방재본부장은 재작년 수해 때를 떠올리며 대답했다. 그리고 과장에게 말했다. "자네들은 거기 준비 좀 시키게. 텐트들도 쳐야 할 테고."

헬리콥터가 다시 고도를 높여 공장에 가까운 지역으로 접근하자, 구조대들은 스모그 사이로 도시의 이곳저곳에서 치솟는 불길과

연기를 볼 수 있었다. 불이 난 집에서는 아마도 일요일 새벽 주부들이 이른 아침식사를 준비했을 거였다. 간혹 길가에 멈춰 서 있는 자동차들 중에도 불길에 그을리거나 폭발한 차들이 눈에 뜨였다. 그나마도 다행히 바람이 없어서 불길이 산불처럼 번져나가지는 않고 있었다.

도시를 가로지르며 흐르는 강에서는 소방 헬리콥터가 엄청난 물보라를 일으키면서 강물을 퍼 담고 있었다. 일으킨 물보라에 비해서 빨간색 수통에 담기는 물의 양은 그리 많지 않았다.

"이미 폭발한 주유소들은 그냥 둘 수밖에 없을 것 같습니다."

"그냥 두도록 하라. 어차피 기름에 붙은 불은 물로는 끌 수 없다."
물을 담아 올 수 있는 소방 헬리콥터의 수는 많지 않아서 통신 중계소, 국가 전산망 센터, 대규모 가스 저장소 같은 주요 기간시설들 주변으로 화재가 더 번지지 않게 할 수 있을 뿐이었다.

결국 일반 헬리콥터에 있던 소방관들은 답답함을 참지 못하고 땅에 내려 소화전을 찾아 불을 끄기 시작했다. 하지만 얼마 지나지 않아서 여기저기에서 소방관들이 쓰러졌다.

방재본부장은 "마스크 때문이다. 쓰러진 인원들을 어서 부축하여 헬리콥터로 후송하라. 그리고 땅에 내려서 하는 진화 작업을 중단하라."라고 지시했다. 그러자 현장에서는 "지금이라도 진화를 해야 도시 전체가 파괴되지 않습니다. 게다가 아직 시신조차 수습하지 못한 상황에서 불길을 방치하면, 시신마저 찾지 못하는 가족들이 생깁니다."라는 무선이 전해왔다.

"공기통을 계속 교체해도 자네들이 쓰고 간 마스크로는 하이퍼란을 오래 막을 수 없다는 사실을 모르는가?"

"알고 있습니다. 두 팀이 짝을 이뤄 헬리콥터를 타고 들어가고, 한 팀의 소방관들이 작업하는 것을 공중이나 고지대에서 보고 있다가, 동작이 느려지는 것 같으면, 바로 두 번째 팀이 착륙하여 교대하는 식으로 진행하겠습니다."

목숨을 걸어야 하는 상황인데도 들어가서 불을 끄겠다는 소방관들의 용기에 위원회에 있던 모두가 놀랐다.

"알았다. 모두 건투를 빈다." 방재본부장이 무전으로 답했다.

구조와 진화가 한창 계속되고 있을 때 부지사는 메인 홀 한쪽으로 비서관을 불렀다. 그리고 그는 "헌법에 대해 정통한 판사를 빨리 찾아보라니까?"라고 채근했다.

비상대책위원회에서 의사 결정을 하던 부지사는 도지사가 없었기에 보고를 받는 대로 거기에 대응해서 그때그때 지시를 내렸다. 공장에 처음 보낸 팀이 연락 두절이 되고 결국 사망한 것으로 드러나고도 그는 한참 계속 지휘를 했었다. 그러다 본격적으로 구조 작업이 시작되자, 어느 순간 그는 문득 자신이 내리는 모든 명령에 대해 사태가 지난 후에 책임을 져야 하리란 생각을 하게 되었다.

비서관은 지방법원에 직접 가서 비상연락망을 받아 전화를 걸어 결국 판사를 한 명 데리고 왔다.

부지사는 자신의 사무실로 들어온 판사에게 말했다. "이쪽으로 앉으시지요. 미안하지만 먼저 신분증 좀 보여주십시오."

"네?"

"판사 신분증이 있을 것 아닙니까? 국가의 통치권에 관한 문제라."

"네." 그는 뒷주머니에서 지갑을 꺼내 그 속에서 신분증을 꺼내 부지사에게 보여주었다.

"상황은 설명 들으셨지요?"

"네. 다시 말씀드리지만, 대통령 유고 시에는 합참의장도 국회의 장도 아닌 국무총리, 경제부총리의 순서로 승계해야 합니다. 계엄령에 대한 판단도 역시 최고 통치권자의 고유 권한으로 합참의장이 결정할 사안이 아닙니다."

"정확합니까? 국무총리와 경제 부총리도 다 S시 안에서 사망하신 것 같습니다. 이럴 때는 어떡합니까?"

"그러면 교육부총리가 권력을 승계하지요."

"교육부총리요?"

"네, 헌법에 정해진 바로는 그렇습니다."

"알겠습니다." 부지사는 고개를 끄덕였다. 그리고는 비서관에게 말했다. "그럼 어떻든 다시 교육부총리에게 연락을 해봐."

드디어 교육부총리에게 연락이 닿았다. 지방에서 열린 회의에 참석하느라고 S시 밖에 있던 그는 운 좋게 화를 면했다. 부총리는 헬리콥터를 타고 도청으로 오게 되었고, 누군가가 가져다준 회색의 작업복 점퍼를 입었다.

"TV에서 상황을 보긴 했지만, 이런 상황인 줄은 몰랐습니다."

"혹시 부총리님의 가족들은?" 부지사가 조심스럽게 물었다.

"아들 내외는 박사학위를 따느라 E국에 있어요. 집사람은 저와 함께 있었지요. 물론 S시 안에 사는 친척들은 연락이 끊겼고."

"그러셨군요."

"저밖에 연락이 안 되었나요?"

"네. 현재 국무총리와 경제부총리 모두 연락이 되지 않고 있습니다. 부총리님께서 이제라도 전화를 받아주셔서 다행입니다." 부지사가 대답했다.

"그렇군요. 모르는 번호는 안 받는 습관이 있어서 그랬습니다. 저는 평생을 교단에 몸담았던 교사 출신입니다. 재난 상황에 대해서는 경험도 지식도 없지만, 대통령, 부총리가 계시지 않으므로 헌법에 따라 제가 이제부터 의사결정을 맡겠습니다. 많이 도와주십시오."라고 그가 말했다. 그 순간 부지사는 자기도 모르게 한숨을 내쉬었다.

"상황이 이렇다면, 국가 재난사태에 대해 정식 기자회견을 먼저 해야겠군요. 우선은 기존의 도청 비상대책위원회가 국가 재난대책위원회의 역할을 맡도록 합시다. 그리고 부지사는 그동안의 피해 상황을 모두 모아서 간추려보세요. 현재 어느 정도의 면적이 하이퍼란에 뒤덮였다고 추정합니까?"

"현재 CCTV 화면에 보이는 바로는 수도 전체의 75퍼센트 지역이 고농도의 마취제에 점령되었습니다." 부지사는 자신도 모르게 점령이라는 단어를 썼다.

"이런 대재난이 어디 있나요? 그럼 인구로 약 750만 명이 쓰러졌다는 말이군요."

"네. 죄송하지만 그렇습니다."

"750만 명이라……."

"그리고 지금도 마취제가 농축되는 면적이 점점 넓어지고 있습니다. 하이퍼란 유출을 막는 일이 급선무입니다."

"마취약 유출을 막으러 사람들이 들어갔나요?"

"네, 지금까지 두 팀이 들어갔었지만, 공장의 자동화 시스템을 조작하지 못해서 실패하고, 같은 회사 제2공장의 기술자를 찾고 있는 중입니다."

"방송을 이용해서라도 기술자를 서둘러 찾아주세요. 이러다간 1,000만 시민이 모두 쓰러지겠군요. 사망자들은 어느 정도로 추산하나요?" 하고 다시 부총리가 물었다. 아무도 대답하지 못했다.

"적어도 몇백만 명이 될 텐데. 이 날씨에 그 시신들이 부패하기 시작한다면?" 부총리가 뒤로 약간 벗겨진 이마를 쓰다듬으며 말했다.

"네. 시신 수습만도 엄청난 일일 것 같습니다." 부지사가 말했다.

"포기하기엔 이릅니다. 아직 호흡근 마비가 생기지 않은 사람들이 생각보다 많이 있을 겁니다."라고 A가 말했다.

"그렇군요. 위원님은 혹시 의사십니까?" 갑자기 끼어든 A를 보며 부총리가 말했다.

"네, 그렇습니다. S대 병원 마취과 교수입니다."

"아직 사망하지 않은 시민들이 많을 거라는 의견이군요?"

"그렇게 생각합니다."

"알겠습니다. 구조를 위해 다들 애써주세요. 기자회견은 어떤 방송국을 통해서 할 수 있지요?" 하고 부총리가 물었다.

"네, 수도권에 남은 유일한 방송인 채널 16에 기자회견을 하겠다고 통보하겠습니다." 도청 홍보수석이 대답했다.

"그럼 시간은 저녁 시간으로 정하세요. 제대로 사태를 파악하는데 시간이 걸릴 거니까. 그리고 군의 경비태세도 격상시킵시다. 국방장관은 연락이 안 되나요?"

"네, 사태가 터지고 나서 계속 연락을 취해보는데요. 전혀 대답이 없습니다. 장관 사저에도 안 계셨던 걸로 파악되고 있습니다." 수도방위군 사령관이 말했다.

"그래요? 그럼 지금까지 사실상 군대의 최고 통수권자가 누구인지 모르는 상황이었군요."

다시 아무도 대답이 없었다.

"채널 16과 함께 지방 방송국들도 연락을 받고 출발한다고 연락이 왔습니다." 과장이 보고했다.

"기자회견은 오후 7시로 잡는 게 어떨까요?" 부지사가 부총리에게 물었다.

"그때까지면 상황 정리가 되겠습니까?" 부총리는 주위를 둘러보며 말했다. 사람들은 서로의 얼굴을 쳐다볼 뿐이었다.

"국민들의 혼란을 생각하면 마냥 이렇게만 있을 수는 없습니다. 상황 설명을 하고 최소한의 행동 요령은 발표를 해야지요."라고 부총리가 말하자,

"다 같이 해봅시다."라고 부지사가 말했다.

각 분야를 대표하는 위원들과 공무원들은 의견을 모아 대국민 기자회견에서 발표해야 할 부분과 그렇지 않은 부분에 대해 토론했다. 현재 상황을 정리하는 데에는 이견이 없었다. 하지만 전문가들은 국민들에게 최대한의 정보를 주어야 한다고 생각했고, 공무원들은 국민 혼란을 막기 위해서는 모든 진실을 알리는 것이 오히려 독이 될 수 있다고 주장했다.

A는 "S시를 둘러싼 산들 사이의 골짜기나 S시를 가로질러 흐르는 강의 상류와 하류 쪽은 하이퍼란이 유출될 수 있으므로 이 지역에도 주민 소개령을 내려야 합니다. 이미 이상한 냄새가 난다는 신고도 들어왔지 않습니까?"라고 주장했다.

"안됩니다. 그렇게 하면 그 지역뿐만 아니라 다른 지역의 주민들까지 동요를 일으켜 치안 유지가 불가능하게 될지도 모른다는 말씀입니다."라고 과장과 사령관, 경찰국장이 맞받았다.

약속된 기자회견이 시작되기 30분 전까지도 의견이 분분했다. 회의를 지켜보던 부총리는 그 부분에 대한 것을 빼고 발표할 내용을 정리하라고 지시했다.

시간이 되자 교육부총리는 자신을 국가 재난대책위원회 위원장

으로 소개하고 기자회견을 시작했다. "국민 여러분, 이미 방송을 통해 알고 계신 대로 현재 우리나라의 수도는 비상사태에 처해있습니다. 수도의 남서부에 위치한 구 공단 지역의 P사 제약공장에서 용접 불꽃에 의한 폭발사고로 인해 전신흡입마취제가 다량 유출되었습니다. 그 결과로 전신흡입마취제가 S시 대부분의 지역으로 퍼져, 다수의 시민들이 의식을 잃고, 그중 일부는 사망하였을 것으로 추정하고 있습니다. 현재 소방당국이 더 이상의 유출을 막기 위한 작업을 진행 중이며 조속한 시일 내에 해결되리라고 생각합니다. 그리고 제한된 인원이지만, 헬리콥터를 이용한 수색으로 생존자들을 안전지대로 후송하고 있습니다. 지금 이 방송을 보시는 시민 여러분께서는 가급적 고지대로 이동하시고, S시로 진입하시려는 국민들께서는 추가적인 지시가 있을 때까지는 자제해주시기를 당부드립니다."

여기까지 준비된 원고를 차분히 읽은 교육부총리는 고개를 들어 시선을 카메라로 두고는 원고 없이 차분히 말을 이어갔다.

"아직까지는 둘러싸고 있는 산들 때문에 S시 외곽으로는 인체에 영향을 끼칠 만큼 고농도의 마취제가 퍼졌다는 증거는 없습니다. 강 하구에서 이상한 냄새가 난다는 보고는 있었지만 아직 가축에서조차 이상 증상이 나타난 곳은 없습니다. 따라서 도민 여러분께서는 아직 대피할 필요는 없으며, 다만 평소에 맡아 보지 못한 이상한 냄새가 느껴진다면, 소방당국으로 반드시 연락을 취해주시면 감사하겠습니다. 마지막으로 이와 같은 국가 재난 상황에 국민 모두가 침착하게 그리고 의연하게 대처해주실 것을 부탁드리며 우리는 결국 이 재난을 극복해낼 지혜와 용기를 가지고 있다고 믿습니다. 감사합니다."

짧은 기자 회견이 끝나자 기자들이 질문을 던졌으나 교육부총리는 추가로 전해드릴 내용이 생기는 대로 다시 브리핑할 거라며 단상을 내려왔다.

위원회 사람들 모두 부총리의 회견은 적절했다고 생각했다. 하지만 그 누구도 도시 외부로 마취제가 새어나가지 않을 것이라고는 장담할 수 없었다.

밤이 되었다. 소방 헬리콥터들은 화재 진압을 계속했지만, 서치라 이트가 없는 헬리콥터들은 수색, 구조작업을 계속하지 못했다. A 는 소방관들에게 조언을 하며, 계속 누나네 동네의 CCTV를 들여다 보며 상황실에서 밤을 새우다시피 했다.

날이 밝았지만 또다시 S시 상공에는 기온역전층이 생겨나고 짙은 스모그는 당연한 듯 자신의 지상권을 주장하고 있었다. 남아 있는 유일한 공중파 방송국인 채널 16에서는 또 하루의 시작을 알렸다. 보도하는 내용은 밤새 이야기했던 내용의 재탕이었다.

"비상대책위원회는 방송을 보시는 수도 내의 시민들께, 공단으로 부터 멀어지는 방향으로 S시를 벗어나 대피하시기를 권고하고 있습 니다. 만약 고지대에 계신다면 절대로 저지대로 내려오지 마십시오.

또한 고층 빌딩이나 고층 아파트에서 아직 의식을 잃지 않은 시민들도 엘리베이터를 타고 내려와서는 안 됩니다. 마취제에 의해 바로 의식을 잃게 됩니다."

방송은 이렇게 공기 중으로 전파되었지만, 얼마나 많은 사람들이 이미 돌아오지 않는 가족을 데리러 가다가, 또는 잠에서 깨지 않는 친척들을 깨우러 가다가 하이퍼란 속으로 빠져 들어갔는지는 알 수 없었다.

위원회의 결정에 따라 S시 밖에 거주하는 시민들은 수도로 진입하지 못하도록 결정되었고, 경찰들은 S시로 진입하는 도로마다 바리케이드를 쳤다.

"가족을, 친척들을 구하려고 S시에 들어가는 것은 자살행위나 다름없습니다. 현재 수도 내의 대기에는 고농도의 마취약이 포화되어 있고, 공장에서는 약이 아직도 계속 유출되고 있습니다. 다시 한 번 말씀드립니다. 수도 내로는 진입하지 마십시오." 이 멘트는 방송을 통해 반복해서 전해졌다.

그러나 어제의 기자회견을 본 사람들은 가족을 구하러 먼 지방에서부터 S시로 몰려들고 있었다. 각 고속도로의 바리케이드 앞은 제지하는 경찰들과 진입하겠다는 차들이 뒤섞여 점점 아수라장이 되어갔고, 연쇄적으로 길이 얼마나 막혔는지, 꽤 멀리 떨어진 거리에 있는 지역에서도 주요 간선도로에서는 사람들이 영문도 모른 채 길이 뚫리기를 기다릴 수밖에 없었다. 뒤늦게 그들은 정체의 원인이 S시로 가는 도로의 봉쇄 때문이라는 사실을 알고, 차를 돌리려고 했으나, 이미 좌우로 또 뒤쪽으로도 많은 차들이 서 있어서 쉽지 않았다.

구릉으로 이어지는 왕복 8차선의 1번 고속도로를 봉쇄한 경찰들은 경찰차 지붕에 붙은 스피커로 사람들을 계속 설득하고 있었다. 마스크를 벗고 경찰관이 마이크에 대고 말했다. "고개 너머에는 이미 마취약이 농축되어 있습니다. 이곳도 언제 마취 가스가 넘어올지 모릅니다. 여러분들이 희생되면 정말로 가족들을 구할 기회 자체가 없어집니다. 제발 돌아가 주십시오."

바리케이드 앞에서 경찰의 설명을 듣고 겨우 마음을 돌린 차들은 차를 돌리려고 했으나, 중앙분리대가 있어서 차를 돌릴 수 없었다. 경찰이 중앙분리대를 뜯어내려고 했으나 그 역시 쉽지 않았다.

결국 사람들은 차를 두고 걸어 나오기 시작했다. 얼굴에 방한용 흰색 마스크를 쓰거나 수건을 두르고 있는 사람들도 있었다. 왔던 길을 되돌아 내려가는 사람들도 있었지만, 그중 일부는 고집스럽게 S시를 향해 걸어 들어갔다.

모니터를 보고 있던 A에게 방재본부장이 다가와 말했다. "늦게 말씀드려서 미안합니다. C동 역시 생존자는 없어 보인다는 보고가 들어왔습니다."

"그랬군요." A는 일어서며 짧게 대답했다.

"죄송합니다."

"아닙니다. 어쩔 수 없지요."

그는 한숨을 두어 번 내쉬다 건물 밖으로 나왔다. 도청 본관 앞이 울음소리로 시끄러웠다. '가족들의 생사를 알 수 없는 사람들이 도청으로 몰려든 것이구나. 언제 이렇게 많은 이들이 모여들었지?'

이미 본관 앞 넓은 잔디밭의 절반 이상을 사람들이 차지하고 있었다. 책임자 나오라는 사람, 바닥에 쓰러져 울부짖는 사람들로 잔디밭은 아수라장이 되어가고 있었다. 가족을 잃은 사람들의 모습은 언제나 비슷했다. 그 모습에 A는 또다시 사고가 났던 그날의 기억을 떠올릴 수밖에 없었다.

사실 책임을 져야 할 모든 사람들은 S시에서 깨어나지 못하고 잠이 든 상황이었다. 도청 대변인은 잔디밭으로 나와 마이크를 잡고 사람들을 진정시켜보려고 했다. 흥분한 사람들은 막무가내였다.

"지금 내 아내와 아이들이 S시에 있다고요. 데리러 가지도 못하게 하면 그들은 모두 그냥 죽으라는 건가요? 당신 가족들이면 이렇게 그냥 있겠어요?" 40대 정도로 보이는 남자가 소리를 질렀다. 아마도 S시에 집이 있고, 직장이 외곽 지역에 있는 가장인 듯했다.

"자, 여러분의 심정은 이해합니다. 그러나 일단 진정해주세요. 지금 S시로 들어가면 역시 하이퍼란에 마취되어 의식을 잃게 됩니다. 안타까운 마음은 이해하지만 우선은 재난대책위원회의 결정에 따라주셔야 합니다."

"그럼 도대체 언제 사람들을 구하러 갑니까?" 사람들의 무리 중에서 다시 이런 질문이 튀어나왔다.

"먼저 하이퍼란 공장에서 마취약 원액이 더 이상 누출되지 않게 되면, 본격적으로 생존자에 대한 육상 수색과 구조를 시작할 계획입니다."

"지금 구하러 가면 안 돼요? 뭐 방독면 같은 것을 쓰고 말이에요. 저희 어머니 아버지 오빠가 모두 다 S시 안에 있어요. 전화도 안 되고요." 앞줄에 있던 젊은 학생이 말했다.

"방독면은 도움이 안 됩니다. 마취 전문의에 의하면 소방관용 마스크도 얼마 후에는 고무로 된 부분을 통해 마취약이 스며든다고 합니다. 그래서 소방관들이 공기통을 메고 들어가는 것도 한계가 있는 상황입니다."

그제야 큰 목소리들은 조금 수그러들었다. 하지만 여기저기서 흐느끼는 소리와 함께 "왜 하필 그날 시내로 들어가서…….", "도대체 정부는 뭘 하고 있었기에 이런 일이" 하는 소리가 들렸고, 드디어는 "하느님은 왜 아무 죄도 없는 내 새끼들을?" 하고 신을 원망하고 심지어 저주하는 소리까지 새어 나왔다. A는 조용히 고개를 떨어뜨리고 다시 상황실로 들어갔다.

어제까지도 B는 차라리 고통 없이 하이퍼란에 마취된 상태에서 떠나가는 것이 S를 위해 좋은 일이 아닐까 하고 생각했었다. 사실 최근까지도 S의 동생을 만나 이제 그만 누나를 보내주는 게 어떠냐고 진지하게 말했었다. 특히 그녀의 일기장에서 그녀의 속마음을 알게 된 후로는 그렇게도 끝내고 싶어 했던 악몽을 이런 식으로 계속되게 놔둘 수는 없었다.

하지만 오늘 그는 스쿠버다이빙 장비 매장으로 차를 몰며 생각했다. '아직은 보낼 준비가 안 된 거였어. 동생뿐 아니라 나도.' 그는 인터넷을 검색해서 전화까지 걸어 확인한 매장을 찾아왔다. 그는 가게 앞 주차장에 트렁크 쪽을 출입문 쪽으로 해서 차를 대고 매장으로 들어가 공기통 4개와 호흡기 4개를 샀다. 매장에 공기통은 더 있었지만, 돌아올 때 S를 태울 공간을 생각해보니 그 이상의 공기통을 실을 수는 없었다.

그는 싱크로나이즈드 스위밍 선수들이 쓴다는 코집게 2개를 와이셔츠 포켓에 챙기고 A에게 전화를 걸었다. "교수님 접니다. 무사하셨네요?"

"아 그래요. 무사했군요." A는 전화를 받으며 복도로 나왔다.

"네, 주말이라 오랜만에 어머니 집에 내려와 있었습니다."

"다행이었네요."

"또 뭐 좀 여쭤보려고 전화 드렸습니다."

"이야기해보세요."

"지금 스쿠버다이빙할 때 쓰는 공기통을 가지고, S를 구하러 들어가려고 합니다."

"뭐라고요? 그건 아주 위험합니다. 저의 누나도 아직 S시 안에 있거든요. 제 맘도 똑같습니다. 안타깝지만 그런 식으로 들어가는 건 자살행위나 다름없어요."

"교수님 아무리 생각해봐도 저는 S를 포기할 수가 없습니다."

"설사 병원까지 간다 하더라도 혼자서는 S양을 모시고 나올 수 없어요. 그리고 무엇보다도 공기통의 공기가 떨어지기 전에 연결관의 고무 부분을 통해서 마취약 증기가 들어갈 겁니다. 그러면 같이 의식을 잃고 말 거구요."

"그 시간이 얼마나 걸릴까요?"

"스쿠버다이빙 장비의 모양을 잘 모르지만 아마도 연결 튜브는 역시 고무로 되어 있을 거고, 농도가 짙은 지역에서는 아마도 한 시간이 되기 전에 약이 그리로 다 녹아 들어갈 겁니다."

"지역에 따라서는 정확히 알 수 없고요?"

"정말 들어가시려고요? 죄송스런 말씀이지만 아마 S양도 이미 희생되셨을 겁니다."

"만약 그렇더라도 제 눈으로 확인은 꼭 해보겠습니다."

"지금 그렇게 S시에 들어가시면 절대로 안 됩니다. 사실 제가 지금 국가 재난대책위원회에서 일하고 있습니다. 조금 있으면 공장에서 쏟아져 나오는 약도 멈출 수 있을 텐데, 조금만 기다려 주세요."

"그러셨군요. 아무튼 알겠습니다. 교수님."

전화를 끊으려는 B에게 A가 덧붙였다. "갑갑한 마음은 알겠지만, 절대로 어리석은 행동은 하지 마세요. 알겠죠?"

"네, 알겠습니다. 교수님."

B는 전화를 끊고, 보조석 의자를 최대한 앞으로 끌어내고, 등받이를 뒤로 완전히 젖혀 S가 누울 공간이 되는지 확인하였다. 그리고는 습기가 차서 앞이 안 보일 물안경 대신 매장 주인이 준 코 집게를 하고 공기통과 연결된 호흡기를 입에 물어보았다.

그는 S시로 들어가는 공사 중인 도로로 향했다. 그의 생각이 옳았다. 도로가 끝나고 아직 포장되지 않은 부분이 시작되는 곳에는 지키고 있는 사람들이 없었다.

하지만 진입이 쉽지는 않았다. 차 범퍼로 밀어붙여 몇 겹으로 된 바리케이드는 겨우 치웠지만, 도로의 끝에 와 보니 바닥공사가 끝난

부분과 흙 다지기만 된 곳 사이에 몇 미터의 높이 차이가 있었던 것이다.

'뒤로 후진했다가 빠른 속도로 가지 않으면 차머리가 땅에 박혀 버리겠지?' 그는 차를 후진시키고 속도를 최대한으로 올렸다. 차는 순간적으로 붕 떴다가 떨어졌다. 그 충격으로 뒤에 실려 있던 공기통들이 튕겨 올랐다. 그중 하나는 의자 등받이 너머로 그의 어깨를 쳤다. 그 공기통이 그의 머리에 부딪히지 않은 것은 정말 다행이었다. 그는 충격에서 벗어나자마자, 다시 코 집게로 코를 막고, 공기통을 켜 관을 입에 물고는 아직 아스팔트가 깔리지 않은 도로를 미친 듯이 내달렸다.

가장 가까운 도로를 찾기 위해 그는 내비게이션을 계속 들여다보았지만 내비게이션은 전혀 도움이 되지 못했다. 화면에서 그의 차는 길이 아닌 곳을 헤매고 있었고, 안내 멘트는 경로를 재탐색하고 있다는 내용만 반복했다. 무작정 직진만을 한 지 얼마나 지났을까, 드디어 다시 도로로 들어섰을 때, 그는 도로 중간중간에 멈춰선 차들을 볼 수 있었다. 차 속의 시신들은 안전벨트를 맨 채 머리를 핸들에 박고 있거나, 옆으로 쓰러져 있었다.

그는 시선을 돌리고는 음악을 크게 켰다. S가 출연했던 영화의 사운드 트랙이었다. 다시 S와 함께 이 음악을 들을 수 있다면 얼마나 좋을까? 그래, S 옆에서 죽는다고 해도 괜찮아. 마취약 때문이라면 고통도 없겠지.

병원까지는 아직도 4-5km가 남아 있을 무렵에 그는 어지러움을 느꼈다. 그건 마치 중요한 프레젠테이션을 앞두고 며칠 밤샘을 했을 때 느끼는 피로와도 비슷했다. 그는 재빨리 공기통을 바꾸고는 가속 페달을 끝까지 밟았다. 잠을 깨기 위해 공기관을 입에 문 채 하품을 해보았지만, 얼마 후 그의 고개는 옆으로 기울어졌고, 가속페달에 얹힌 발에서 힘이 빠져나갔다.

저녁이 되자 상황실에서 모니터를 보며 계속 커피를 들이키던 A
도 졸음을 참기 힘들었다. '도대체 이런 상황에서도 잠은 오는 건
가? 누나가, 가족들이 살았는지 죽었는지도 모르는데?' 그는 화장
실에서 찬물로 세수를 하고 다시 커피를 뽑아 왔다.

하지만 잠시뿐 누나네 식구들의 흔적도 찾지 못했지만 졸음을 어
쩔 수는 없었다. 책상들을 다 치워버리고 접이식 간이침대들을 죽
놓아 만든 민원실 옆의 임시 숙소에 들어가 A는 바로 쓰러졌다.

조금 눈을 붙였을까? 하지만 새로 화재가 발생했다는 등의 소식
이 수시로 상황실에 보고되는 통에 임시 숙소에서의 잠은 중간중
간 끊어질 수밖에 없었다.

그는 눈을 반쯤 뜬 채 박사학위 논문을 쓰기 위해 실험을 하던

때를 떠올렸다. 밤새 2시간 간격으로 쥐들에게 주사를 놓느라 알람에 놀라 계속 깨곤 했었다. 아마도 이렇게 피곤한 밤은 그때 이후 처음이었다.

이런 식으로, 꿈을 꾸는 중간에 계속 잠을 깨게 되니, 그는 사람이 하룻밤 동안에도 얼마나 많은 해괴한 꿈들을 꾸어대는지를 알 것 같았다. 그는 개인용 비행기를 조종하며 도시를 날아다니는 자신을 발견하기도 하고, 어느 순간엔 건물 사이를 마구 건너 뛰어다니는 자신을 깨닫기도 했다.

'평소 꿈을 안 꾸고 잔다는 사람들의 이야기는 정말로 전부 착각일 뿐이겠구나!' 라는 생각이 들었다. 그래 그건 마치 잘 때 몸을 전혀 뒤척이지 않는다는 이야기와 같은 거야. 잠을 자면 바닥 쪽 부분이 체중에 눌리는데, 몸을 뒤척이지 않을 수 있나? 마찬가지야. 현실에 파묻힌 영혼도 숨을 쉬어야 하니까, 꿈을 꾸지 않을 수 없는 거지…….

언제 그랬는지 그는 다시 잠이 들었던 것 같았다. 도청 직원이 살짝 흔들어 깨울 때, 그의 의식 절반은 꿈에, 나머지 절반은 현실에 걸쳐 있었다. 그리고 그 짧은 순간에는 조금 전까지 꾸었던 꿈이 생각나는 것을 깨달았다. 그는 다시 어린아이가 되어 누나와 함께 먼 길을 걸어 어린이 잡지를 사러 가는 길이었다. 그러다 어느 순간 누나의 손을 놓치고 길을 잃고 울고 있는 꿈이었다.

"알겠습니다. 나가볼게요." 그는 안경을 찾느라 침대 머리맡을 더듬으면서 말했다. 좀 더 의식이 깨자 그를 놀라게 했던, 그 생생했던 꿈은 어떤 기재에 의해서 자꾸만 잊히려고 했다.

'어떤 자동화된 프로그램이 있는 걸까? 우리 속에 그런 프로그램이 있다면 그건 우리에게 꼭 필요한 거였단 뜻일 텐데.'

그는 상황실로 가서 생존자가 있는 것으로 보인다는 CCTV의 모니터를 살펴보았다. "아마도 체중에 의해 저절로 의자에서 미끄러져 떨어진 것 같습니다. 호흡을 하고 있다면 가슴 부분이 약간이라도 위아래로 움직일 텐데. 그런 흔적은 없네요. 혹시 아는 사람인가요?" 하고 그가 물었다. "아니요. 교수님. 사실은 제 동생이 근무하는 회사였습니다. 혹시 주말에 근무했었나 하고 보안 회사를 해킹해서 겨우 내부 CCTV로 접근했었는데요. 제 동생은 아니었고요."

A는 더는 아무 대답을 하지 못했다.

다시 방으로 돌아와 간이침대에 걸터앉아 그는 생각했다. 만약 매일 아침 깨어났는데 간밤에 꾼 꿈들이 모두 생각난다면 어떻게 될까? 하룻밤에 네 번에서 다섯 번 꿈을 꾸는 렘수면을 자는 우리가 일어나 그 시간 동안에 꾼 꿈들을 모두 다 기억한다면?

그렇게 이상한 세계에서 현실과 맞지 않는 엉뚱한 삶을 살고, 무섭고 때론 망측한 내용의 꿈들을 꾼 게 나라는 사실을 기억한다면, 아침은 참으로 혼란스럽고, 참혹한 시간이 될 거야. 어쩌면 매일 아침, 스스로를 창피해하다가, 아니면 슬프게 울다가 출근조차 못할지 몰라.

그는 다시 침대에 누워 얇은 담요를 끌어 올렸다. 꿈은 잠들기 전까지 느꼈던 욕망과 공포, 창피함과 안타까움, 억울함, 불안 같은 감정의 찌꺼기들을 소화시키는 과정인지도 모르지. 충족되지 못한 욕망은 상상으로라도 충족시켜야 하고, 불안한 상황은 차라리 무서움을 느끼면서라도 겪어서 해소시켜야 했을 테니까. 그리고는 잊어버리는 거겠지.

그는, 모두가 차라리 꿈이었으면 좋겠다고 생각하는 대재앙의 밤에, 꿈이 왜 우리에게 필요했는지 그리고 왜 꿈은 대부분 바로 잊혀버리는지를 알 것 같았다.

하루하루를 새롭게, 또 진지하게 보내기 위해 우리는 밤새 꾼 그 꿈들을 잊어야만 하는 거구나! 아니 봄날이 되면 겨울옷들을 정리해 옷장에 넣듯이, 그 모든 이미지와 생각과 감정들은 곱게 접어서 계단 아래 어두운 창고에 차곡차곡 쌓아 두는 거였어. 의식의 표면에서는 모두 사라진 듯한 그 기억들은, 파일들이 싹 다 지워져 버린 컴퓨터 하드디스크 속 데이터를 전문가들이 복구해내면 모두 그대로이듯, 그렇게 그대로 저장되어 있겠지.

다시 잠을 청하기에 그는 너무 깨어버렸다.

그렇지. 꿈이 기억이 나지 않는다고 해도, 꿈을 꾸던 당시의 의식이 내 것이 아니라고 말할 수는 없는 거야. 꿈속에서 우리는 전혀 다른 사람이었고, 다른 생각을 하고, 다른 감정을 느끼고 있었지만, 잠을 깬 후 어렴풋이 다시 그 꿈들의 일부가 기억이 날 때 우리는 그 꿈을 꾼 게 다름 아닌 바로 우리 자신이라는 사실을 부인할 수 없기 때문이지.

여기까지 생각이 미치자, '가만 보자. 그럼 언젠가 하나의 더 큰 꿈같은 이 삶을 마치고, 죽음이라는 좀 더 긴 잠을 자게 되면?' 하는 질문이 떠올랐다.

우리는 그때까지 살면서 보고 느낀 모든 이미지, 감정, 생각들을 더 큰 창고에 정리해 넣어두고 나와야겠지, 새로운 삶을 신선하게 시작하기 위해서. 만일 그렇다면, 전생이 기억이 나지 않는다고 해서, 전생이 없다고 단정해서 이야기할 수는 없는 것이 아닐까?

다음날 A는 현실로 돌아왔다. 상황실 안에서는 많은 사람들이 모니터들을 들여다보며, 계속 무전기로 보고를 받고 지시를 하느라 어수선했다. 상황실 가운데에서 조용히 방재본부장의 행동을 보고 있던 A는 잠시 그가 무전기를 내려놓은 것을 보고 그에게 다가갔다.

"잠시 상의드릴 일이 있는데." 하고 그는 방재본부장에게 말을 걸었다.

"말씀하십시오."

"잠깐 밖에서 뵐 수 있을까요?"

"밖에서요? 그러죠." 먼저 밖으로 나가는 A의 뒤를 따라 방재본부장이 복도로 나왔다.

"저어, 이런 부탁을 드려도 될지 모르겠는데요."

"말씀해보십시오."

"혹시요. 제가 헬리콥터를 타고, 누님 집에 가볼 수는 없을까 해서요."

"글쎄요. 그렇게 치면 여기 S시 안에 가족이 없는 사람들이 얼마나 될까요? 수많은 국회의원들이 저에게 줄을 대고 있습니다. S시안에 들어가 적어준 주소에 가서 친척들을 구해달라는 거죠. 하지만, 이런 식으로 내 가족만 살리겠다고 하면, 국민들이 어떻게 생각하겠습니까? 게다가 지금 중요 시설물들을 보호하는 데에도 장비와 인력이 모자랍니다. 죄송합니다만, 따로 헬리콥터를 내드리기는 어려울 것 같습니다."

"그렇겠지요? 죄송합니다. 이런 상황에 제 가족만 걱정해서요." A는 얼굴이 시뻘겋게 달아올랐다.

뒤돌아서 몇 걸음을 떼었다. 등 뒤에서 다시 방재본부장의 목소리가 들렸다. "만약 그래도 꼭 가시겠다면 말이죠."

"네?"

"생존자 수색을 위해서 지역별로 배정된 헬리콥터에 같이 타실 수는 있을 겁니다."

"그럼 소방관들하고 같이 탈 수는 있다는 겁니까?"

"아마 지금쯤 생존자 수색을 하고 복귀들하고 있을 테니, 누님 댁이 어딘지 알려주세요. 다음번 비행에 동승하실 수 있도록 해드리겠습니다."

"아, 감사합니다. 너무 감사합니다." A는 허리를 구부리며 감사하다는 말을 반복했다.

"뭘요. 교수님 공이 얼마나 큰데요. 이 정도는 배려해드려야지요. 도청 잔디밭으로 헬리콥터가 오도록 해놓겠습니다."

약 1시간이 지난 후 A는 방재본부장의 연락을 받았다. 그는 도청 중앙 잔디밭으로 나왔다. 임시 천막에 대기 중이던 소방관 한 명이 마스크를 건넸다. 그리고는 그의 왼쪽 어깨에 공기통 하나를 지워주었고, 공기통과 마스크 사이의 연결관을 세게 끼워주었다.

"교수님 아직 이 마스크를 쓰지는 마시고요. 우리 대원이 쓰라고 할 때 이렇게 머리카락이 끼지 않게 얼굴에 쓰십시오. 아시겠지만, 이걸 쓴다고 해도 농도가 높은 지역에서는 30분밖에는 못 견디실 겁니다."

"알고 있습니다. 노즐은 어디에 있지요?"

"마스크를 쓰신 상태에서 잘 안 보이실 수도 있으니까, 마스크를 쓰시기 전에 오른손을 올려서 공기통의 끝부분에 있는 노즐을 90도 돌리시면 됩니다."

"이렇게요?"

"네, 손바닥에 침을 바르고 대보시면, 차갑게 느껴지실 겁니다. 그럼 제대로 작동되는 거죠."

"감사합니다."

그러는 동안 저 멀리서 헬리콥터 한 대가 굉음을 내며 다가오는 게 보였다. 그 헬리콥터는 지상에서 유도하는 소방관의 붉은 지시봉에 따라 잔디밭의 중앙으로 다가왔고, 엄청난 바람을 일으켜 잔디 위에 있던 먼지와 잔디 부스러기들을 공중으로 날렸다.

"이쪽으로 오시죠. 그럼 잘 다녀오십시오."

헬리콥터의 소음에 A의 대답은 묻혀버렸다. 그는 생전 처음으로 헬리콥터를 탔다.

지상의 모습들이 서서히 눈에 들어올 무렵, 마스크를 쓰라는 지시를 받은 A는 헤드셋을 벗기 전 마지막으로 옆에 있던 소방관에게 큰소리로 부탁했다.

"제 누나가 사는 곳이 H아파트인데요. 단지 입구에 저를 내려주시고, 만일 10분이 지나도 제가 나오지 않으면, 그냥 두고 원래 구조하시던 루트를 도십시오."

"아닙니다. 우선 휴대전화를 줘보십시오. 기지국이 정상 작동하고 있네요. 제 번호를 찍어드리겠습니다. 누님 댁에 올라가셔서 확인하시고 전화를 걸어 주십시오. 신호만 울리면 공기통을 더 가지고 저희 대원들을 올려 보내겠습니다."

"그러지 않으셔도 되는데요. 감사합니다."

그는 헤드셋을 벗고, 배운 대로 먼저 공기 노즐을 열고 침을 발라 공기가 나오는지 확인하였다. 그리곤 꼼꼼히 머리카락을 밀어 올리고는 마스크를 썼다.

드디어 익숙한 아파트 단지 입구에 헬리콥터가 내려왔다. 그를 내려주고 헬리콥터는 다시 고도를 높였다. '헬리콥터가 계속 기다려준다고 해도, 마스크에 하이퍼란이 농축되는 것은 막을 수 없는 거야, 여기선 얼마나 버틸 수 있을까? 30분? 아니 20분?' 그는 아파트 현관으로 뛰기 시작했다.

그는 1층 현관에서 기억나는 대로 비밀번호를 눌렀다. 다행히도 유리문이 열렸다. 누나의 집 층수는 25층. 그는 버튼을 누르고, 초조히 엘리베이터가 내려오기를 기다렸다.

엘리베이터가 내려오고 문이 열리며, 벨 소리가 났다. 기계는 예전과 다름없이 작동하고 있었다. 버튼을 누르고, 올라가는 동안, A는 눈을 감고 생전 하지 않던 기도를 했다. "제발 모두가 무사하게 도와주세요. 부탁드립니다." 그 대상의 이름은 없었다.

드디어 25층. 그가 아파트 문을 열기 위해 서둘러 손잡이를 돌렸으나, 역시나 문은 닫혀 있었다. 아무리 벨을 누르고, 문을 두드려도 안쪽에서 대답은 없었다. 비밀번호가 생각날 리는 없었다, 늘 그가 벨을 누르고 누나가 안쪽에서 열어 줬기 때문에.

호흡은 가빠지고, 그의 마스크에는 입김이 가득 찼다. 숨이 점점 가빠왔다. 시간은 얼마 없고, 문은 열리지 않았다. 그는 주위를 둘러보다가 층간 계단참에 놓인 붉은색 소화기를 보았다. 그는 그 소화기를 들고 올라와서는 손잡이를 내리쳤다. 한 번, 두 번, 세 번. 아무리 내리쳐도 손잡이는 꼼짝을 하지 않았다.

그는 거추장스러운 마스크와 공기통을 벗었다. 그리곤 숨을 참고, 양팔로 소화기를 높이 들어 올린 후 강하게 내리쳤다. 그 순간 손잡이는 부서졌고, 소화기에서도 허연 소화액이 거품을 일으키며 터져 나왔다.

그는 요란한 경고음을 들으며 손잡이의 남은 부속을 마저 뜯어내고 안으로 들어갔다. 거실에도, 주방에도 아무도 없었다. 안방과 조카방, 옷방까지 모두 다 열어 보았으나, 아무도 없었다. 다용도실과 뒤쪽 베란다까지 다 확인한 그는 어쩔 수 없이 내려놓았던 공기통과 마스크를 썼다.

아무도 만나지 못한 채 엘리베이터를 타고 다시 내려온 그는 헬리콥터가 그를 내려주었던 곳에서 손을 흔들었다. 상공에 있던 헬리콥터는 그를 보고 다시 내려왔다.

그는 마스크를 쓴 채 헬리콥터가 날리는 먼지들을 보고 있었다. 어느 순간 그는 마치 그네를 탈 때 정점에서 내려가기 시작하는 순간 느끼는 것처럼 몸의 어딘지 알 수 없는 부위가 간질간질해지는 걸 느꼈다. 그리고 곧 눈앞이 어두워졌다. 소방관들은 헬리콥터에서 내려 땅바닥에 쓰러진 그를 들쳐 업고, 헬리콥터에 태웠다.

앞이 보이지 않는 검은 어둠 속에 누워 그는 문득 우르릉거리는 소리와 함께 머리통을 뒤흔드는 진동을 느꼈다. 이 소리와 진동은 뭐지? 곧이어 강하게 결합되어 있던 그 무언가가 몸으로부터 분리되려고 힘겹게 찢어지려는 듯했다. 그러다가 홀연 그는 자신이 무한히 가벼워진 것을 깨달았다.

어? 내가 몸에서 빠져나온 건가?

맞붙은 두 개의 자석처럼 강하게 결합되어 있던 에너지가 뜯어지듯 힘겹게 분리되고, 그는 몸 밖으로 나온 것 같았다. 그는 기묘한 이 상황에서 애써 정신을 차리고 주변을 둘러보려고 했다.

와우, 이렇게 밝을 수가. 모든 게 처음 보는 색으로 빛나고 있어! 자세히 살펴보자 물건들을 이루는 빛의 입자들이 투명하게 다

들여다보였다. 사물이 꺾이는 모서리에서는 그 미세한 입자들이 더욱 선명하게 반짝반짝 빛나고 있었다.

그런데 여긴 어디지? 그가 문 쪽을 보며 좀 움직여볼까 하는 생각을 하자마자, 그는 자신이 문 앞으로 순식간에 이동해버린 것을 알아차렸다. 이번엔 그가 창가 쪽으로 눈을 돌리자, 그는 바로 창가에 와 있었다. 창밖에는 가로등이 보이고 낯선 거리의 풍경들이 펼쳐져 있었다. 뭐야 이거, 생각의 속도로 움직이는 거야?

이러다 창을 통해 날아가 버리면 영원히 몸을 잃어버리지 않을까? 불안한데? 그럼 어쩌지?

바로 그 순간, 그는 자신의 몸이, 아니 영혼이 순식간에 등 뒤쪽으로 확 끌려가서 몸속으로 들어가 '쿵' 하고 부딪히는 것을 느꼈다. 그 충격으로 온몸이 저렸다. 그리고 손끝도 움직이지 않았는데도 몸이 너무나 무겁게만 느껴졌다.

무슨 일이었을까? 그는 조금 전까지 자신이 겪은 일을 해석하지 못했다. 하지만 다시 생각해보니 그 상황은 예전에는 아주 당연하게 여겼던 상황 같기도 했다. 그 느낌은 자신이 무한히 넓어지면서 세상 모든 진실을 알 것 같은, 아니 모든 진실을 알았던 것 같은 그런 느낌이었다.

무거운 고개를 들어 둘러보니, 좀 전에 봤던 그 공간이었다. 더 어둡고 흐릿하고 색이 밋밋하긴 하지만 그는 같은 형태의 방, 같은 형태의 침대에 누워 있었다. 꿈이었을까? 아니지. 꿈이었다면 지금 있는 이 공간이 나왔을 리가 없잖아. 그리고 그렇게 생생할 수는 없겠지.

그는 코에 뭔가 끼워져 있음을 느꼈다. 더듬어 보니 그건 산소를 공급하는 콧줄이었다. 그 줄의 끝은 벽에 있는 작은 물통으로 연결되어 있었다. 손등에는 혈관 주사가 잡혀 있고, 손가락에는 산소포화도 센서가 집혀있었다.

아, 병원이구나! 누나네 집에 갔다가 하이퍼란에 의식을 잃고 쓰러져 병원에 입원했구나! 그렇다면 방금 내가 체외이탈 경험(OBE: out of body expierence)을 한 걸까?

그는 언젠가 저널에서 읽은, 전신마취를 하고 수술을 하던 중에 의식이 몸 밖으로 빠져나온 체외이탈 경험을 한 환자들에 대한 보고서를 떠올렸다. 그땐 대수롭지 않게 읽고 흘려버렸었는데……. 아! 맞아. 내 환자 중에도 그런 경험을 이야기한 환자들이 있었지. 이런 일이 실제로 생겼는데 아무도 믿어주지 않아서 그들은 얼마나 답답했을까?

그는 침대의 난간에 붙어 있는 호출 벨을 누를까 하다가 그만두었다. 정확한 시간은 모르겠지만, 아무튼 깊은 새벽인 건 틀림없었다. 그는 잠을 청하려 눈을 감았다.

만약 그대로 몸을 떠나가 버렸다면 어떻게 됐을까? 그는 눈을 감은 채 다시 머리 쪽에 정신을 집중해보았다. 눈앞은 역시 검었고, 양쪽 귀에서 아까와 똑같은 진동이 느껴졌다.

잠시 저항이 있었지만 격렬한 진동 후에 또다시 몸 밖, 시선을 좀 더 멀리 두자 저 너머에서 이름도 모르는 현란한 색의 빛들이 점점 빠르게 다가오다 꼬리가 길어지고, 그 가운데에 하나의 터널이 생기는 게 보였다. 속도, 속도! 그는 자기도 모르게 그 터널 속으로 엄청난 속도로 빨려 들어갔다. 터널이 끝나는 순간, 그는 갑자기 부드러운 조명들이 비추는 공간에 도착해 있었다.

여긴 어딜까?

대여섯 살 무렵, 아니 그보다 더 전에 살던 집 같았다. 놀라운 것은 그가 생각하는 사물이 바로 눈앞에 나타난다는 사실이었다. 양모 카펫이 보이고, 그 위에 줄무늬 소파가 나타났다. 원하고 이뤄지고 인식하는 데에 시간의 차이가 없었다. 응접실을 돌아 안쪽으로 들어서자 깔깔하게 풀 먹인 침대보 위에 폭신한 거위 털 이불이 덮인 침대가 있었다. '아. 정말 편안하겠다. 들어가 눕고 싶을 정도로.'

그리고 침대 옆의 협탁에는 스탠드 밑에 잔이 하나 보였다. 한겨울 북쪽 설국의 눈보다 더 흰 액체가 담긴 투명한 잔이었다. '아, 완전히 잊고 있었네. 바로 이 약이야!'

그는 천천히 잔을 들고 살펴본다. 땅 위의 모든 걸 뒤덮고, 쳐다보는 이의 눈을 시리다 못해 멀게 만들어, 도대체 자신이 어디에 있는지, 아니 자신이 누구인지조차 잊게 만드는 희디흰 눈 같은 망각의 비약. 이 약을 마시면 지금까지의 기억을 다 잊게 되고, 이 잔을 들었다는 사실마저도 잊고 깊고 깊은 잠에 빠지게 된다. 의식은 물론 꿈조차 없는, 길이를 가늠할 수 없는 기나긴 비렘수면!

이 약을 마셔버리면 더없이 깊은 잠에 빠지는 거야. 그럼 이제까지

나를 괴롭혔던 악성고열증 환자의 그 덜덜 떨리던 몸도, 원망 가득한 그 어머니의 눈빛도 깨끗이 잊어버릴 수 있겠지. 그러면 죄책감으로부터 영원히, 영원히 벗어날 수 있는 거고.

그럼 그게 끝일까?

아니, 잠을 깨고 나면 마치 마취에 빠졌다 일어난 사람처럼, 지난 일은 하얗게 잊은 채 새로운 몸을 얻고 깨어나 슬픈 일과 기쁜 일, 그리고 슬프지도 기쁘지도 않은, 평범하거나 지루하기까지 한 일들로 가득 찬 일상을 다시 반복하는 거야. 가난한 화가가 하얀 젯소로 지운 헌 캔버스에 새 그림을 그리듯, 수많은 사연들이 켜켜이 쌓인 줄도 모른 채 비슷한 듯 전혀 다른 이야기를 만들어 내겠지.

걸핏하면 '나는 누구인가? 나는 어디에서 와서, 어디로 가는가?'라는 질문을 해대며, 가끔은 희망에 들뜨고, 가끔은 한없이 절망에 빠져드는 가련한 한 인간이 되어야 하는 거야.

그는 두 손으로 잔을 감싸 들고서 생각한다. 마치 처음인 것처럼 후회하고 자책하고 불안에 떨며, 도대체 누가 세상을 이따위로 만들었느냐며 그 누군가를 원망할 텐데. 이런 비극의 순간에 도대체 신은 어디에 있느냐고? 진실은, 진리는 어디에 있냐며 괴로워할 텐데. 그래도 또다시 삶을 살아보게 될까?

아무렴, 또 살아보는 거지. 절대 고요 속에서 그렇게 쉬었다면 다시 생명을 얻어서 그 모든 것을 새롭게 느껴보고 싶은 거야. 아무것도 없는 평화에 그렇게 머물렀으니, 이 정도면 충분하다고 느끼는 순간이 오는 거야. 꿈이 없으니 긴장도 불안도 없지만 그렇기에 흥분도 그리고 쾌감마저도 느낄 수 없는 거니까.

다시 모든 감각을 되찾아 느껴보는 거야. 그 감각들로 느껴지는 것들이 모두 헛되고 헛되며 영원하지 않다고 해도, 잠깐 동안의 꿈일 뿐이라 해도, 다시 태어나는 거지.

왜냐고? 그건 바로, 탄생과 죽음 사이에, 사랑이 있기 때문이야. 첫눈에 그 아름다움에 빠져들고, 손가락에 낀 반지의 촉감을 느끼며 진정한 내 사람이 생겼다는 자부심을 느끼는 그 순간을 거부할 순 없지. 그리고 내 아이들의 달콤한 살 냄새. 아이들을 키우기 위해 또 노예처럼 일해야 하겠지만, 어떤 모욕을 당한다 해도 아이들을 먹이고 입히고 가르치겠지. 그래 사랑이야! 사랑이 있기에 또 한번 살아보는 거야. 원래 둘이 아닌 것을 둘로 느끼다 다시 하나로 합쳐지는 충만한 경험, 바로 사랑이 있으니까.

이렇게 그는 매번의 생을 시작하기 전에 무게도 없고, 움직임도 없고, 시간도 없는 침묵 속에서 머물다가, 삶이라는 역동의 시공간으로 다시 돌아오는 순환을 모두 기억해냈다.

그는 잔을 도로 내려놓고 침대에 걸터앉은 채 눈을 감았다. 그리고 그는 꿈을 꾸는 렘수면과 꿈이 없는 비렘수면이 순환되어 하룻밤의 잠을 이루고, 다시 잠을 자는 밤과 깨어 있는 낮이 순환되어 일생을 이루고, 또다시 삶과 사후시간이 순환되는 거대한 고리를 그려보았다. 그것은 작은 고리들이 모여, 큰 고리를 이루고, 또 그 고리들이 모여 더 큰 고리를 이루는, 무한히 반복되는 무늬인 프랙털과도 같은 것이다. 더 깊은 차원으로도, 더 높은 차원으로도 끝없이 연결되지만 우리가 인식하는 것은 단지 그것의 일부일 뿐인……

A가 누워있는 병실로 담당 의사가 문을 열고 들어왔다. 그는 한 손에 차트를 들고 있었고 간호사 한 명이 뒤를 따랐다. A가 절반쯤 일어나 앉자 그는 고개를 가볍게 숙여 인사를 했다. "안녕하세요? 담당 주치의입니다."

"네. 안녕하세요?"

"어지럽지는 않으세요?"

"네. 괜찮습니다." 그는 새벽에 겪은 일은 입 밖에 내지 않았다.

"그래도 참 다행입니다. CK-MB(심장근육 손상을 나타내는 효소) 수치가 모두 정상이네요. 심초음파에서도 특별한 이상은 없는 상태입니다. 본인이 마취제를 직접 흡입하신 건 이번이 처음이시겠군요?"

그는 잠시 말뜻을 이해하지 못하다가 웃으며 대답했다. "네. 그런 셈이네요."

"마취과 의사시라면서요."

"네."

"그만하길 다행입니다. 심정지까지는 안 갔던 모양입니다."

"네. 정말 감사합니다." 그는 입 위로 늘어진 콧줄을 위로 추켜올
리며 대답했다.

"도시 안은 어떤가요?"

"아마도 방송에서 보신 그대로입니다."

"역시 그렇군요. 혹시 추가로 스캔을 해보시길 원하시면 말씀하십
시오."

"아닙니다. 괜찮을 것 같습니다."

"그럼 안정 취하시고요. 저녁에 뵙겠습니다."

"감사합니다."

"식사는 죽 정도로 시작하지." 주치의는 간호사를 보며 말했다.

주치의가 간호사와 함께 나가자 그는 멍하니 천장을 바라보다 탁
자 위에 누군가 올려놓은 휴대전화를 집어 들었다. 혈관주사를 잡
아 놓은 곳에 약간의 통증이 느껴졌다.

"응, 나야 집에 별일 없지?" 그는 아무 일 없었다는 듯이 말했다.

"그래요, 여긴 다 괜찮아요. 당신은 어때요?"

"다 괜찮아. 여긴 정신없었어. 애들은 어때?"

"학교들도 모두 휴교해서 아이들도 집에 있었어요. 애들 바꿔 줄
게요."

스피커폰인지, 아이들의 목소리가 동시에 들려왔다.

"몸조심해요. 식사 잘 챙겨 드시고요." 아내는 다시 한 번 식사를 강조했다.

그는 "오늘도 집에 들어가지 못할 거야."라고 말했다.

아내는 "사랑해요."라고 말하고 그가 먼저 전화를 끊을 때까지 기다렸다.

전화를 끊고 나서 그는 무거워진 몸을 침대에 뉘었다. 그러다 잠시 후, 누나에게 전화를 걸어 보았다. 신호음이 계속 울렸지만 누나는 전화를 받지 않았다. 어느덧 전화기에서는 음성녹음으로 넘어간다는 안내가 흘러나왔다.

그는 통화버튼을 종료하고, 탁자 위에 전화기를 부드럽게, 그리고 우아하게 내려놓았다. 그리고 눈을 감았다.

그는 오른손을 들어 호출 벨을 눌렀다.

잠시 후, 아까 들어왔던 간호사가 다시 들어오자 그는 물었다. "혹시 컴퓨터를 좀 쓸 수 있을까요?"

"병원 1층에 유료 인터넷이 있기는 한데요. 안정을 취하라고 하셨으니까, 내려가실 수는 없을 것 같네요."

"그래요?"

"아니면 제가 쓰는 작은 노트북이라도 가져다드릴까요?"

"그럼, 감사하죠."

"네, 잠시만 기다리세요."

간호사가 노트북을 가져다주자, 그는 발치에 있는 식탁을 끌어올리고 컴퓨터를 켜 의학 논문 검색 사이트에 접속했다.

만일 의식이 잠시라도 몸 밖에서 존재했다는 것을 과학적으로 입증만 할 수 있다면……. 그는 이전에 보았던 체외이탈에 대한 보고서를 찾아내었다. 의학 학술지 중에서도 가장 권위 있는 란셋이라는 저널이었다.

그 보고서에서는 환자가 누워 있는 자세에서는 전혀 볼 수 없는, 캐비닛이나 선반 위의 물건 혹은 신문 기사들을 보았다거나, 전신마취 중이어서 게다가 눈꺼풀에 안구가 마르지 말라고 테이프를 붙여 놓은 상태에서 수술이 어떻게 이뤄졌는지 세세한 과정을 다 지켜보았다는 그런 증언들이 실려 있었다.

내가 애써 외면했었지, 케타민을 쓴 환자들이 몸으로부터 분리되어 우주로 떠올라 빛나는 별들 사이로 빨려 들어가는 경험을 했다고 말하는걸. 이런 보고서들도 의사들이 쓴 거지만 의사들이 이런 체외이탈 경험을 받아들이기는 앞으로도 쉽지는 않을 거야.

그는 혹시나 자신이 겪은 일이 하이퍼란 때문에 생긴 섬망인가 하고 생각해 봤다. 아니야. 그럴 리가. 존재하던 그 시간, 장소를 너무나 생생히 인식했는데. 분명 섬망은 아니야. 게다가 그 진동과 분리를 두 번씩이나 경험을 했으니……. 명상센터의 지도자가 말했던 삼매경이 바로 이런 현상이었을까?

만약에 정말로 의식이, 뇌의 부산물이 아니라, 실제로 존재한다면, 이 경험은 어떤 이유에선가 육체와 영혼의 결합이 느슨해졌거나,

아니면 영혼을 담고 있던 육체가 병으로 약해져서 의식이 잠시 몸을 떠나 생기는 일이겠지.

그는 일이 일어난 과정을 다시 찬찬히 생각해보았다. 시작 즈음에 느꼈던 진동은 의식이 몸을 떠나기 위해, 신체와의 결합을 끊고 응축되느라 느껴지는 것이 아니었을까? 몸과 영혼이 떨어지려면 각각이 응축되어야 할 테고, 그래서 귓속의 고막긴장근이 수축해서 큰 진동이 들린 거지. 보고서에서 환자들이 말하는 진동이 바로 그거였구나! 근시인 내가 안경 없이도 선명하게 보았던 것은 육신의 눈으로 보지 않았다는 뜻이고……

내가 움직이는 속도가 생각의 속도와 같았던 건, 무거운 몸이 없으니 당연한 건지도 몰라. 그리고 체외이탈을 경험했던 그들이 모두 똑같이 보았던 밝은 빛의 터널은 영혼이 움직이는 속도가 너무 빨라서 그렇게 보였던 거고. 그래서 모두들 빛의 터널 속으로 빨려들어간다고 이야기했구나.

그제야 그는 환자들이 한 진술의 의미를 이해할 수 있었다. 터널 너머에서 그들이 만난 것들이 그들의 사회와 문화, 종교와 신념에 따라 조금씩 다를 수밖에 없는 이유도 이제 알 수 있었다. 그건 그곳이 의식이 생각하는 대로 모두 지체 없이 이루어지는 미묘한 에너지의 차원이었기 때문이었다.

'그래. 분명히 나는 몸 밖에 있었던 거야!'

세 번째 팀의 시도도 실패로 돌아가고, 3일째 아침 S시로 떠나는 네 번째 팀에는 드디어 P사의 제2공장 기술자가 포함되어 있었다. 그는 기술자들을 찾는다는 방송을 보고 오히려 도망을 가버린 기술자들 중의 한 명이었다. 도청에 온 그는 양심의 가책을 이기지 못해 나타났다고 털어놓았다. 그는 도청으로 들어온 이후에도 다시 겁이 난다며, 프로그램 작동법만 가르쳐 주고 돌아가겠다고 했다.

재난안전과장은 기술자를 겨우 설득해서 헬리콥터에 태우며 "시간이 오래 걸리지 않을 거라는 건 당신이 더 잘 알고 있지 않습니까?"라고 말했다.

그는 투덜거리며 헬리콥터에 올라타면서 "예전처럼 수동으로 조작하던 시스템이 더 안전하다고요. 모두 수동이었다면 벌써 밸브를 다 닫았을 텐데. 자동으로 바꿨기 때문에 이렇게까지 복잡해졌다고요."라고 악을 썼다.

네 번째 팀의 팀장은 그의 팔을 붙잡고, 그가 올라타는 것을 도왔다. 아니 기술자에게 그 손길은 행여 도망가지나 않을까 해서 팔을 잡는 걸로 느껴졌다. 헬리콥터의 문이 닫히고 시끄러운 소리 때문에 누구 한 사람 귀 기울여 들어주는 사람도 없는데 그는 계속 구시렁거렸다. 대원들은 다시 공기통이 달린 마스크를 썼고, 여벌의 공기통과 마스크를 가지고 공장에 착륙했다.

그들은 서둘러 제어실로 진입하였다. 그런데 너무 어두웠다. 문제는 전기였다. 전등만 꺼진 것이 아니라 컴퓨터에도 전원이 꺼져 있었다. 아무리 스위치를 눌러도 컴퓨터는 작동하지 않았다.

조금 전 헬리콥터에서 불탄 주유소를 내려다본 그들은 그 불길이 송전탑에 옮겨붙고, 고열을 견디지 못한 송전선들이 녹아내린 거라고 판단했다. 그런데 어떤 원인인지, 자가발전 시스템도 자동으로 가동되지 않았다. 대원들은 손짓으로 자가발전 시스템이 있는 곳을 찾기 시작했다. 예상외로 시간이 많이 지체되었다.

상황은 약속과 달랐다. 기술자는 컴퓨터 모니터 앞에서 마스크를 쓴 채 시계를 보면서 발을 달달 흔들며, 계속 기다리는 수밖에 없었다.

어느 순간 조명이 먼저 켜졌다. 기술자는 잽싸게 컴퓨터 전원을 켰다. 그는 초기 화면이 뜨자, 제어 프로그램을 구동시키려고 했다.

그러나 컴퓨터 전원이 꺼지면서 24시간 내내 켜져 있어야 할 제어 프로그램이 완전히 꺼져버린 상황이었다. '아 이걸 처음부터 시작해야 하다니. 시간이 너무 많이 걸리겠는걸!'

기술자는 화면에서 프로그램이 초기화되는 것을 손가락으로 짚어 가리키며 고개를 떨어뜨렸다. 열심히 자판을 두드리는 동안 서서히 기술자 손끝의 속도가 떨어지자, 옆에 있던 소방관은 그를 말리고 A가 조언한 대로 유리그릇에 담아 온 여벌의 마스크를 꺼내, 기술자가 쓰고 있던 마스크와 바꿔주고 자신도 여벌의 마스크로 갈아 썼다.

그는 겨우 접속 경로를 지방공장으로 우회하여, 내부 전산망으로 접근해서 직원 인증을 받아 비밀번호를 풀고, 제어 프로그램을 가동했다. 그는 밸브들을 모두 잠갔다. 터진 파이프라인에서 흘러나오던 하이퍼란 줄기는 서서히 줄어들다가 드디어 멈췄다.

하이퍼란이 더 이상 흘러나오지 않게 되었다는 소식을 듣고 위원회의 사람들은 환호하며 서로 얼싸안았다. 흥분이 좀 가라앉자 사람들은 상황실 의자에 다시 앉았다. 그런데 정작 바라던 마취약의 유출은 막았는데 이제부터 무엇을 해야 할지 아무도 몰랐다.

그 시각 A는 죽을 먹고 나서 방재본부장에게 전화를 걸었다. "방재본부장님 어떻게 돼가고 있습니까?"

"아, 교수님. 정신이 들었군요. 괜찮습니까?"

"네. 하이퍼란 때문이었습니다."

"다행이네요. 아, 여기도 좋은 소식이 있었습니다."

"밸브들을 닫았나요?"

"네. 그렇습니다. 도망갔던 기술자들 중에 한 명이 돌아와서 해결했습니다."

"정말 다행이네요. 저도 곧 나가 보겠습니다."

"좀 더 회복하십시오. 필요하면 다시 전화 드리겠습니다. 그런데
사실……."

"네."

"사실 위원회에서 이제 어떻게 해야 할지……."

"바로 나가보겠습니다."

주치의의 만류에도 그는 다시 도청으로 들어왔다. 방재본부장의
걱정스런 눈빛에 아무 일 없었다는 듯이 그는 입 꼬리를 살짝 올려
미소 짓고는 자리에 앉았다.

"이 정도 시간이 지났으면, 이제 군을 투입해도 되는 것 아닙니
까? 공기통이 없어도 된다면 수도방위군 1개 여단을 투입하겠습니
다." 사령관이 말했다.

"아니요. 그렇게 금방 농도가 희석되지는 않을 겁니다. 요즘처럼
바람도 별로 불지 않는 봄철에는 대기가 정체되어 있습니다." E교
수가 말했다.

"네, 제 생각에도 공기통 없이 호흡할 수 있으려면 꽤 기다려야
할 것 같습니다." A가 말했다.

"기상청에 물어보면 어떨까요?"

부총리가 부지사를 보며 지시했다.

잠시 뒤 기상청에서 화상으로 보고를 했다. "당분간 대기 정체는

풀리지 않을 것 같습니다. 내일도 오후가 되면 스모그가 좀 옅어지긴 하겠지만, 스모그가 제대로 걷힐지 정확히는 알 수 없습니다."

스모그가 걷히지 않는다면 하이퍼란 역시 희석되었다고 판단하기는 어려울 거였다.

"그럼 하이퍼란 유출을 막았다는 것을 언론에 밝히지 말아야 할까요?" 하고 부지사가 말했다.

"정보를 통제할 수는 없습니다. 오히려 유언비어만 퍼질 수 있지요. 하이퍼란 유출은 막았지만, 고농도의 증기가 희석되려면 시간이 더 걸릴 거라고, 상황을 정확하게 알려서 국민들의 협조를 구합시다." 부총리가 대답했다.

"그럼 오후 브리핑은 예정대로 진행하겠습니다." 부지사가 말했다.

"그러세요. 그런데 전문가들이 보시기에 과연 얼마쯤 지나야 하이퍼란이 모두 날아갈 것 같습니까?" 부총리가 물었다.

"E교수님 예측 좀 해주세요." 방재본부장이 거들었다.

"이미 유출된 양을 알 수도 없고, 기온에 따라 휘발된 양도 다를 거라서."

"탱크들의 크기로 봐선 아마도 유출량이 500톤은 넘을 것 같은데요." E교수의 말에 누군가가 답했다.

"이런 것들을 제대로 알 수 없는 상황에서 덜컥 진입했다간 또 다른 희생자를 만들 수밖에 없을 겁니다." A가 말했다.

경찰국장은 "그렇다고 이대로 계속 아무런 행동도 취하지 않는다면 머지않아 민심의 동요가 일어날 수 있습니다."라고 주장했다.

"하기는 가족을 S시에 그대로 방치하고 있다면, 누가 받아들이겠습니까? 한시라도 빨리 진입해야 합니다." 사령관도 참견했다.

부총리는 A에게 "진입을 위해 대기 중의 농도가 대강 얼마 이하가 되어야 사람들이 의식을 잃지 않겠습니까?" 하고 물었다.

A는 "시간을 좀 주시면, E교수님과 제가 의논해보고 말씀드리겠습니다." 하고 대답했다.

그는 병원에서 마취 기계를 조절할 때 쓰는 공식을 이용해서 농도를 추정해보려고 시도했다. 하지만 쉽지 않았다. 공기 중의 농도를 측정할 방법도 마땅찮았기 때문이었다. E도 공기 중의 시료를 담아 와서 공기 중의 농도를 알아내기는 어렵다고 생각했다.

그러는 동안 누구도 이 상황에 대해 뾰족한 대책을 내놓지 못하고 있었다.

A는 CCTV 모니터들을 물끄러미 들여다보고 있었다. '혹시 모를 생존자들도, 사망자들의 시신도 그대로 방치되고 있을 텐데.'

그러다가 그는 소리쳤다. "그러네요. 먼저 침팬지를 가져다 놓고 CCTV로 관찰해보면 되겠네요."

"뭐라고요?" 부지사가 모니터 쪽으로 오면서 물었다.

"사람 대신 실험실에서 사육하는 침팬지를 S시의 곳곳에 먼저 넣어보는 겁니다. 그리고 CCTV로 관찰하는 거지요. 침팬지들이 쓰러지면 아직 진입하면 안 되는 거고요."

"그거 좋은 방법이네요. 그럼 인근 대학의 생물학과나 약대에서 실험용으로 사육하는 침팬지를 모아봅시다." 부지사는 비서관에게 지시했다.

오후가 되어 침팬지들이 든 이동용 케이지들이 속속 도착했다. 그들은 우선 5마리를 골라, 시청과 시청을 중심으로 동서남북 네 군데에 배치하기로 했다. 침팬지들은 케이지 채로 헬리콥터를 타게 되었다.

상황실의 모니터에 위원들은 모두 모여 있었다.

"넘버 1, 침팬지 배치 완료. 모니터에 잘 보이는가?"

"잘 보인다."

"넘버 2, 침팬지 배치 완료. 모니터 확인해 달라."

"오케이, 잘 보인다."

곧이어 3마리의 배치도 끝났다. CCTV와 가까운 장소들에 내려진 침팬지들을 남겨두고 소방관들은 다시 헬리콥터에 올라탔다.

모두들 모니터에 비친 침팬지 다섯 마리의 움직임을 조용히 관찰했다. 10분쯤 지나자, 좁은 이동용 케이지 속을 서성거리던 시청 앞 침팬지의 움직임이 둔해지기 시작했다. 거의 비슷한 시간에 침팬지들은 모두 피곤에 지친 것처럼 자리에 눕기 시작했다. 그리고 5분이 더 지나자 그들의 몸에서 어떠한 움직임도 찾아볼 수 없었다.

"어쩔 수 없군요. 좀 더 기다려 봅시다." 역시 조용히 모니터를 보고 있던 부총리가 말했다.

제 8 부

궁극/

  S시로 들어간 두 번째 침팬지들이 희생되고 나자 위원회는 다시 조용해졌다. 그러고서 한참 동안 상황실에는 침묵이 마치 가스처럼 채워져 있었다. 그 누구도, 어떤 제안도 하지 못했다.

  그러다 어느 순간 "어, 어, 여기 좀 보십시오." 모니터를 보고 있던 소방관이 소리쳤다.

  "뭐야?"

  "여기요, 여기 사람들이, 서쪽 지역에서 사람들이 움직이고 있습니다."

  "뭐라고? 생존자들이 있다는 거야?"

  "그게 아닙니다. 여기 좀 보십시오."

  재난안전과장도 컴퓨터 모니터를 들여다보았다. 시신이라고 생각했던 그림자들이 일어나 서서히 움직이기 시작한 것이었다.

"믿을 수 없는 일이 생겼습니다." 재난안전과장의 이야기에 위원들은 모두 일어나 다시 대형 모니터 앞에 모였다.

"소방관들과 군인, 경찰들 모두 진입시키세요. 모두 생존자들을 구조하러 들어갑시다." 부총리가 말했다.

"깊은 잠으로부터 S시를 깨운 것은 편서풍이었습니다. 그릇 모양의 분지에 갇혀 꼼짝 않던 공기가 서쪽으로부터 온 바람에 의해 서서히 움직이고, 드디어 하이퍼란 스모그가 걷히기 시작했습니다. 그 결과 현재 S시의 서쪽 부분에서 많은 사람들이 기적처럼 의식을 되찾고 있습니다." 채널 16의 앵커는 들뜬 목소리로 말했다.

도시의 여기저기에서 점점 더 많은 사람들이 깨어났다. 어떤 이들은 깊은숨을 내쉬다가, 콜록거리며 기침을 해댔다. 그리고 머리를 잘 들지 못하고 한동안 다시 엎드려 있다가 서서히 일어나기도 했다. 또 어떤 사람들은 구역질을 하고 토하기도 했다. 그러나 입으로 나오는 것은 많지 않았다.

먼저 정신을 차린 사람들은 몸을 추스르며, 주변의 가족들을 깨웠다. 마취에서 깨어난 그들은 자신들이 만 3일 동안 내리 잠들어 있었다는 것을 상상도 하지 못했다. 그리고 조금만 더 증기를 마셨더라면 영원히 돌아올 수 없었다는 것도.

A는 누나네 식구들과 연락이 닿았다. 그들은 주말이라 자형의 누나네로 놀러 갔었다고 했다. 대통령궁의 대통령도 잠에서 깨어났다.

P도 머리와 얼굴을 좀 다치긴 했지만 의식을 회복했다.

그러나 깨워도 일어나지 못한 사람들도 있었다. 감쪽같이 자다가 일어난 것 같은데, 이렇게 세상을 떠난 사람들이 있는 것을 보면 사고는 분명 일어난 일이었다. 대부분의 희생자들은 P의 공장 내부와 공장과 가까이에 있던 아파트 단지에서 발견되었다. 아이들과 노인들이 마취제에 더 약했고, 물에 빠진 사람들, 잠들기 시작할 때 목이 꺾인 사람들, 평소에도 수면 무호흡증이 있었던 사람들은 끝내 일어나지 못했다.

수백 명이 목숨을 잃었다. 가족들은 결코 아물지 않을 상처를 안고 살아가야 했다. 그들을 위로하는 사람들은 망자들이 그래도 고통 없이 떠났을 거라고 위로했지만 실제로 그들의 마지막 순간이 어떠했는지 하는 이야기는 아니었다.

천만 명의 시민 대부분이 다시 깨어날 수 있었던 이유는, 재료를 담은 탱크를 빼고도, 하이퍼란의 저장량이 추정치보다 훨씬 적었기 때문이었다. 사실 P사의 저장 탱크는 공장을 지역의 랜드 마크로 만들고 싶었던 P의 허세 때문에 필요한 용량보다도 훨씬 크게 만들어진 것이었다. 마치 수백만 명분의 하이퍼란을 저장하고 있는 듯했던 탱크들 중 몇 개는 처음부터 절반도 차 있지 않았다. 그것들은 저장 탱크이기 이전에 거대한 광고판이었던 것이다.

A는 사무실에서 B의 전화를 받았다.

"교수님 안녕하세요?"

"무사했군요? 그때 이후로 연락이 안 되더니."

"사연이 깁니다. 천천히 말씀드리죠. 교수님도 무사하시니 다행입니다. 전할 말씀이 있어서 전화 드렸습니다. 오늘 새벽에 S의 호흡기를 뗐습니다. 그리고 S는 편안히 세상을 떠났습니다."

"저런, 그랬군요. 가족들이 허락했나요?"

"그동안 남동생이 제일 반대를 했었는데요. 설득 끝에 어제 허락을 했습니다."

"네. 장례는 어떻게 하기로 했나요?"

"공개적으로 삼일장을 할 형편이 안 되어서요. 내일모레 추모공원에서 화장하고 봉안당에서 간단히 위령제를 치르려고 합니다."

"그래요? 그럼 저도 위령제에 참석하겠습니다."

"아닙니다, 교수님. 그저 연락을 드려야 할 것 같아서 전화 드렸습니다. 부담 갖지 마세요."

"아니에요. 당연히 가봐야죠. 모레면 토요일이죠? 참석할 수 있습니다."

A는 B가 이야기한 시간보다 일찍 추모공원에 도착했다. 화장시설 밖에는 많은 사람들이 서성이거나 벤치에 앉아 담배를 피우고 있었다. 건물 입구에는 전광판이 붙어 있었다. 화장 기계가 네 개인지 거기에는 망자의 이름과 상주의 이름이 네 줄로 쓰여 있었다.

안으로 들어간 지 얼마 되지 않아 실내의 전광판에 S의 진짜 이름이 비치고, 짙은 갈색 관이 차가워 보이는 스테인리스 카트에 실려 나왔다. 다른 카트와는 달리 이름만 끼워진 작은 아크릴판이 있을 뿐 영정 사진은 실려 있지 않았다.

가족들과 B는 관에 손을 얹고 서서히 화장 기계 앞으로 걸어나갔다. 모든 이의 눈에는 눈물이 고였다가 흘러내렸으나, 울음소리가 들리지는 않았다. 맨 뒤에서 카트를 밀고 있던 직원이 기계 앞에 서서 가족들에게 "이제 마지막 인사를 하십시오."라고 말했다. 관을 에워싸고 있던 가족들은 끝내 울음을 참지 못하고 소리 내어 울기 시작했고, 딸의 이름을, 그리고 누나를, 언니를 부르기 시작했다.

그러나 기계 앞에는 가까이 다가서지 못하게 하는 가슴 높이의 차단대가 있었다. 화장 기계 앞에 대기 중이던 마스크를 쓴 또 한 명의 직원은 차단대의 한쪽을 열고, 카트를 밀었던 직원과 함께, 스테인리스로 된 화장 기계 안으로 관을 밀어 넣었다.

입구는 닫혔고, 직원은 손잡이를 다시 한 번 확인하였다. 가스에 점화가 되었다. 작은 유리창이 있어 그 안의 상황을 살펴볼 수 있었으나, 그것은 가족을 위한 것이 아니라 진행 상태를 봐야 하는 작업자를 위한 창이었다. 가족들과 B는 그 작은 창을 통해 조금이라도 더 그녀의 마지막을 지켜보려고 했다.

모두가 멍한 얼굴로, 불길이 솟아 타기 시작한 관을 보고 있었다. 마스크를 쓴 작업자는 보호자들에게 정중한 목소리로 모두 끝나려면 한두 시간 정도가 소요되리라고 알려주었다. 한 사람의 삶이 물질에서 비물질로 변하는 데에 걸리는 시간치고는 너무나 짧았다.

B와 가족들은 다시 가족 대기실로 들어갔다. A는 휴게실에서 자판기 커피를 꺼내 들고 앉아 있다가, 밖으로 나와 시간을 보냈다. 마침내 다시 전광판에 불빛이 번쩍일 때 모두는 다시 기계 앞으로 모였다. 기계의 문이 열리고, 스테인리스로 된 받침대가 나왔을 때, 볼 수 있는 것은 단지 타고 남은 회색의 뼈 찌꺼기들뿐이었다.

모두들 아무 말이 없었다. 작업자는 마스크 위로 보이는 눈매에 엄숙한 표정을 지으며, "분쇄를 준비하겠습니다." 하며 아직 큰 덩어리가 남은 회색 뼈들을 절구에 넣고 빻기 시작했다. 정중하지만 동시에 기계적인 동작이었다. 이 작업자에게는 일상적인 과정이겠지만, 보는 이들에게는 사람의 흔적을 절구에 넣고 빻는 것이 너무

낯설었다. 아마도 분쇄기에 넣어 가루로 만들기 위해 필요한 준비인 듯했다.

얼마 지나서 커다란 믹서 같은 분쇄기에서 하얀 가루들이 나왔다. 작업자는 이 가루를 하얀 종이에 싸서 준비된 단지에 담아주었다. 이제 한 시대의 화면을 가득 채웠던 아름다운 여배우는 가루가 되어 단지에 담긴 것이다. S의 동생이 단지를 나무 상자에 넣고는 조심스럽게 들고 봉안당으로 이동하기 시작했다. 나머지 가족들 역시 그 뒤를 따랐다.

A는 시선을 마주친 B에게 가볍게 목례만 하고 그들이 봉안을 하고 위령제를 치르는 모습을 조금 떨어진 곳에서 조용히 지켜보았다.

'꿈 없는 잠을 원했던 그녀는 이제 영원한 평화를 얻었을까? 아니야, 그렇게 열정적이었던 그녀라면 잠시 평화롭게 쉬다가, 봉안당의 유리 뒤가 아니라, 다른 어딘가에서 젊은 부부의 예쁜 아기로 금세 태어나겠지. 그녀는 또 다른 새로운 꿈을 키우며 자라날 거야. 그때엔 꿈에 몰입해 너무 심각해지지 않기를……'

"와주셔서 감사합니다." B가 멀찍이 서 있던 A를 발견하고는 S의 가족들로부터 떨어져 나오며 인사했다.

"힘든 결정하셨습니다." A는 악수를 청하며 말했다.

"네, 저도 고민했지만, S의 남동생이 그동안 계속 반대를 했었습니다. 그런데 제가 지난번 하이퍼란 사고 때 누나를 구하러 갔던 일을 어떻게 알게 되어 제 진심을 알아주었습니다. 이제 S가 편해진 것 같아서 마음은 가볍습니다."

"결국 들어갔었군요. 안 다치셨으니 다행입니다." 둘은 뒤에 있는
벤치에 앉았다.

"이전에는 진심으로 상대방을 걱정했던 적이 사실은 없었던 것
같습니다. 서로를 자유롭게 해줘야 진정한 사랑이라고 입버릇처럼
이야기했었는데 말이죠. 만약 S의 영혼이 있다면, 그리고 그녀의
영혼이 움직이지 못하는 몸에 갇혀 있다면 얼마나 괴로울까를 생
각했습니다. 그건 한 평도 안 되는 독방 감옥에, 아니 사방이 몸에
꽉 끼는 벽에 꼼짝도 못하고 갇힌 거잖아요."

"네, 영혼이 있다면 그런 상황에서는 그만 몸을 떠나고 싶겠죠."

"교수님께서 그런 말씀을 하시니 아이러니하네요. 의사는 끝까지
생명을 포기하지 않으실 거라고 생각했는데요."

"네, 직업이 의사지만, 보내야 할 사람을 억지로 붙잡고 있을 권리
는 없다는 생각이 들어요. 할 수 있다고 해서, 다 해도 되는 건 아
니지요."

"현대 의학에 대해 그런 생각을 하시는군요."

"매일 낮이 가면 밤이 오고, 계절도 여름이 가면 또 겨울이 옵니
다. 매번 같은 듯하지만, 완전히 똑같지는 않게 지나가고 다시 돌아
오지요. 모든 건 이런 식으로 순환하고 있어요. 우리도 이와 같지
않을까요?"

"동양적인 생각이시네요. 저도 믿고 있던 종교는 없었지만, 요즘
종교성이 좀 싹튼 것 같습니다."

"네. 저도 종교가 없습니다. 책을 잔뜩 읽어보고, 명상도 해봤지만 결국 마찬가지였죠. 한순간도 진정한 평화를 얻기는 어려웠어요. 삶이 괴롭다고는 하지만, 누구나 아무런 변화도 자극도 없는 그런 적막함 속으로 돌아가기가 싫은가 봅니다. 그건 우리가 바로 그곳에서 떠나왔기 때문은 아닐까 하는 생각이 들어요. 마치 비렘수면 같은 잠에서 말이죠."

"아, 지난번에 말씀해주신 꿈조차 없는 잠 말씀이군요?"

"네, 비렘수면이죠. 하룻밤 동안에도 네다섯 번 꿈 없는 잠과 꿈을 꾸는 잠이 반복되는 순환주기를 겪듯이, 우리의 의식 자체도 절대 침묵과 꿈같은 삶이 반복되는 순환 속에 있다고 생각해요."

"그럴 수 있겠네요."

"어떻게 해봐도 우리가 마음의 평화를 얻기 힘든 건, 우리가 기나긴 비렘수면의 무료함에 지쳐, 텅 빈 침묵의 중심을 떠나왔기 때문은 아닐까요? 우리의 영혼이 이제 또 하나의 재미있는 스토리를 원해서, 새롭게 태어났기 때문인지도 모른다는 생각이 들어요. 그래서 대부분의 사람들이 어떤 종교도 결코 진심으로 받아들이지 못하는 거고요."

"네, S도 루머에 고통받고 자살을 생각할 정도로 마음의 평화를 원했지만, 마지막까지도 사람들의 관심과 시선을 받는 배우를 그만두지는 못했나 봅니다."

"이제 가족분들에게 가보셔야죠? 아무튼 저에게 의뢰해주셨던 일이 이렇게 마무리되었네요. 큰 도움도 드리지 못하고."

B는 검은색 넥타이를 조금 풀며 대답했다. "아닙니다, 교수님. 덕분에 더 중요한 것을 얻었는걸요. 감사드립니다."

B와 작별인사를 나눈 그는 차로 돌아와 음원 사이트에서 모차르트의 레퀴엠을 찾아 틀었다.

'죽음이 있음을 생각하지 않고 P가 저지른 모든 일들이 어리석을 수밖에 없듯, 죽음이 끝이 아니라는 사실을 알지 못하고 S가 한 일 역시 어리석을 수밖에 없을 거야. 언젠가 남을 괴롭히고서라도 살아남겠다는 욕망, 혹은 너무 괴로워 죽고만 싶다는 그 모든 욕망이 다 불타고 나면, 육체를 벗어난, 희미하고 섬세한 그 형체마저도 풀어지는 때가 오겠지. 그럼 우리의 의식은 전생과 내생뿐 아니라 다른 인간, 다른 생물, 그리고 무생물이라고 생각했던 다른 모든 존재들로 무한히 확대되겠지. 그때는 상하좌우전후 그리고 생각할 수조차 없는 모든 차원으로, 모든 것을 포용하면서 동시에 그 모든 것으로 스며들어 가는 거야.

그러고 나면 과연 뭐가 남을까? 세상에 나 아닌 것이 없기에 느끼는 절대 충만? 동시에 절대 고독?'

그는 오디오의 볼륨을 조금 높였다. 음악은 진부했지만 그래도 차창 밖으로 다가왔다가 멀어지는 플라타너스 나무들의 리듬과 잘 어울렸다.

하이퍼란에 가족을 잃은 이들이 하는 마음고생과는 상관없이, 도시는 마치 일상을 회복한 것 같은 아침이었다. A는 잠옷을 입은 채 나가 현관문 손잡이에 걸려 있는 파란 비닐 주머니에서 신문을 꺼내와 식탁 의자에 앉았다. 정치면들을 쭉 넘겨버린 그는 사회면의 한 귀퉁이에서 프로포폴이 향정신성의약품으로 지정되었다는 기사를 보았다. 세계 최초의 일이라고 했다. 프로포폴의 작용기전을 과연 알기나 하고 정한 것인지는 알 수 없었지만, 아무튼 이제 에고가 주체할 수 없이 넘쳐 프로포폴로 꿈 없는 잠을 청하는 사람이 있다면 그를 처벌할 수 있는 근거가 생긴 것이었다.

P의 얼굴도 역시 경제면이 아닌 사회면에 나와 있었다. 그는 수백 명이 넘는 사망자, 불에 탄 집들과 재산 피해에 대한 책임을 져야

했고, P의 회사는 가입된 보험의 배상금액을 넘어서는 엄청난 피해 배상금 때문에 결국 파산신청을 하게 되리라는 기사였다.

기사 마지막에는 그나마 하이퍼란만큼은 상품성을 인정받아, 다국적 대형 제약사 중에 특허권을 사겠다는 인수자가 나타나서 거래가 성사될 경우에 다시 세계 시장으로 수출될 가능성이 있다고 쓰여 있었다.

순수 국내 기술로 이뤄진 최초의 신약개발도, 그리고 천만에 가까운 사람들이 하루아침에 영원히 세상을 떠날 뻔했던 대재앙도, 역사에 기록되지 않는 보통 사람들의 평범한 일상들처럼, 서서히 쌓여가는 역사의 지층 속에 묻혀 그 실체가 정말 있었는지를 알 수 없는 꿈과 다름없는 일들이 되어가고 있었다.

병원에 출근한 A는 또 하루의 마취를 시작했다. 그는 기도 삽관을 마친 뒤, 환자의 기도에 연결된 튜브로 들어가는 하이퍼란의 농도를 조절하며, 이제 막 마취된 환자의 의식이 표면에서 사라진 것을 확인한다.

이 환자 역시 마취에서 깨어나면, 자신이 수술을 받았다는 사실을 기억하지 못하겠지? 하지만 기억이 안 난다고 해도, 수술을 받은 것이 자기가 아니라고는 못 할 거야. 몸에 절개를 하고 꿰맨 상처가 남을 테니까.

그는 마취 기록지에 환자의 맥박수와 산소포화도, 혈압을 기록하며 생각한다. 영구불변의 자아 같은 건 없다고 하면서도 영혼이 윤회한다는 모순된 이야기도 이와 같지 않을까? 전생에서 나는 지금과는 다른 사람으로 살았고, 현생에서 그것을 전혀 기억하지 못한다 해도, 그렇다고 전생에서의 내가, 내가 아니었다고 이야기할 수는 없는 거지.

만약 마취를 받다가 우연히 체외이탈을 한 환자들처럼 무거운 이 몸을 떨치고 날아올라 내려다본다면, 아니면 오랫동안 명상 수련을 하다가 깊은 침묵 속으로 빠져들어 자신의 중심을 들여다본다면, 우리는 평소의 마음으로는 기억하지 못했던, 매번 삶에 진지했던 자신의 모습들을 볼 수 있을 테니까. 이전의 생과 어쩌면 다음 번 삶까지도.

그렇게 보면 윤회는 참인 동시에 거짓이야. 불멸의 의식이 언제나 깨어 지켜보는 것을 생각하면 참이고, 매번 이전 생의 기억을 까맣게 잊고 전혀 다른 새로운 생을 사는 것으로 보면 거짓이니까.

그는 환자의 식도까지 연결된 체온계의 수치를 살펴보았다. 36.5도. 체온은 정상이었다. 이젠 그도 긴장하지 않고 환자의 체온을 살펴볼 수 있었다.

어떤 문제라도 영원할 수는 없는 거야. 언젠가 죽는 순간에 TV 화면이 꺼지는 것 같은 그런 죽음을 상상했던 이들은 잠시 어리둥절해 하겠지. 하지만 곧 무거운 몸으로부터 벗어나면서, 이제껏 꾸어 왔던 긴 꿈으로부터도 떨어져 나온 자신을 보게 될 테니까. 진실을 깨닫는 순간, 문제라고 느꼈던 그 모든 사건, 사고, 불안, 고민, 공포는 심각함을 잃어버리겠지.

문제와 고통으로 가득한 삶. 우리는 삶이라는 꿈에 너무 몰입해서 번뇌를 만들어 내고, 마음의 평화를 잃었던 거야. 하지만 역시 그 꿈을 즐기기도 했다는 것도 깨닫게 되겠지, 텅 빈 진공에서 떠나와, 만지고, 껴안고, 맛보고, 냄새 맡고, 듣고, 보고, 느낄 수 있었기 때문에. 또 매번 비슷한듯하지만 전혀 다른 독특한 이야기를 만들고 즐길 수 있었으니까, 그 어떤 삶도 결코 무의미하지는 않는 거야.

어떤 땐 삶이 주체할 수 없이 괴롭고 낙담스러워도, 이 모든 게 꿈이라고 말하는 위대한 선지자들의, 아니 그 누구의 방해도 받기를 원치 않았던 건, 꿈 자체를 그저 꿈일 뿐이라고 하지 않아야 꿈 속의 모든 것들을 제대로 즐길 수 있단 사실을 내심 알고 있었기 때문이 아닐까? 그래, 그건 우리가 자신의 꿈에 대한 스포일러가 되지 않기 위해 망각의 비약을 마시고 자발적인 기억상실증에 빠져 있기 때문일 거야.

시간이 얼마나 지났을까? 문득 "봉합이 끝났습니다." 하고 집도의가 말했다. A는 R2P3(분비물을 억제하고 근육의 힘을 되살려 마취를 깨울 때 쓰는 약물들)을 주사하고는 질소와 하이퍼란의 농도를 천천히 줄이기 시작했다.

서서히 의식이 돌아온 환자가, 아직은 수술받은 것을 깨닫지 못하고 눈을 감은 채 구역질을 할 무렵, 그는 조심스럽게 흡인기를 튜브에 넣어 분비물을 빨아내고 기도에 들어가 있던 튜브를 천천히 빼 주었다. 환자는 반사적으로 기침을 하며, 그동안 자신이 죽어 있었던 것이 아니었음을 증명했다.

그는 환자의 등을 두들겨주며 마지막까지 정성을 다했다. "수고들 하셨어요." 하고 수술 팀에게 인사하며 그는 수술방을 나섰다. 이제 환자는 마음을 졸이며 기다리고 있던 가족의 품으로 돌아가겠지.

사랑하는 사람을 잃어버린 슬픔 속에서도 신을 원망하고, 저주할 수는 없을지 몰라, 망각의 잔을 비우고, 이런 가능성을 택했던 것이 다름 아닌 우리 자신이기 때문에.

이렇게 생각해보면 어떨까? 이번 생 역시 우리가 살아온, 그리고 살아갈 수많은 삶들 중 단지 하나일 뿐이라고. 어쩌면 이것이 고통에 대한 유일한 치유법은 아닐까?

하이퍼란 때문에 죽은 아이들과 남편, 아내들의 영혼도 흔적 없이 사라졌다고는 단언할 수 없을 거야. 누가 알겠어? 물속에 남은 유충들에게는 안타깝기도 하고, 이해하기도 힘든 일이겠지만, 잠자리는 그저 그동안 입고 있던 허물을 벗어 놓고 물 밖 푸른 하늘로 가볍게 날아가 버린 것일지도……